El setè àngel

«El setè àngel»

és l'obra guanyadora del Premi Sant Jordi 2016,
que convoca Òmnium Cultural amb la col·laboració
de la Fundació Enciclopèdia Catalana

ÒMNIUM
LLENGUA CULTURA PAÍS

Fundació Enciclopèdia Catalana

David Cirici

El setè àngel

Premi Sant Jordi 2016

Proa

El jurat del Premi Sant Jordi era constituït per Àlex Broch, Marta Nadal, Isona Passola, Ramon Pla i Arxé, i Màrius Serra.

Proa
A Tot Vent

Primera edició: febrer del 2017

Drets exclusius d'aquesta edició:
Raval Edicions SLU, Proa
Diagonal, 662-664
08034 Barcelona
www.proa.cat

ISBN: 978-84-7588-659-6
Dipòsit Legal: B. 1.278-2017
Composició: Ātona-Víctor Igual, SL
Imprès a Egedsa

1

Des de la confusió que li provocaven les pastilles per dormir, l'Ernest va tornar a reviure moltes vegades el vespre de l'accident. Sota els llençols, s'aferrava al timó del Súnion, notava les fiblades dels esquitxos a la cara i tornava a sentir que el veler topava amb alguna cosa. De sobte l'embarcació s'aixecava de proa, es decantava perillosament, embarcava aigua i, feixuga, recuperava la seva posició. Aleshores l'Ernest sortia a coberta i el cor li feia un sotrac en descobrir que el seu fill ja no hi era. Finalment es despertava i trigava una estona a prendre consciència que estava dormint en un hotel, a l'illa de Samos, i que en Marc no era amb ell.

El dia de l'accident, havien visitat l'illa de Patmos. Havien pujat fins al monestir de Sant Joan i, de baixada, havien entrat a la cova on l'evangelista havia tingut les visions que descriu a l'Apocalipsi. Més que una cova, era una balma, ara protegida per una d'aquelles capelles emblanquinades, de formes arrodonides a causa de tantes capes de calç, que la Sophie, la dona de l'Ernest, no es cansava mai de fotografiar. En Marc va trobar que s'hi estava bé, allí dins, a recer de la calor i del soroll eixordador de les cigales. Des d'allí tampoc se sentien els xiscles que feia en Max, el fill de la Sophie. S'havia fet una esgarrinxada ridícula al genoll i la seva mare li feia petons i li posava a la ferida una mica d'aigua de l'ampolleta que duia a la motxilla.

L'Ernest va entrar a la cova una mica després. Li va explicar les profecies de Sant Joan sobre la fi del món. En Marc estava impressionat amb els quatre genets però no va acabar d'entendre les llagostes de cap coronat, rostre humà, cabells de dona i dents de lleó, que el dia del Judici Final es menjarien les ànimes pecadores. Què era el Judici Final? El que li va interessar més van ser els set àngels que feien sonar la trompeta per anunciar les plagues, i el toc de trompeta del segon, que provocava la caiguda al mar d'una gran muntanya de foc que convertia en sang una tercera part de l'aigua i feia que la tercera part de les naus s'enfonsés. Existien, els àngels?

Després es van banyar en una caleta ben protegida, perquè ja feia vent, i van dinar en un restaurant de la riba. En Marc es va divertir donant als gats els caps de les sardines. Sempre hi havia gats, sota les taules dels restaurants.

Havia estat un bon dia.

Van sortir de Patmos quan ja feia estona que el vent havia canviat a nord. Sabien que trobarien un mar agitat i que haurien de tornar fins a Icària a motor. Seria una navegació incòmoda. Però, fins a la nit, l'onatge no hauria crescut prou per representar cap perill.

Les ones creixien i s'encongien, desapareixien aquí i es formaven allí, a l'atzar. Es formaven pics d'aigua que duraven només un instant, i de seguida s'esvanien, xuclats per nous pics que sorgien amb força on abans hi havia una vall. El mar dansava, s'agitava, i el vent s'enduia les crestes blanques de les onades.

L'Ernest havia fet entrar la Sophie i en Max a la cabina de popa. Només ell i en Marc s'estaven a la banyera de l'embarcació.

–Marc, no m'agrada que t'estiguis aquí.

–No passa res, papa.

Pertot arreu el mateix caos, les mateixes onades sense direcció, fosques i desendreçades. L'escuma els esquitxava la cara amb força, com si arrossegués perdigons de sal. En Marc mig aclucava els ulls i veia Icària a través de les pestanyes, com una teranyina plena de gotetes d'aigua. Les muntanyes de l'illa semblaven retallades en un cartó gris.

Les drisses dringaven, tremolaven, colpejaven el pal d'alumini. L'embarcació avançava contra el vent, i el motor canviava de so a cada oscil·lació. Sense cap ritme, ara remugava, ara s'animava, ara es tornava a alentir.

Patmos, darrere seu, ja havia desaparegut entre la boirina, i cap a llevant el mar semblava encara més tèrbol, més amenaçador.

–De seguida trobarem menys vent, perquè Icària ens el taparà, ja ho veuràs –va dir el pare. Aquell posat tranquil, aquelles celles alçades, aquella mirada serena, volien dir que no passava res: feia una mica de vent, el mar es bellugava, però no hi havia perill, no hi havia ones de cinc metres, no embarcaven aigua.

Devia fer mitja hora que havien sortit de Patmos quan en Max va treure el cap per la porta de la cabina.

–Ernest, quan arribarem?

Es marejava? Tenia por? L'Ernest va córrer a ocupar-se'n. Va deixar en Marc al timó i va entrar a la cabina. Es va ajupir per parlar amb el petit i tranquil·litzar-lo: no passava res, de seguida arribarien. El nen va dir que li feia mal la panxa i que li venia salivera. La Sophie va dir que estava marejat, pobret.

Aleshores va començar el malson que perseguiria l'Ernest tantes nits. De sobte, sense cap impacte, sense soroll, el Súnion es va aixecar de proa i de seguida es va decantar gairebé setanta graus: allí fora el pal devia fregar les ones. Tots tres van caure a terra, contra les lliteres. L'Ernest va topar de cap contra un prestatge. L'embarcació ja es redreçava amb un gemec, com si les fibres de plàstic s'haguessin d'esquinçar a causa de l'esforç.

L'Ernest es va fregar el cap, es va mirar la mà: una mica de sang. No era res. En Max plorava. No era res, ja estava, Max: l'Ernest també s'havia fet una mica de mal.

–Vaig a veure què ha passat –va dir. Abans de sortir ja va notar que el motor remugava, fallava.

Va treure el cap a fora la cabina i va sentir l'ofec de l'angoixa. En Marc no era al timó. Tampoc era a coberta. El cor li va fer un salt. Va notar una cremor a l'estómac que li pujava per l'esòfag. El cop de mar s'havia endut el seu fill.

–Marc!

El veler no va avançar gaire més. De seguida es va aturar. Alguna cosa havia bloquejat l'hèlix. El Súnion anava a la deriva.

–Marc!

A popa, surava alguna cosa. Un dofí mort? No: ara ho

veia. Havien ensopegat amb les restes d'un naufragi. Havien topat contra una llanxa de goma, de dimensions considerables, mig submergida, bolcada i gairebé desinflada del tot. Es devia haver enganxat a l'hèlix. Potser l'havien rebentada amb la topada? En tot cas, no semblava que dugués passatgers.

Marc, collons, on ets? El va buscar en aquell paisatge d'onades canviants, més a prop i més lluny, agafat a un obenc per poder mantenir-se en equilibri sobre la borda. Amb el llast de l'embarcació de goma que arrossegava, el veler no es podia haver allunyat gaire de l'indret de l'impacte. Semblava impossible que la taca taronja de l'armilla del noi no aparegués entre les ones verdes.

–Marc! Marc!

Aquells moments no el perseguirien només en somnis. No deixaria de pensar-hi. Es torturaria inútilment repassant els moments previs a l'accident i recordant com havia reaccionat. Com se li havia acudit deixar tot sol a coberta un nen de set anys? Quan havia vist que en Marc no hi era, no havia perdut els estreps massa aviat? Potser s'havia desesperat abans d'hora, i ja no havia estat capaç d'actuar amb la serenitat que reclamava la situació. Primer l'havia buscat entre les ones. Després havia cridat la Sophie. Les cares d'horror de la seva dona l'havien angoixat encara més. Havien perdut el temps amb retrets: duia l'armilla? És clar que duia l'armilla. Per què l'havia deixat sol? Doncs perquè sí, perquè només era un moment, perquè no semblava tan perillós, càgon la puta. Segur que duia l'armilla? Segur, seguríssim. Què havia passat? Havien enganxat una llanxa inflable. Com? Amb gent? No, collons, aquí no hi havia ningú, no creia que hi anés ningú. Una llanxa sense ningú? Sí, collons, Sophie, una puta llanxa pneumàtica a la deriva, arrossegada pel temporal. S'havia enganxat a l'hèlix? L'Ernest no ho sabia: Sophie, sisplau, en Marc era a l'aigua! No se n'adonava? Era espantós! Marc!

Ara en Max també havia sortit de la cabina. Crits de l'Ernest a la Sophie: que fes el favor de ficar el seu nen a dins. Crits de la Sophie: Max passa cap a dins. Què passa, mama? Que passis cap a dins! I a l'Ernest: per què s'havia parat el motor? Perquè havien enganxat alguna cosa, i es cagava en la puta, i merda, i sisplau, sisplau, Sophie, ajuda'm, Marc, collons, on ets! La Sophie, a crits, demanava calma. El pare deia que no s'ho perdonaria mai, que no, que sisplau no, que no s'ho podia creure, i la Sophie no li havia vist mai aquella ganyota de dolor, els ulls inundats, les cames que li tremolaven, dret a la borda, agafat a l'obenc d'acer amb una mà blanca, crispada i tremolosa.

–Marc!

El vent bufava amb més força i arrossegava el vaixell cap al sud. Però on collons era aquest nen? Marc! Com era possible? On s'havia ficat?

En la seva desesperació, per un instant, va pensar en la possibilitat que s'hagués enganxat a l'hèlix en caure de l'embarcació. Per un moment va sospitar, horroritzat, que el tenien allí sota mateix, i es va imaginar, sota l'aigua, una confusió de braços i de roba, l'armilla esparracada i els ulls del noi ofegat, oberts sota l'aigua.

–Allí! –va cridar la Sophie.

On? El pare no veia res. Estirava el coll, mig aclucava els ulls, no veig res, no el veig, on?

–L'he vist. Una armilla. Segur!

Era impossible posar el motor en marxa. S'havia encès el pilot que indicava l'hèlix bloquejada. L'Ernest es va treure les sabates, va posar l'escala i es va ficar a l'aigua.

Abans de capbussar-se va tornar a imaginar-se el seu fill ofegat. Potser ben aviat s'hauria d'enfrontar a aquella imatge. L'aigua li va rentar les llàgrimes. El que s'havia entortolligat a l'hèlix era un esquinçall de l'embarcació inflable amb què havien ensopegat. Però no era fàcil de treure, i a l'Ernest ja li faltava aire.

Va treure el cap.

–Un ganivet!

La Sophie va entrar a la cabina a buscar un ganivet. En Max se la va mirar des d'uns ulls al·lucinats. Què passava? Mai no havia vist la seva mare tan apressada, parlant sola, *oh, mon Dieu! Oh, mon Dieu!*, mentre regirava el calaix on guardaven les ulleres, els peus d'ànec, els vestits de neoprè, *merde!*

–Què ha passat, mama?

–Que el Marc ha caigut a l'aigua, oh, mon Dieu!

Va trigar a veure el ganivet perquè el cel s'havia anat enfosquint i allí dins hi havia poca claror. El va trobar a les palpentes, perquè la funda era negra, *merde!*, i no es distingia entre els peus d'ànec i el vestit de neoprè.

A l'aigua, l'Ernest va sanglotar. Però què feia, plorant? Va bufar amb força. Li va sortir un udol estrany. El seu fill era allí a prop, ara vinc, de seguida vinc, Marc, no et desesperis. Va agafar aire, es va tornar a capbussar i de seguida va aconseguir alliberar l'hèlix.

–El veig, el veig! –va sentir que cridava la Sophie així que va treure el cap de l'aigua.

Va pujar a l'embarcació. La Sophie va treure l'escala. Sí, ell també el veia: l'armilla taronja a un centenar de metres, a estribord. El motor va remugar. L'embarcació va començar a virar, ja arribem, ja venim, Marc!

Oh, encara sort, Déu meu, Déu meu! El pare d'en Marc no donava gràcies a Déu des del dia remot, quan tenia set anys, en què s'havia ennuegat amb un caramel i s'havia pensat que es moria.

El mar havia anat creixent i les ones, ara més endreçades, havien anat prenent un color verd negrós, amb vetes d'escuma d'un blanc brut. El Súnion avançava amb el vent de popa i s'aixecava i queia amb força.

De seguida hi van ser. Però com més s'hi apropaven era més evident que aquell cos que surava no s'agitava, no cridava, no lluitava contra les ones. Ja no hi havia res a fer. L'armilla feia surar un cos sense vida que es gronxava a la mercè de les ones, no, Marc, no, no! Com era possible, en tan poca estona? Què li havia passat?

Fins que no van ser a quinze o vint metres de l'ofegat no van poder veure que duia una d'aquelles armilles salvavides fetes de peces de suro cobertes per una lona d'un taronja descolorit, i que no es tractava d'en Marc, sinó d'un home gran, de cabells grisos i escassos.

–Ah, no vull veure això, quelle horreur!

I més enllà una altra armilla, un altre cos a la mercè de les ones, i un altre, i dos més a babord, i encara un altre més lluny, *mon Dieu, pauvre gent!*

–No miris, Sophie.

–Devien anar amb la llanxa. És culpa nostra? És culpa nostra? –somicava la Sophie–. Quelle horreur!

–No ho sé, Sophie, no ho sé. No ho crec.

Van alentir la marxa. Van navegar una bona estona buscant més taques taronges entre les ones. Després van canviar de rumb, convençuts que en Marc havia caigut a l'aigua més cap al sud.

La Sophie va entrar a la cabina a veure què feia, com estava en Max. El nen devia haver pres consciència que el que passava era greu. Prou greu per haver de negar-ho: per això jeia a llitera, de bocaterrosa, amb el cap enfonsat al coixí. La Sophie va tornar a sortir sense dir-li res. Estava una mica marejada. Gairebé mai no es marejava, però ja feia estona que el Súnion es bellugava massa. O era l'angoixa. Els morts surant a l'aigua. Els ulls en blanc d'un dels ofegats. Què li passava? Estava tremolant, i no feia fred. Va pensar: si fos el Max, si fos el meu fill, em moriria. I de seguida va pensar que era un pensament egoista, perquè en Marc era el fill del seu company.

Quan va sortir a fora, el pare d'en Marc estava parlant per telèfon amb la policia d'Icària, els repetia la posició, els suplicava que els ajudessin, els explicava els ofegats que havien trobat, la llanxa, la topada, i els tornava a suplicar: *please, please, it's my son.* Quan va penjar, respirava com si hagués acabat de pujar per l'escala un edifici de vuit plantes. Potser s'havien fet un embolic entre els ofegats i el seu fill i no havien acabat d'entendre que en Marc encara era allí, al mar, surant entre les ones.

–Vindran?

–Ens enviaran una patrulla.

–I un helicòpter?

–El tenen ocupat en una altra emergència.

La Sophie buscaria a babord, i el pare d'en Marc a estribord. Però cap dels dos es refiava de l'altre. Tots dos miraven cap a totes dues bandes, i tots dos procuraven no encreuar les mirades, ella per respectar la intimitat del seu plor, i ell perquè aleshores al món només hi havia el mar i l'esperança d'un moviment, una taca taronja, un crit entre les ones.

De tant en tant alentien la marxa, i ell es concentrava en la pantalla de l'ordinador, comprovava la posició, l'àrea que ja havien cobert, i aventurava un nou rumb, ara sí, ara el trobarien.

Ja aleshores va començar a fer-se els retrets que l'acompanyarien durant tants dies i tantes nits. Va recordar la conversa amb la noia de la botiga sobre les armilles. La noia li havia fet quatre preguntes i de seguida l'havia classificat entre els clients que no pregunten el preu i compren molt més del que necessiten. Però aquell matí l'Ernest no es volia deixar prendre el pèl. Era publicitari. Dirigia un departament creatiu. La seva feina consistia a vestir els productes amb emocions per seduir els compradors. Com a consumidor, com tanta gent del seu ofici, li agradava tant deixar-se seduir per les marques i la seva retòrica com mirar-se els productes amb objectivitat sense pietat, tal com feia quan els tenia sobre la taula del despatx. De manera que quan la noia li va proposar un model amb llum estroboscòpica i ràdio-balisa com les que duien els navegants esportius de l'Atlàntic, va somriure i va dir que no, que no feien navegació esportiva, només navegaven d'un port a l'altre, distàncies curtes a les Balears, a les Illes Gregues o entre Còrsega i Sardenya.

–També en porten els pescadors d'altura. Ara és obligatori.

El pare d'en Marc va tornar a somriure, la va mirar als ulls i va dir que gràcies, es quedava les armilles que li havia ensenyat abans. No eren homologades? No eren bones?

–I tant que sí. Fa una bona compra –va dir la noia.

Si hagués estat tan desprès com acostumava a ser, hauria pogut localitzar en Marc des del primer moment.

Si hagués estat més atent, no hauria ensopegat amb la llanxa desinflada.

Si hagués estat menys irresponsable, s'haurien quedat a fer nit a Patmos, perquè no tenien cap pressa.

Si hagués estat més prudent, hauria obligat el seu fill a posar-se un mosquetó amb una corda de vida.

Però hi havia una cosa que el sentenciava definitivament: no hauria d'haver deixat en Marc tot sol a coberta.

Ho pensava tot a la vegada, en una estranya nebulosa d'angoixa i de por, impressionat per la imatge dels cinc ofegats que havien trobat, i cada vegada més convençut que hauria d'identificar el cadàver inflat d'en Marc. Quan veiés la cara blanca i deformada del seu fill, amb la carn reblanida i esponjosa que tenen els ofegats, no ho resistiria. Es tornaria boig. Alguna cosa deixaria de funcionar per sempre i seria incapaç de tornar a ser ell. Mai més recuperaria la pau i es moriria de dolor.

Es proposava de no pensar-hi més i concentrar-se en la recerca, però el cel s'enfosquia i el mar era cada vegada més negre.

Ja es veia telefonant a la seva ex, la mare d'en Marc, per dir-li que el nen havia caigut al mar.

Va parlar una altra vegada amb la policia. En un anglès precari, un agent li va fer saber que l'operació ja estava en marxa. Havia de ser pacient, la patrullera arribaria de seguida.

Amb el motor al règim més baix possible, sacsejats per un onatge que no amainava, van seguir buscant fins que els pics de les ones ja no es distingien de les valls. De tant en tant, a la claror emboirada dels llums, es veia una crinera d'escuma d'un color brut. Però fins que se li acabés la veu, seguiria cridant.

–Marc!

Ja havia decidit que no es rendiria, que seguiria buscant per sempre més, que mai no enfilaria cap a port, perquè mai no assumiria que ja no podia continuar la recerca, encara que no s'hi veiessin i que els llums que duien a bord fossin del tot insuficients per buscar-lo de nit.

Havia passat més d'una hora quan des de la patrullera els van avisar que ja arribaven, i encara van trigar prop de mitja hora a veure capcinejar els llums en la foscor.

Al pare d'en Marc, la nit li havia caigut a sobre. Era un malson i no es podia despertar. La realitat era una cosa llunyana i absurda: les llumenetes d'Agios Kirikos centellejaven allí baix, en una terra segura on la gent devia estar sopant, rient i conversant alegrement, mentre el seu fill, potser molt lluny d'on el buscaven, agitava els braços i cridava en la foscor.

L'Ernest ja no podia plorar més.

Van deixar el motor al ralentí mentre la patrullera escombrava l'àrea amb la seva dansa de focus. De tant en tant veien que la patrullera s'aturava, i l'Ernest no ho podia evitar: els músculs de la cara li tremolaven, es clavava les ungles als palmells, i una vegada més les llàgrimes li inundaven els ulls i el món s'omplia de reflexos. Potser ja l'havien trobat, potser ja l'hissaven, mort.

Déu meu, Déu meu, que el trobin viu, que estigui bé. Com quan s'havia escanyat amb el caramel, parlava amb Déu.

Potser ara l'avisarien que ja era hora de tornar a port, que era inútil seguir buscant.

Va sonar el telèfon.

–Agafa'l tu, sisplau, Sophie. Jo no puc.

Li van demanar una descripció del noi. La Sophie els la va fer. L'Ernest va haver-la d'escoltar, horroritzat: es deia Marc, tenia poc més de set anys, era de complexió atlètica, alt, més aviat prim, cabells rossos, i no, cap marca, cap cicatriu. No, tampoc: cap senyal particular. És clar que duia armilla. Una armilla d'un taronja molt viu. Gairebé vermella.

2

Van tornar a port cap a quarts de vuit del matí. Els esperava un cotxe de la policia. Per a l'Ernest, que no havia dormit, aquell moment, caminant sobre el moll, amb el poble encara adormit i els dos agents que l'acompanyaven, amb les pistoles al cinturó, tenia la tristesa freda dels afusellaments.

Als policies els costava mirar-lo als ulls i enfrontar-se amb el dolor del pare del nen desaparegut. O potser li respectaven el territori íntim del sofriment. Però tot i això van insistir a prendre-li una primera declaració. La Sophie i en Max van pujar amb el petit Toyota de lloguer cap a l'apartament. El seu nen havia de dormir.

Com que la policia no tenia cap oficina al poble, van fer servir la de la companyia nàutica dels vaixells que anaven a Fourni i a Patmos, un despatxet de sostre baix amb un ventilador de peu en una cantonada.

Ell duia el timó. A la llanxa no hi anava ningú, d'això n'estava segur. No l'havia vista perquè no es podia veure. Pel color. Per l'onatge. I perquè estava mig enfonsada. Potser havia coincidit amb un cop de mar, no ho sabia, però el veler s'havia inclinat tant que ell mateix havia estat a punt de caure. Havia trigat un moment a descobrir que el noi era a l'aigua. Era increïble. Semblava mentida. Però ja no hi era. Ja no. No.

Es va ensorrar. Va signar amb llàgrimes als ulls.

L'Ernest va decidir que no trucaria a la mare d'en Marc, la Sara, fins al migdia, a veure si aleshores hi havia notícies. Quan va arribar a l'apartament, en Max ja dormia i va mirar de descansar una estona. Però cap al migdia l'Ernest es va despertar amb l'embat somniat d'una onada, i amb la veu de la Sara que li preguntava on era el seu fill. Es va tornar a adormir una estona, i de seguida van tocar les dotze en un campanar proper.

Va sortir a la terrassa amb el telèfon. Com l'hi diria? Sara, t'he de dir una cosa terrible. No. Sara, en Marc ha tingut un accident? Tampoc. No podia parar-se a pensar com l'hi diria. Per no allargar-ho més, va començar a marcar el número.

La Sophie també s'havia aixecat. No volia deixar l'Ernest sol amb el seu drama. Per la finestra de la cuina el veia caminant per la terrassa com un guepard engabiat. La Sophie havia començat a fer-se un suc de taronja, però li va semblar que el remugueig de l'espremedora i l'alegria dels esquitxos del suc dins del got eren un sacrilegi. Es va beure el suc que havia fet fins aleshores i va renunciar a esprémer la mitja taronja que encara quedava. A través del vidre, va mirar d'endevinar la conversa entre l'Ernest i la Sara. L'Ernest no parava de moure's. Es posava una mà al front. Es treia les ulleres. S'eixugava els ulls amb el braç de la camisa. Ara parlava una bona estona, i gesticulava, i mirava enlaire, i tancava els ulls. Ja estava, ja l'hi devia haver explicat tot. Va deixar de parlar i es va quedar quiet, d'esquena a la Sophie, de cara al mar on hi havia el seu fill. A la Sophie també se li aigualien els ulls.

L'Ernest es va girar. Escoltava. Es mossegava els llavis i feia que no amb el cap. La Sophie es va sentir incòmoda. Potser l'Ernest encara no l'havia vista. Era una conversa especialment íntima, i els ho havia de respectar. Però també era dolorós no poder fer res, no poder ser al costat del seu company.

Ara parlava el pare d'en Marc. Feia frases curtes. La Sophie va rentar el vas. Va llençar les pells i la mitja taronja sense encetar. Va mirar de llegir els llavis de l'Ernest. Mai no l'havia vist així. Els cabells se li enganxaven al front. Caminava encorbat. Sanglotava. Però l'entristia molt més encara el que no veia: el dolor de la Sara. El dolor d'una mare que havia perdut un fill. Els homes ho sentien tot d'una altra manera. Per a una mare no hi havia res de més dolorós que la mort d'un fill.

La Sophie va deixar de mirar i es va fer un cafè. Un cafè no era tan irreverent com un suc de taronja. Un cafè es podia prendre en un enterrament. Li va saber greu pensar-ho. En va preparar un altre per a ell.

Quan l'Ernest va tornar a entrar, no li va dir res. Li va oferir la tassa de cafè.

–Horrible –va dir ell–. Pobra.

L'Ernest va endevinar un regalim de rímel sobre el pòmul de la Sophie i l'hi va netejar amb el tou del polze.

–Vindrà, suposo –va dir ella.

–Sí, és clar.

Van seure al sofà. La Sophie amb l'esquena dreta i les cames juntes, com en un sopar de compromís. Mirava l'Ernest gairebé de cua d'ull, discreta però atenta. Es posava a la seva disposició, però sempre en un segon pla, perquè el primer l'acabava d'ocupar la Sara des de Mallorca, i ara entre ella i l'Ernest hi havia una estranyesa, una distància, un vincle trencat. Ho notava més en el silenci que en les paraules. Ho veia en la mirada, en el gest, en la manera de treure's les ulleres i refregar-se les celles. Potser el que estava sentint era que la Sara, en el mateix moment en què, a Palma, havia penjat el telèfon, s'havia començat a instal·lar en aquell apartament penjat sobre Agios Kirikos. Una presència que, per més imaginària que fos, ja l'estava desplaçant. A ella no se l'admetia dins del drama.

Va recollir les tasses de cafè.

Van seguir buscant en Marc durant quatre dies. Des de la terrassa de l'apartament, penjada sobre el poble, es veien les muntanyes de Samos i de Fourni, i més enllà, gris sobre l'horitzó, el perfil de Patmos. De bon matí, el pare d'en Marc veia passar la patrullera. El segon dia també va veure un helicòpter que es dirigia cap al sud. El tornaria a veure passar, ara amb el seu fill ofegat dins d'una bossa penjada a fora la cabina? Cada vegada que es torturava amb un pensament macabre clavava una puntada de peu a la barana de la terrassa. Després s'eixugava les llàgrimes i seguia mirant cap al mar.

Semblava mentida que uns dies tan brillants, amb el mar d'un blau intens, l'aire net i l'esclat dels geranis als balcons, poguessin ser tan foscos. Semblava mentida que es pogués plorar tant, i que el món fos tan indiferent al seu dolor. Hi havia una sargantana que prenia el sol a la paret de pedra. A la dreta, una mica més avall, tres noies holandeses feien el mateix, amb els pits descoberts, ajagudes a les hamaques de la piscina. Acabava d'arribar el repartidor del pa, que havia pujat des del poble amb el seu ciclomotor i la seva alegria de sempre, i ja repartia a crits i a rialles els encàrrecs dels diferents apartaments. I allí baix centellejava el mar.

Tanta llum allí fora, i el mar tan blau, i la gent fent vacances, eren l'evidència que els humans eren una anècdota sobre la Terra. Els humans eren conscients del planeta, però el planeta els ignorava. Eren un estrany experiment que consistia a dotar de consciència els micos, i, per tant, capacitat de sofrir fins a la bogeria. Però els micos també devien patir, si se'ls moria un fill. En tot cas, la consciència no tenia cap sentit. No feia millors els simis que les sargantanes. O que els xiprers que es vinclaven al vent. De vegades la consciència era dolorosa.

Va clavar una altra puntada de peu a la barana metàllica de la terrassa. Feia un so greu, profund, una vibració que recordava el zumzeig dels cables d'alta tensió.

La barreja de llum i de dolor també li recordava un cementiri de poble, amb flors de veritat plantades entre les tombes. Havia enterrat la seva mare al cementiri de Vilassar. Però una cosa era un comiat, fins i tot un adéu per sempre, i una altra aquell esqueixament inesperat, mig cos arrencat sense pietat. Hi havia una pèrdua inexplicable d'una part important d'ell mateix, fins al punt que ja no es reconeixia. El dolor es barrejava amb una estranya indiferència, com si d'alguna manera ell també s'hagués mort.

Va pensar que si trobaven el cos del seu fill, almenys veuria la forma física del que havia perdut. Convertida en cadàver, potser la pèrdua seria més tangible i sabria amb què s'havia d'enfrontar. Però ara per ara en Marc només era la negació d'en Marc, el no Marc que anava trobant per l'apartament: en les galetes de xocolata, en el llibre que havia de llegir-se aquell estiu i que s'havia quedat obert per sempre a cavall del braç d'una butaca, en el tub de pasta de dents infantil eternament destapat, en el seu raspall electrònic de colors vius i en la roba escampada per la seva habitació. Era un no Marc silenciós, més fet de gestos i de presència física que no pas de paraules: una manera de riure i una mirada neta, confiada, encara sense temors.

El segon dia, de matinada, després d'una nit de malsons i d'atacs de pànic en la foscor, l'Ernest va anar al lavabo i va veure l'estoig amb la xeringa i el parell de dosis d'adrenalina que en Marc, que patia una al·lèrgia greu als cacauets, sempre havia de dur per respondre a una intoxicació accidental.

Dins de la mateixa capsa hi havia un prospecte que explicava els símptomes de la intoxicació i donava uns breus consells tècnics, il·lustrats, sobre com posar la injecció. Parlava de taques a la pell i de l'ataràxia, amb la caiguda de la pressió arterial, la llengua inflada i les dificultats per respirar. Explicava què havia de fer per salvar el seu fill, ara que ja no podia salvar-lo. Mentre llegia el prospecte, les llàgrimes li feien ballar les lletres.

Havia anticipat moltes vegades el moment de preparar la injecció i de clavar l'agulla. Però també havia pensat en una trucada terrible, des d'un campament escolar o des de casa d'algun amic, amb la notícia que el nen s'ofegava, no sabien què li passava, havien avisat una ambulància i se l'enduien cap a l'hospital. Morir-se ofegat era espantós. Potser en Marc no s'havia ofegat. Potser la hipotèrmia l'havia anat adormint. Esperava que hagués perdut el coneixement i s'hagués mort sense adonar-se'n.

L'Ernest s'estava a la terrassa hores i hores, mirant cap al mar. Dret, amb un barret blanc de cotó i les ulleres de sol. No sabia quina hora era. No tenia gana. De tant en tant la Sophie sortia a la terrassa i li agafava la mà perquè es resistia a deixar de participar del seu dolor. S'estaven en silenci una estona, i després ella tornava a entrar a l'apartament amb les seves passes silencioses, perquè anava descalça, i ell es quedava amb els seus records, que semblaven projectats per una màquina espatllada, perquè es repetien, o es trencaven, o se sobreposaven els uns als altres, o eren fets de veus sense imatge, o d'imatges sense so, tan llunyans de vegades, tan reals al cap d'un moment, hola papa, com si es poguessin tocar, aquesta regata la guanyarem, com si es poguessin abraçar.

La Sophie s'ocupava de mantenir el contacte amb el món. Parlava amb la policia, encarregava les compres a la noia que s'estava a l'oficina dels apartaments, i s'ocupava d'en Max, que es passava el dia entre la piscina i els dibuixos animats de la televisió. De tant en tant el nen li preguntava on era en Marc i quan tornaria. La Sophie li deia que encara l'estaven buscant i en Max no es queixava de la imprecisió de la resposta, potser perquè encara que tingués tres anys i mig era del tot conscient de què volia dir que aquell mig germà que tenia hagués caigut a l'aigua i no l'haguessin trobat.

Havent dinat, la Sophie va sortir a la terrassa amb el mòbil a la mà per dir-li a l'Ernest que s'hi posés, que la policia volia parlar amb ell. El cor li va fer un sotrac. Ara li dirien que ja havien trobat el seu fill. Mort.

–No, no l'han trobat. Volen parlar amb tu sobre l'accident.

Van pujar a buscar-lo dos agents. El cotxe feia olor de vòmit. Potser l'única feina que tenia la policia en aquella illa era recollir de tant en tant algun turista que havia begut massa i portar-lo al seu hotel. Van anar a la mateixa oficina que el primer dia. La pissarra continuava anunciant que el vaixell de Fourni no sortiria a causa del vent. Aquesta vegada el ventilador funcionava.

L'Ernest estava tan desconnectat del món que amb prou feines va escoltar les explicacions del policia que el va rebre: es tractava d'un tràmit, una gestió burocràtica, una declaració que havia quedat incompleta el dia abans, i que ara mirarien d'enllestir. L'Ernest va bufar: paperassa que acabaria dins d'una carpeta, temps perdut, feina absurda que no servia per a res. Per què no es dedicaven a buscar el seu fill?

El policia li va començar a llegir la seva primera declaració, escrita en l'anglès precari que feien servir tant ell com els policies. Es va aturar un moment en la professió del declarant. Es dedicava a la publicitat. Què era exactament un director creatiu? L'Ernest va trigar uns segons a contestar. Va pensar que era increïble que davant la desaparició d'un menor enmig del mar, aquell policia, encara jove (i que, per tant, podia tenir encara una certa il·lusió per la feina), sentís curiositat per un detall com aquell. No li feia vergonya, preguntar una frivolitat com aquella al pare de la criatura desapareguda?

–Un director creatiu dirigeix l'equip que pensa les campanyes publicitàries –va dir. I amb una punta d'ironia:– Sap el que és una campanya?

El policia va fer que sí amb el cap.

–Doncs això.

El policia va seguir llegint: «El testimoni afirma que, navegant amb tota normalitat, la seva embarcació ha xocat contra l'embarcació mig submergida en què viatjava un grup d'emigrants de Síria i l'Iraq. A causa de la topada, el seu fill ha caigut a l'aigua. El testimoni afirma que han hagut d'alliberar l'hèlix d'un objecte que el bloquejava, i després han començat immediatament la recerca del seu fill, que duia una armilla salvavides».

–No –va dir l'Ernest.

–No?

–No: en aquella embarcació ja no hi havia ningú. Era l'embarcació d'uns emigrants, potser sí. Però ja no hi eren, a veure si ho entén. Ja se'ls havia rebentat. Ja era plena d'aigua.

–Està bé –el policia es va estar una bona estona prenent notes.

–Hauria de dir que l'embarcació va topar contra una llanxa mig submergida que havia estat abandonada per un grup d'emigrants... etcètera, etcètera.

El policia va continuar escrivint.

–El seu fill sap nedar? –va fer el policia sense aixecar la mirada.

–És clar que sap nedar.

–Bé? Vull dir, és un bon nedador?

–Doncs sí. Per què?

El policia va ajuntar les mans per construir un pont sobre el qual recolzar la seva barbeta. Devia tenir poc més de trenta anys, s'havia encetat uns quants grans en afaitar-se i duia un rellotge de plàstic daurat.

–Doncs perquè es podria haver tret l'armilla per nedar amb més comoditat cap al veler. És un cas que ja hem vist moltes vegades. Les armilles dificulten el moviment, la gent es posa nerviosa...

–Què m'està dient? Que el meu fill és tan ximple que s'ha tret l'armilla per nedar, i no ha pogut...

–Arribar fins al seu vaixell –va sentenciar el policia.

–No em puc creure que em digui això.

–No s'ho prengui així. Deixem-ho. Només volia saber si nedava bé. Continuem.

El policia va seguir llegint la declaració:

«Durant la recerca, han trobat els cossos, ja sense vida, de fins a cinc dels passatgers que, pel que semblava, anaven en l'embarcació que han envestit».

–Pot repetir aquesta frase?

El policia la va tornar a llegir. L'Ernest es va incorporar de sobte:

–Això tampoc està bé. Quan hi vam topar ja estava mig enfonsada! I els morts feia hores que eren morts! –va protestar. I va buscar ajuda a les parets, a l'embigat del sostre, al ventilador, en un cartell que anunciava les Cíclades com un collar de perles, i en un altre que anunciava l'illa de Lesbos com una joia de l'Egeu.

–Ahir ens va dir que això no ho podia assegurar.

–Jo no sé què collons vaig dir! Però és evident que aquesta pobra gent feia hores que eren morts! No han parlat amb els supervivents?

–Una cosa és la declaració dels supervivents, i una altra és la seva. Són dues coses diferents.

–Ah, dues coses diferents! –L'Ernest va fer oscil·lar el cap com si hi tingués una molla.

–D'això, aquí –el policia va picar el paper amb un bolígraf tres o quatre cops–, no en diu res. Ara ens agradaria que ens digués quant de temps va passar entre l'accident i el moment en què van començar a trobar els cossos sense vida d'aquesta gent.

–Deu minuts? Vint? No ho sé. Però què passa? M'està dient que s'han ofegat per culpa meva? I per què no m'acusen d'haver llençat per la borda el meu fill? I de la puta crisi grega?

Es va aixecar. El policia se'l va mirar, sorprès, i fins i tot es va fer una mica enrere, prudent, mentre ell esclatava:

–De veritat es pensen que eren vius? Vaig ensopegar amb les restes d'un naufragi, càgon la puta, que no ho veuen?

–Faci el favor de seure. Calmi's.

–Però què collons sospiten?

–Tranquil.

–Com vol que estigui tranquil? El que haurien de fer vostès és buscar el meu fill, i no tocar els collons. M'ha entès? Tocar els collons.

–L'embarcació dels emigrants ja s'havia omplert d'aigua. Ho sabem. Però el que no sabem és si encara...

–Si encara hi quedava algú i els vaig acabar de rematar –l'Ernest va picar amb el puny sobre la taula–. Toca't els collons!

Un altre agent va obrir la porta. Va treure el cap i va preguntar alguna cosa. En anglès, perquè l'Ernest ho entengués, el policia va dir que tot estava bé, que no passava res. El senyor s'havia posat una mica nerviós, però no passava res, tot estava bé, podia retirar-se. El segon agent va tornar a tancar la porta.

El pare d'en Marc va deixar anar l'aire amb força. Es va mirar el policia. Pobre noi: qui l'havia convençut que es fes policia? Segur que era del continent. L'havien destinat a Icària i l'havien allunyat de la seva nòvia. Se'l veia desemparat. Era ell, el responsable de la recerca d'en Marc?

–Busquin el meu fill, en lloc de perdre el temps amb aquestes collonades. I facin el favor d'ordenar que un forense es miri els cossos i els digui quanta estona feia que eren a l'aigua, càgon la... Però a hores d'ara ja es deuen haver podrit. On els tenen? Merda de...

–Vostè no és a Atenes, senyor. Això és una illa, i una illa petita. No tenim tots els mitjans del món. Haurà de tenir paciència. L'hi torno a preguntar. Em pot dir quanta estona va passar entre el moment de l'accident i el moment en què van trobar els primers cossos?

–Deu minuts. Com a molt.

–Bé. Ha de saber que, ara per ara, no pot anar-se'n de l'illa.

–Naturalment que no. No me n'aniré fins que no trobin el meu fill.

Quan va sortir d'allí dins, la llum s'havia tornat encara més absurda. Li va semblar que la realitat era un decorat que, d'un moment a l'altre, cauria enrere i descobriria una foscor espantosa, una buidor de vertigen.

Mentre pujava cap als apartaments, es va enfonsar el barret fins a les celles i va tornar a plorar.

No hi havia res que pogués despertar el seu interès, però tampoc no hi havia res que li fes cap nosa. Ja no es llegia els cartells, els rètols, els anuncis en grec per mirar d'entendre'ls. Semblava mentida que hi pogués haver tanta tristesa barrejada amb aquell esclat de llum al mar, als baladres blancs i roses, a les parets emblanquinades, i que fos trist dutxar-se, vestir-se o tallar-se les ungles. Assumia les rutines amb un punt d'estranyesa, perquè li resultaven absurdes. Tampoc tenia cap interès pel menjar. Menjava, però no hauria estat capaç de recordar què havia menjat. Havia perdut el gust. Només bevia aigua i es prenia algun cafè.

Va prendre consciència que havia entrar en una mena de purgatori, un territori desconegut on esperava alguna cosa, però no sabia ben bé què, com en una estació buida de metro on ja mai més hagués de passar el tren. Aleshores també va començar a percebre amb claredat que la desgràcia el lligava molt més a la mare del seu fill, la Sara, que no pas a la Sophie. Però no era, ni de lluny, un lligam fet d'estimació. La Sara li feia pànic. Era una dona dura i decidida, fantàstica quan la tenies a favor, terrible quan la tenies en contra. I quan sabés el que havia passat, no tindria pietat. Més enllà d'aquesta distància, però, l'accident d'en Marc els unia sense remei.

La Sophie encara s'esforçava per ajudar-lo, i no parava de fer gestions pel seu compte. Havia mirat d'aconseguir un helicòpter privat. Trucava cada dues o tres hores a la policia. S'ocupava de la intendència i d'en Max. Hauria volgut fer alguna cosa més, però no sabia què. Quan mirava d'animar el seu marit, no acabava de trobar les paraules. Perquè la resposta d'ell era sempre freda i distant. Si l'acariciava, es trobava amb un gest esquerp, i això encara la incomodava més.

Ell, en canvi, no pretenia ofendre-la amb la seva fredor, i si gairebé no contestava era perquè el dolor l'havia deixat sense paraules. Era conscient, però, de la contradicció: la Sophie no podia compartir amb ell el seu dolor de cap de les maneres, però ell tampoc volia, de cap de les maneres, que hi renunciés del tot. La volia al seu costat, agafant-li la mà, però la volia en silenci, sense paraules falses de suport, sense carícies innecessàries, i sense mentides pietoses que cada vegada tenien menys sentit, perquè ningú sobreviu tantes hores a l'aigua, per més que dugui una bona armilla de salvament. Ella se sentia expulsada del territori fosc en què ell estava submergit, i a ell, en canvi, li semblava que acabava de descobrir una veritat terrible: la incapacitat de la Sophie per compartir el seu sofriment, per ajudar-lo, per tenir la profunditat humana i la capacitat d'estimar-lo que reclamaven les circumstàncies. O eren imaginacions seves? Segur que sí: s'estava tornant boig i no hi havia lloc per a res més que per al dolor.

El dolor era com una closca que l'aïllava del món. En l'espai limitat de l'apartament, la Sophie va començar a ser una nosa, una presència estranya al dolor. En Max s'avorria i rondinava, i si es distreia era fent soroll i omplint tot l'espai amb els seus jocs. El pare d'en Marc observava amb tristesa com el nen de la Sophie feia córrer per terra un camió de bombers. N'imitava la sirena amb una mena de miol de gatet. L'Ernest no suportava que per fer el soroll del motor fes vibrar els seus llavis generosos i omplís els rajols, que eren de pissarra negra, de gotetes de saliva. El nen l'inquietava. Era injust, pobre Max, però en lloc d'amorosir l'ambient amb la seva presència innocent, el tensava encara més. Ell havia perdut el fill i en canvi la Sophie tenia el seu. Com podia entendre el seu dolor?

Potser sí, que s'hauria de prendre alguna cosa.

De tant en tant el nen deixava els seus jocs, tenia una mena de revelació, es girava cap a la Sophie o cap a l'Ernest i preguntava:

–Quan vindrà en Marc?

L'Ernest li refregava els cabells i li deia que encara no ho sabia, que l'estaven buscant.

Al vespre va trucar la Sara per parlar amb l'Ernest i ferli saber que arribaria l'endemà al matí. En Max va escoltar la conversa. L'Ernest va dir que el seguien buscant. Que no se sabia res. Després va sortir a la terrassa amb el telèfon i va seguir parlant una bona estona. Quan va tornar, en Max li va preguntar:

–En Marc s'ha mort?

No van sopar. A l'hora de posar-lo al llit, la Sophie es va inventar una història en què en Marc era al mar i venien uns peixos de colors i se l'emportaven a una cova. L'Ernest va escoltar una estona des del llindar de la porta, emparat per la foscor. Els peixos de colors preguntaven a en Marc com estava, i el nen contestava que molt bé. De tant en tant la veu de la Sophie s'esquerdava, es trencava.

–I què va passar?

–Que en Marc s'havia d'esperar que el vinguessin a buscar a la cova.

L'Ernest va tornar a la sala i es va deixar caure al sofà.

–Ja dorm –va dir la Sara quan va tornar.

–I per què li has d'explicar al nen aquestes ximpleries? El món no és així, Sophie.

–Ah, no? I com és? Què vols que li digui, al nen? Vols que el tingui tota la nit despert, esperant en Marc? T'has de prendre alguna cosa, Ernest. No pots seguir així.

–Ah, vaja: tot es resol prenent alguna cosa.

Al cap d'una estona, mentre l'Ernest llegia un missatge de la Sara amb l'hora exacta d'arribada, la Sophie va sortir de l'apartament sense dir res. Va estar fora dues hores. Hi havia lluna plena. Es va perdre pels carrers de la urbanització i després va caminar una bona estona per la carretera. L'asfalt brillava amb la lluna.

Feia temps que no plorava tant.

L'endemà, la Sophie volia baixar al poble a comprar alguna cosa per al mal d'orella que tenia en Max. L'Ernest li va dir que ja es podia quedar el cotxe: no tenia ganes de conduir. Ella li va proposar de baixar junts fins al poble, però ell s'estimava més caminar una mica. Per anar a l'aeroport a buscar la Sara ja agafaria un taxi.

L'Ernest va sortir de l'apartament gairebé dues hores abans de l'hora prevista per a l'arribada de la Sara. Quan va arribar al poble estava tremolant i tenia ganes de fugir. El cos se li rebel·lava, no li havia passat mai una cosa així. Ganes de fugir, però cap a on? Va seure a l'ombra d'un mur i d'unes sabines escarransides, a veure si aconseguia relaxar-se una mica.

La Sara sí que tenia la legitimitat del dolor. Més que ell i tot. Ella era capaç de posar-se malalta de veritat. Era capaç d'embogir. De transformar-se, de sofrir d'una manera irreparable. Però compartir el dolor amb ell li seria impossible. La relació havia empitjorat, i molt, en els darrers temps. En Marc vivia gairebé tot l'any amb la seva mare, a Palma. L'Ernest hi tenia un apartament i hi anava cada quinze dies. Des del divendres fins al dilluns al matí. De tant en tant el nen també es reunia amb el seu pare a Barcelona. Però ella es queixava que l'Ernest no li telefonava durant la setmana, i no li preguntava pels estudis o pels partits de vòlei. Durant el darrer any, amb l'excusa de la feina, s'havia arribat a estar un mes sense veure el seu fill. Allò no podia ser. El nen necessitava un pare. S'hi havia compromès.

–No fas de pare! –li havia dir la Sara.

Abans de començar les vacances, la psicòloga de l'escola li havia telefonat per preguntar-li si li passava alguna cosa al nen. Tenia algun problema amb el seu pare? Perquè en una entrevista recent en Marc li havia dit una frase tan còmica com preocupant:

–Jo tinc pare i mare. Però tinc més mare que pare. Tinc poc pare.

L'Ernest es mirava les cames. Tremolors que venien i desapareixien. Potser eren les ganes de fugir d'aquests pensaments obsessius, concèntrics, tancats. Des de la placeta on era veia el mar al fons d'un carrer amb escales. I ara odiava el mar. En aquella illa era difícil deixar de veure el mar. Potser seria millor esperar-se a l'aeroport.

La terminal de l'aeroport era un petit edifici de ciment d'una sola planta, pintat de color groc. La sala d'espera era d'una austeritat militar. Només hi havia una màquina de refrescos, quatre cartells i sis fileres de cadires de plàstic de color groc encastades en una estructura metàl·lica. L'aeroport, en un extrem de l'illa, havia estat construït tallant els turons amb dinamita i movent terres fins a guanyar l'espai necessari per a la pista. Des de la sala es veien uns tristos talussos sense vegetació.

Una hora abans de l'arribada de l'avió, encara no hi havia ningú. Des de la sala d'espera es veia la pista i, més lluny, una altra vegada el mar del seu fill. Els passatgers baixarien de l'avió i travessarien la pista a peu. Vint metres fins a l'edifici de l'aeroport. Com l'havia de rebre? Què passaria exactament des del moment en què la veuria baixar de l'avió fins a l'hora de pujar al cotxe per portar-la al seu hotel? De tant en tant la sensació d'ofec se li feia insuportable i s'havia d'aixecar, caminar, concentrar-se en la respiració. El món se li anava fent més i més absurd: a la sortida de l'aeroport hi havia una tanca publicitària on deia WILLKOMMEN IN IKARIA. S'hi veia una noia en biquini que somreia amb el mar del seu fill al fons.

Va tenir més d'una hora per imaginar-se l'arribada de la Sara, però quan finalment va arribar les coses van ser molt diferents de com havia previst. L'avió es va aturar més enllà del tros de pista que podia veure des de la terminal. Els passatgers van començar a sortir per dues portes diferents. Va confondre la Sara amb una altra dona, i això va fer que es concentrés durant una bona estona a observar els gestos, la manera de caminar i el neguit a la cua dels passaports, d'una dona amb un barret de palla que no era la Sara. Va treure conclusions d'una dona que no era la Sara. Va veure una Sara nerviosa i desmemoriada, que buscava el passaport amb angoixa i el trobava, finalment, en el compartiment d'una bossa on acabava de buscar segons abans. Va veure una Sara que esbufegava perquè no era la Sara.

I quan va veure la Sara de veritat, que ja havia passat el control de passaports sense que ell la veiés, ja la tenia a deu metres, decidida i seriosa.

No va tenir temps ni de dir hola. La Sara li va clavar una bufetada. Una descàrrega elèctrica que de seguida es va convertir en un xiulet a l'orella. Les ulleres de sol li van sortir disparades. Van lliscar sobre el marbre i es van aturar als peus d'una família nòrdica. Els pares i els seus dos nens rossets van fer un saltet enrere, com si haguessin vist una rata.

–Què li has fet al meu fill?

3

El seu pare havia entrat un moment a la cabina per ocupar-se d'en Max, que era un ploramiques, i l'havia deixat al timó. El nen feia coincidir la proa amb un pic grisós, emboirat, de la costa d'Icària.

De sobte va veure que hi havia alguna cosa a l'aigua, just al davant, però les ones l'amagaven, la descobrien, la tornaven a amagar. Es va posar dret sobre el seient de la banyera, agafat a un dels obencs. Quan va veure que era una llanxa pneumàtica ja no era a temps d'evitar-la. Va virar a babord, però el veler ja s'enfilava de proa, ja queia de costat, i un cop de mar escombrava la banyera. En Marc va perdre peu, i mentre l'embarcació recuperava la seva posició, l'onada el va arrossegar cap al mar.

L'aigua el va sorprendre amb la boca oberta, cridant. Va tornar a cridar així que va treure el cap i va poder veure, amb horror, que el Súnion s'allunyava.

–Papa!

L'embarcació desapareixia i tornava a aparèixer. Des del fons de les clotades d'aquell mar encrespat només en veia el pal, i només podia veure'n el buc si tant ell com el veler coincidien a dalt d'alguna onada. Però no semblava que hi hagués ningú a coberta. Què feia, el seu pare?

–Papa! –cridava una veu esquerdada que s'enduia el vent.

En Marc lluitava, allargava el coll, mirava d'impedir que les ones li amaguessin la popa del vaixell, a veure si el seu pare sortia d'una vegada de la cabina, a veure si d'una vegada s'adonava que havia caigut a l'aigua.

No era la primera vegada que queia al mar. Des de molt petit havia après a navegar amb un patí de vela, estava acostumat a les regates, i havia bolcat més d'un cop. Però en una regata les coses eren ben diferents, perquè sempre hi havia més d'una embarcació disposada a rescatar-te de seguida.

Va tenir una estranya sensació de vertigen en veure que la distància que el separava del vaixell s'anava fent més gran.

–Pa...!

Va sentir la sal i l'amargor al fons de la gola. Durant uns instants va pensar que no era veritat i, com si estigués somniant, va dedicar tots els seus esforços a tornar a bord, com si pogués modificar el final d'un malson. De seguida es va tornar a concentrar novament en la posició del veler, i encara que només el veiés de tant en tant entre les crineres d'escuma, va poder adonar-se que s'havia aturat. Es va esforçar a nedar, a avançar cap al Súnion, però el temporal l'allunyava encara més. No arribaria mai.

En ben poca estona, o potser només era una impressió seva, les ones s'havien inflat més. A cada moment perdia l'orientació i havia de tornar a buscar el pal del veler entre l'escuma.

En una d'aquelles breus aparicions del veler, va poder veure clarament que el Súnion s'havia tornat a posar en marxa i que s'allunyava encara més. Què estava fent el seu pare? Que no el veia?

–Papa!

Anava calçat amb unes vambes esportives i duia uns mitjons de cotó, uns pantalons grisos gairebé fins al genoll, una samarreta negra d'Skrillex, i un jersei prim que només feia servir per anar per mar i que tenia un forat al colze.

L'armilla li aixecava el coll i li mantenia el cap fora de l'aigua per més que les ones el fessin anar d'una banda a l'altra.

I res més. Ell i el mar. No veia res més que el mar, la silueta d'Icària al fons i un cel blau que s'anava enfosquint.

Parpellejava, perquè el vent pentinava les crestes de les onades i hi havia una pluja de gotetes fines carregades de sal. Parpellejava i esperava.

No plorava. La desesperació l'havia fet reaccionar de pressa en un primer moment, però ara havia deixat totes les expectatives en suspens, i només esperava, com si s'hagués buidat del tot i fos un suro sobre les ones. No s'avançava als esdeveniments. No imaginava, o imaginava poc. Només mirava. Només estava atent a les onades i a l'indret per on el veler havia desaparegut. No pensava en el temps que podria resistir dins de l'aigua. Encara no pensava en el fred. Ni en el cansament. No pensava encara en què passaria si el seu pare no el trobava. No calculava si era més a prop de Patmos que d'Icària. No s'inquietava encara pensant en distàncies impossibles. No pensava que de seguida es faria de nit, i que tot ell quedaria submergit en la foscor sobre un mar de tinta.

Era un nen. Només parpellejava i esperava el seu pare.

No és que no tingués por. Tenia pànic, però per a ell era una cosa passatgera, una cosa que passaria i que després oblidaria. No anticipava la seva pròpia mort, no començava a ofegar-se abans d'ofegar-se de veritat, perquè sempre havia pensat que viuria molts anys i que era impossible que li passés res d'important.

Durant molta estona es va deixar hipnotitzar per la dansa de les ones. A l'escola de vela havia après a jugar en un simulador de navegació. El seu pare també tenia un programa semblant al seu portàtil. Semblava mentida que les ones que apareixien a la pantalla estiguessin tan ben fetes. Eren ben bé com les ones que l'envoltaven. El veler dels simuladors tenia un punt d'irrealitat, amb les seves superfícies sense defectes, d'una netedat impossible, però a la pantalla de l'ordinador les ones creixien i canviaven de forma com les de veritat. La superfície verda s'esquinçava de la mateixa manera, s'emblanquinava, es convertia en una allau d'escuma que lliscava avall i s'encrespava al cim. I de vegades les ones també tenien aquella mena de claror que semblava venir del fons del mar.

La seva mare no volia que jugués a matar soldats pels carrers d'una ciutat en runes. Era massa petit. Li havia amagat el joc que li havia regalat el seu oncle. Però el simulador li semblava bé. En més d'una ocasió ella també havia volgut provar com responien les veles i com es feien les bordades.

Va pensar que feia dies que no veia la seva mare. Aleshores, com si es trenqués el vidre d'un aquari, les emocions van esclatar i la contemplació hipnòtica es va convertir en un terror desesperat. Va començar a cridar sense parar.

–Papa! Papa! Papa!

Finalment, va escoltar. Tenia fred. No se sentia res més que la remor feixuga del mar i la seva respiració agitada per l'angoixa. Cap motor, cap esperança.

Va començar a plorar en silenci, sense sanglotar, només amb la tremolor trista d'un enyor immens.

Després, sense agitar-se, rendit a les onades, amb els braços plegats sobre l'armilla per retenir més la calor, va començar a recitar en veu baixa, per a ell, com un mantra protector, conscient de la seva soledat sense remei:

–Mama. Mama. Mama. Mama.

Els seus pares s'havien separat feia només dos anys, quan ell en tenia sis. El matí d'un dissabte de maig l'havien cridat a la sala d'estar. La mare havia apagat la música. S'havia fet un silenci estrany. Li havien dit que segués, i el pare havia començat a parlar: els pares s'estimaven molt, però discutien massa sovint, i de vegades hi ha pares que s'estimen molt però que no poden viure junts, de manera que havien decidit el millor per a tots tres. A partir d'aleshores viurien separats, i en Marc tindria dues cases en lloc d'una, i aniria d'una casa a l'altra, com molts nens, i tot continuaria sent com abans però amb dues cases, perquè tots dos se l'estimaven molt i molt i molt, i hi havia molts nens amb els pares separats i no passava res.

El van omplir de petons, el van animar i van anar tots tres junts a dinar en una terrassa de la Barceloneta, perquè ja feia bon temps i es podia estar a l'aire lliure. Li van dir que preguntés el que volgués. Que si el preocupava alguna cosa l'hi aclaririen. Que no es quedés res a dins. Però en Marc gairebé no va ser capaç de fer cap pregunta important per mirar de resoldre alguna cosa que l'inquietés. Si en va fer alguna, va ser només per acontentar-los. En realitat no volia saber res. Només els observava i prenia consciència que es comportaven d'una manera estranya. Sí, era allò: no es miraven. I estaven per ell d'una manera falsa.

L'arròs negre era bo, però aquell dinar era trist.

Li va semblar que ja feia molta estona que era a l'aigua. El seu pare l'acabaria trobant, però trigava massa, i ja tenia fred. Començava a petar de dents.

De vegades, quan encara passaven els estius al Port de la Selva, fondejaven en alguna caleta per buscar ostres o garotes, i només prenia consciència que tenia fred quan començava a tremolar i el seu pare el feia sortir de l'aigua. Embolcallat amb la tovallola, al sol, amb els llavis blaus i la mirada perduda, no parava de tremolar fins al cap d'una bona estona. Però aleshores notava l'escalfor del sol i pensava que no trigaria a recuperar-se. Sabia que el patiment duraria només una estona, i era un patiment feliç, amb els peus sobre una roca calenta. Ara, en canvi, tremolava sense remei, però seguia pensant el mateix: era impossible que li passés res d'important. El seu pare l'acabaria trobant. Ben aviat l'abrigaria amb una tovallola seca. Ben aviat seria dins de la cabina del Súnion i es prendria una xocolata desfeta.

Al principi, cada vegada que començava a petar de dents, s'esforçava a aturar el moviment involuntari de la mandíbula i ho aconseguia. Però dubtava, perquè potser la tremolor l'ajudava a escalfar-se. En una ocasió el monitor de vela li havia dit que la tremolor era una defensa contra el fred.

De seguida va començar a tremolar tot ell. Li tremolaven les espatlles, l'espinada, els braços. Hi havia breus intervals en què deixava de tremolar i es notava el cos adolorit. Aleshores tancava els ulls, serrava les dents, mirava d'encongir les cames i d'agafar-se els genolls amb els braços, i pensava en el seu pare, que arribaria d'un moment a l'altre.

Mai no havia passat tant de fred. Una vegada havia pujat amb el seu pare a la pista més alta d'una estació d'esquí dels Alps i, tot just arribar a dalt, els havia sorprès un temporal. En Marc no es veia capaç de baixar, perquè el vent els venia de cara. No podia mantenir els ulls oberts per seguir pista avall. El vent se li ficava per sota l'anorac i pel coll. Tenia les mans glaçades. Es va aturar, d'esquena al vent, i li va dir al seu pare que no podia més. Aleshores el seu pare li va agafar els pals i es va posar el nen entre les cames. Als revolts més forts li aixecava els peus perquè els esquís no se li encreuessin. Mai no havia corregut tant. Feia molt de fred, però va ser una baixada molt emocionant.

El seu pare vindria de seguida. O potser vindria la seva mare, com quan tenia febre i tremolava i es despertava amb els llençols suats. Sí, perquè la seva mare li posava una mà al front. I li portava aigua, i li feia prendre una cullerada d'un xarop dolç.

Però ara no volia aigua ni xarop. L'aigua era salada i amarga, tenia gust de fulla d'enciam amb massa vinagre i massa sal, i estava massa freda. I la seva mare no vindria perquè no era al veler. Potser sí que hi era, ara no ho sabia. On era la seva mare?

–Mama!

En Max, el nen de la Sophie, sí que hi era. Li feia ràbia que en Max s'hagués quedat al Súnion. Allí potser el seu pare i la Sophie s'estaven fent xocolata desfeta. El seu pare, als vespres, quan sortien amb el veler, sempre feia xocolata desfeta. Però no podia ser, no haurien deixat de buscar-lo per fer xocolata desfeta. Segur que no estaven fent xocolata desfeta. En Max potser plorava perquè no li feien xocolata desfeta, era tan mimat. Massa mimat amb els seus ulls blaus com el mar. Però potser sí que n'hi feien, perquè la Sophie el mimava molt.

En Marc tremolava, i pensava que era com un peix. Ell era com un peix acabat de pescar. Devia ser el mateix un peix fora de l'aigua que una persona dins. Quina ràbia en Max amb una tassa de xocolata. Fora de l'aigua, els peixos tremolaven. Ell tremolava dins de l'aigua. El seu pare treia els hams dels peixos i després els donava un cop perquè deixessin de tremolar d'aquella manera. Ell també volia deixar de tremolar. No podia més. En Max potser estava menjant melindros amb xocolata, quina ràbia. Tant de bo deixés de bellugar-se de cop, com els peixos.

El mar es bellugava massa, però no eren onades, eren punxes, clotades, eren pujades i baixades. Les onades les feia el vent i eren totes iguals, anaven cap a un costat, una darrere l'altra. En canvi ara el mar no seguia cap ordre, era molt estrany, el pare no venia, el pare no venia, aquí una onada i aquí una altra i no anaven enlloc, només es feien i es desfeien i no paraven mai i no paraven mai i era un mar fosc que feia por.

Tremolava.

Li agradava veure com es fonia la xocolata, i remenar-la amb una cullera de fusta, i anar afegint llet calenta, i fer-la bullir, i seguir remenant mentre les butllofes pujaven cap a la vora del pot fins que gairebé es vessava. Aleshores la mare apartava un moment el pot del fogó, i ell mirava com la xocolata tornava a baixar.

Va recordar el gust de la xocolata. El va rescatar del fons de la memòria, i era molt viu, molt real, però només va durar un instant, com un llampec que de seguida el va deixar buit, perdut al mar una altra vegada, desorientat, i amb una ràbia estranya pel fet de no tocar de peus a terra, de notar-se les cames balbes sota l'aigua, feixugues a causa del fred i de les vambes.

La seva mare servia la xocolata amb molta cura. Era tot un cerimonial. Decantava el pot i deixava que el líquid anés omplint la tassa lentament. Quan ja era plena feia un gest delicat, un cop de canell molt precís, per tal d'estroncar de cop la caiguda de la xocolata i evitar els regalims. Tasses blanques, netes sobre els platets, i ni una gota a la taula. La seva mare tenia unes mans molt especials. Eren molt boniques sobre les tecles del piano. Va recordar la mà dreta pujant i baixant pel teclat amb una agilitat de ratolí, i el gest quan passava les partitures.

De vegades l'escuma de la xocolata pujava massa i es vessava sobre els fogons. En Marc va recordar l'olor de la llet cremada. El mar bullia. Ell es moria de fred.

En una ocasió, quan era molt petit, la seva mare no va anar a recollir-lo a l'escola. El pati s'havia anat buidant. En Marc havia estat jugant amb els companys amb el pneumàtic que penjava d'un arbre, una mena de gronxador d'on es penjaven tres o quatre nens a la vegada, i finalment s'havia quedat sol, amb la panxa sobre el pneumàtic i els peus tot just fregant el terra de ciment.

No va gosar adreçar-se a la professora que vigilava el pati per dir-li que encara no l'havien recollit. Va mirar d'enganyar el temps i d'enganyar-se a ell mateix: segur que no havia passat tanta estona com li semblava. Segur que la mare vindria de seguida a buscar-lo.

La senyoreta el va rescatar de la foscor del racó de pati on seia, il·luminat només per la claror escassa que venia d'una finestra del gimnàs, i el va fer seure a l'escó de fusta que hi havia a l'entrada de l'escola: ara el vindrien a buscar.

Va passar una eternitat en companyia de l'aquari que hi havia al peu de l'escala. Peixos silenciosos que ningú no es mirava mai. També hi havia un mòbil de colors, llunes i estrelles que penjaven damunt seu i que també es bellugaven en silenci.

Li va semblar que la senyoreta s'impacientava. L'escola era gairebé a les fosques. Finalment va rebre una trucada. Era el seu pare. No trigaria a venir.

La tristesa d'aquell vespre a l'escola el va envair mentre s'enfilava en una ona, mentre baixava, mentre tornava a pujar.

Però finalment el seu pare l'havia vingut a buscar.

Li va dir que ho sentia molt, que no havia pogut venir abans, i el va omplir de petons davant de la senyoreta. En Marc se'n va avergonyir. Tenia ganes de plorar però es va aguantar.

Una onada va petar amb força i en Marc va empassar una mica d'aigua.

Aquesta vegada el seu pare no venia.

De sobte va descobrir que era a l'aigua i que tenia molt fred. Perquè ja s'havia adormit i s'havia tornat a despertar.

Era millor que dormís. El seu pare ja el despertaria quan arribés. Però si s'adormia potser arribaria tard a vòlei, i quan arribaven tard l'entrenador els renyava molt i els feia córrer deu minuts al voltant de la pista. Però a vòlei hi jugava a Mallorca i ara no eren a Mallorca. La casa del pare era a Barcelona, o sigui que potser el despertaria la mare. Però la mare no hi era perquè al Súnion només hi havia el pare. I la Sophie. La Sophie no prenia mai xocolata desfeta. Preguntava si era bona, li deien que sí, però no en prenia. El seu pare potser s'havia tirat a l'aigua i vindria nedant. Era millor que dormís una estona. El pare ja el despertaria.

La cresta d'una onada el va bufetejar. Que el deixessin tranquil. Tenia son, tenia tanta son que no li importava morir-se, perquè de fet era conscient, només una mica conscient, que s'estava morint, i no li feia por. Només li feia pena, perquè encara era massa petit per morir-se.

4

La Sara duia un vestit fosc i unes ulleres de sol d'un verd profund. Davant de la terminal de l'aeroport, en aquell paisatge desolat de talussos polsosos, com una pedrera, semblava més tràgica que mai. Havia deixat la maleta a terra, a la cua dels taxis.

–Fes el favor d'explicar-me com ha pogut passar una cosa així. Com pot ser que caigués de la barca. Explica'm exactament què ha passat.

–Vam... –l'Ernest va mirar cap als taxis, cap a les famílies disposades a viure amb alegria les seves vacances i cap als talussos despullats.

–Vam què.

–Sara: podem parlar després? –l'Ernest va seguir amb la mirada una família d'italians riallers que pujaven en un taxi.

–Em dius què va passar i m'ho dius ara.

–Feia mala mar. Feia... ho sento –va sanglotar l'Ernest. Va mirar de respirar a poc a poc. Va deixar que un matrimoni gran els prengués el taxi.

–Feia mala mar. I què. Com pot ser que en Marc hagi caigut a l'aigua. Com és possible?

–Després, sisplau, després –va dir l'Ernest, xiuxiuejant i amb els ulls tancats.

–No: ara –li va clavar les ungles al braç–. M'ho expliques ara, Ernest, ara.

–Sara, sisplau. –Dos nois amb tatuatges als muscles van pujar al taxi que els corresponia. L'Ernest va agafar la maleta de la Sara i es va apartar de la cua.

–Què va passar. Us vau enfadar?

–Què vols dir. Què penses, que el vaig tirar a l'aigua? Sara...

–No, però es podria haver enfadat i haver-se'n anat a proa per estar ben lluny de tu...

–Això ho feia abans, Sara. No. No es va enfadar. No ens enfadem.

–Doncs què.

–En Max, el nen de la Sophie...

–Ja sé qui és en Max.

–...va caure, va relliscar i es va donar un cop. Es va fer mal.

–També va caure a l'aigua? Tam...

–No, en Max va relliscar dins la cabina i es va posar a plorar...

–I tu...

–Hòstia, Sara, sisplau, parlem després.

–Tu vas entrar a la cabina per ocupar-te del nen de la Sophie i vas deixar el meu fill tot sol.

L'Ernest es va haver d'allunyar de la cua. La Sara el va esperar. Un avió es va enlairar. La Sara es va decidir a aturar un taxi així que va veure que l'Ernest ja tornava.

L'Ernest veia els ulls del taxista al retrovisor. L'home els mirava, volia saber què passava, de què parlaven, per què plorava aquella dona que acabava d'arribar a l'illa i es protegia amb unes ulleres de sol. Per què aquells silencis, i de sobte una veueta dèbil, gairebé de pregària, esquerdada pels plors.

–Com... Com és possible? Com...

–Ho sento...

–No diguis més ho sento, no ho diguis més! Què vol dir ho sento? Feia mala mar i has deixat un nen de set anys tot sol a coberta. Has matat el meu fill, Ernest. No pots dir ho sento. No ho tornis a dir. Has matat el nostre fill.

Hi havia aire condicionat, però l'Ernest va obrir la finestra i va procurar que l'aire li anés a la cara.

Els ulls del taxista volien ser discrets i miraven i no miraven.

–Sara, ha estat un accident. Vam xocar. –Notava com les llàgrimes se li aturaven entre els pèls d'una barba de dos dies, i a la merda el taxista dels collons. Els ulls foscos eren allí, penjats del sostre, emmarcats pel retrovisor, com si també el jutgessin. No: l'home no devia entendre res.– Vam xocar contra una llanxa inflable. Gairebé vam bolcar.

–Qui portava el timó? El nen? Vas deixar el meu fill tot sol al timó del Súnion?

–Vaig deixar que portés el timó una estona, perquè té més de set anys i perquè navega des que en té quatre. I perquè li deixo fer coses.

–No, és clar. Jo no li deixo fer res, segons tu. Però almenys no el mato. Ets un irresponsable, Ernest. Estàs boig. Estàs... Com vau xocar?

–No ho sé, Sara...

–I tu no eres amb ell. Tu eres dins de la cabina...

–Hòstia puta, és culpa meva, és culpa meva... Sí! Però només el vaig deixar un moment i vam tenir la mala sort de topar amb una llanxa mig desinflada.

–Mala sort? No existeix la mala sort. El que existeix és la irresponsabilitat. Aquesta és la diferència. A mi no m'hauria passat.

–Vam topar amb una llanxa. Això és mala sort.

–No hauria passat res si tu haguessis estat a coberta amb el meu fill.

–Vam picar de proa i vam estar a punt de bolcar. Vaig caure. Em vaig fer mal. Ja t'ho vaig explicar ahir, Sara... Quan vaig sortir, en Marc ja...

–...ja no hi era... Has matat el meu fill –va xiuxiuejar la Sara–. L'has matat.

–No, Sara, no.

–Em vas dir que duia l'armilla. I si duia...

–Duia l'armilla, et prometo que duia l'armilla...

–...si duia l'armilla el devies veure!

–No el vaig veure, Sara. El vam buscar. El vam buscar hores! El vam buscar moltes hores, Sara. Fins que es va fer de dia.

–Has matat el meu fill.

–No em pots dir això, no m'ho pots dir... Prou! M'he matat a mi, Sara. Em moro de pena, que no ho veus? Ets...

–L'has matat –va dir la Sara amb un fil de veu.

El taxista havia deixat de mirar. Fins aleshores l'Ernest no hi havia caigut: era el mateix taxista que l'havia pujat des del poble fins a l'apartament feia una setmana, un vespre que havia baixat a peu i sortia carregat de bosses del supermercat. Era un home simpàtic. Li havia preguntat si era la primera vegada que venia a l'illa, què li semblava Grècia i aquesta mena de coses. Li havia parlat de la feina. La crisi havia buidat l'illa de turistes del país. Ara hi havia poca feina. Li costava de pagar els estudis de la filla, que era a Atenes. Grècia s'estava enfonsant. Però ell no es queixava. Li agradava la seva feina. Li agradava l'illa, el mar, la seva dona, el clima i el mar. Era un entusiasta de la vida. Li va desitjar que fos molt feliç a Icària. Li va preguntar si tenia fills. Un? Marc. I la seva segona dona un altre? Dos nens? Que els estimés força! No hi havia res més important que els fills.

Havia entès alguna cosa, el taxista? Potser sabia una mica d'italià i havia anat copsant alguna paraula de tant en tant. I els gestos, els silencis i les llàgrimes eren universals: en acomiadar-se li va donar la mà. El front se li va arrugar i la cara se li va enfosquir una mica, com si li donés el condol.

La Sara va deixar la maleta al seu hotel, a prop del moll dels ferris, i l'Ernest la va esperar en una terrassa, davant del mar.

Durant l'espera va veure que el món se li feia estrany i que hi havia una llum absurda, d'una intensitat nuclear a les fulles dels baladres, als pals dels velers, als cromats dels cotxes. Aleshores se li va acudir pensar que el temps, en avançar, anava deixant a les fosques el passat immediat, i que només el present estava il·luminat. La seva vida només era aquell instant precís en què una vela espetegava, una venedora pesava tres albergínies i algú obria una finestra. Immediatament després les coses ja eren passat, i el passat era a les fosques, de la mateixa manera que el futur. La vida era una fracció de segon entre dues eternitats negres.

Perdut enmig del temps, la seva existència no tenia cap sentit.

El cor li anava molt de pressa. Va pensar que devia ser un atac de pànic. Va agafar aire. No s'havia de deixar arrossegar pels deliris. Però era veritat: era un irresponsable. Ho havia estat sempre. I ara ja no hi havia res a fer. Era veritat: culpa seva. Per culpa seva en Marc s'havia empassat aigua amarga fins a la mort.

Era veritat: a la Sara no li hauria passat.

Només es va sentir una mica alleujat quan va tornar a plorar en silenci, sense sanglots.

Va veure que la Sara ja tornava. La va veure líquida entre les llàgrimes. La Sara va seure, i per un moment va pensar que compartien alguna cosa, un silenci, una pausa, el dolor. L'Ernest va veure com es treia les ulleres de sol, com tancava els ulls i mirava d'alentir el ritme d'una respiració angoixada. Havia dormit poc. Se li havien enfonsat els ulls. Tenia els llavis més fins i blanquinosos. Però feia temps que no es veien. Es tenyia els cabells d'un color més clar. S'havia fet més gran. Va agrair que el deixés plorar en silenci, perquè no tenia res a dir.

Duia les mànigues de la camisa arremangades. En va estirar una per poder-se eixugar-se les llàgrimes. Se sentia incapaç d'iniciar la conversa.

–Però encara l'estan buscant, Sara –se li va acudir de dir.

–Buscar-lo? Quin sentit té, buscar-lo, si ja fa tres dies que va caure a l'aigua? El nostre fill és mort, Ernest. Tres dies. Dues nits al mar. Segur que... –no va poder continuar. Es mossegava els llavis, mirava cap al mar, abaixava el cap.

–Tot el dia hi ha patrulles. Perquè aquests dies, amb el temporal, moltes llanxes d'aquestes que passen des de Turquia han tingut problemes... –va dir l'Ernest.

–És molt gros. És molt gros... Això no pot quedar així.

L'havia vista plorar moltes vegades, però de ràbia, enmig de les seves discussions, barrejant les llàgrimes i els crits. Però mai amb aquell dolor que semblava físic i li deformava la cara i li enfonsava el cap entre les espatlles.

De cop li va semblar que es relaxava i va tornar a pensar que compartien el dolor.

Però va ser una treva molt breu.

–Et denunciaré, Ernest –va dir.

Sense defenses, abandonat a les emocions, es va imaginar la humiliació d'una condemna d'homicidi per imprudència temerària.

–Fes el que hagis de fer, Sara –va dir.

Quan els van portar aigua i dos cafès, la Sara es va aixecar i va dir que se n'anava a l'hotel.

L'Ernest es va quedar mirant com s'allunyava, com caminava. Va veure que no anava cap a l'hotel. S'allunyava riba enllà, sota el sol. Va pujar cap a l'apartament per un carrer costerut, entre murs emblanquinats coberts de buguenvíl·lees vermelles. Es mereixia anar a parar en una cel·la de ciment, amb un vàter sense tapa, amb una finestra allí dalt. Al pati cobert de gebre, algun dia d'hivern, els altres presos li preguntarien què havia fet.

Els hauria de dir que havia matat el seu fill.

5

Una llanxa inflable avançava cap a Icària. Duia més de seixanta persones a bord. Tothom callava. Calia que arribessin a l'illa abans que no es fes fosc. Havien perdut molt de temps a causa del temporal.

Un home va veure l'armilla taronja entre les ones.

En Marc va sentir l'estrebada, però no entenia res. Algú l'estirava per l'armilla i l'escanyava, però en Marc va pensar que era el seu pare, que el treia del llit. Ja era l'hora d'anar a vòlei? Però si encara era fosc! A més, feia mal temps, les pistes estarien molles, no podrien jugar. Tot era pluja. Hi havia una claror grisa i tot era aigua.

Mai no recordaria que li van treure l'armilla, el jersei i la samarreta i el van embolcallar amb una manta. Mai no recordaria com el van abraçar per escalfar-lo i com li van fer fregues a l'esquena, al pit i als braços. En Marc tenia els ulls oberts però amb prou feines sabia què estava veient: cares de preocupació, siluetes fosques que se'l miraven de molt a prop a veure si el coneixien. Sentia crits en una llengua estranya. Aquell noi duia una armilla diferent. Devia haver caigut d'una altra llanxa. Era parent d'algú? Algú sabia qui era? Ningú?

Semblava un somni: homes, dones, nens, tots amuntegats, premuts els uns contra els altres. Mirades fosques i tristes concentrades en ell. Poc després, en el mateix somni, ja no el miraven. Ara tot eren mantes i armilles descolorides, barrets de llana, mocadors entortolligats i tovalloles al cap.

Durant una bona estona es va concentrar només en les arrugues de la manta que el protegia, d'un color blau vibrant. L'aguantava amb les mans balbes, que encara li tremolaven. Amb els genoll contra el cos, i en el territori immediat de la manta i les mans, se sentia més segur. Estava envoltat de bosses, de maletes, de farcells immensos i de bosses de plàstic. I de gent que semblava concentrada també en les seves mantes i els seus freds. Només de tant en tan algú se'l mirava. Algú li feia un somriure. Per què?

Va tancar els ulls, i només aleshores va adonar-se que algú li fregava l'esquena i, de tant en tant els braços. Li anava bé. L'escalfava.

Hauria volgut adormir-se, però el van despertar uns crits aguts, els xiscles d'una noia que s'havia posat dreta i assenyalava alguna cosa al mar. A contrallum, la noia semblava un arbre mort amb una sola branca. Hi havia dos cossos que suraven, amb les seves armilles d'un color taronja descolorit. Un home ja mirava de rescatar-los. Li va semblar que l'home comprovava si encara eren vius. Dues dones cridaven.

Havien topat amb les restes d'una altra embarcació que devia fer la mateixa ruta. Cap a on? On era Icària? A l'horitzó, només es veia una confusió de núvols i muntanyes, potser una altra illa.

Va veure com pujaven a bord el cos d'una nena de poc més de quatre anys. Els braços li penjaven com si fos una nina de drap. La gent cridava, plorava. Entre en Marc i la cara blanca i inflada d'aquella nena d'ulls mig oberts que duia dues arracades amb una boleta d'or només hi havia dos farcells de roba. En Marc va ensorrar el cap entre els genolls, contra la manta. Ja sabia on era. A la televisió havia vist llanxes plenes de gent i nens ofegats a les platges on desembarcaven. La seva mare li havia explicat que fugien de la guerra.

N'havien parlat. Pobra gent. Els embarcaven en aquelles llanxes precàries perquè les màfies que organitzaven els viatges no estaven disposats a perdre una embarcació de veritat a cada transport. Les màfies eren gent que guanyava molts diners organitzant els viatges dels fugitius. Els venien armilles fetes de qualsevol manera, que amb prou feines suraven i que no servien per mantenir un cos amb el cap fora de l'aigua. Moltes d'aquelles llanxes que feien el trajecte entre Turquia i les illes gregues acabaven naufragant. Quants accidents hi havia hagut? La seva mare no ho sabia exactament: centenars. Moltíssims.

La dona que li havia estat fent fregues li estava dient alguna cosa. Era una dona prima, d'ulls foscos i enfonsats, que s'esforçava a somriure. Va tornar a repetir el mateix, en una llengua que en Marc no entenia. Al nen li va semblar que havia de contestar que sí. Va fer que sí amb el cap. La dona va somriure. Però era un somriure discret, gairebé amagat, perquè sobre aquella llanxa semblava que hi hagués una angoixa de plom que tenia tothom paralitzat.

Algú havia cobert el cos de la nena ofegada amb una peça de roba.

S'estava fent fosc. La llanxa avançava a poc a poc. El motor roncava. De tant en tant embarcava una mica d'aigua per estribord. Sempre hi havia algú tornant aigua al mar amb el cul d'una ampolla de plàstic. De tant en tant en Marc ensumava una bafarada d'olor de gent, una pudor agra que li recordava la dels caixers automàtics quan hi entrava amb la seva mare i s'hi trobaven algú dormint, parapetat entre capses de cartó.

La dona que tenia al darrere li va tornar a picar l'esquena. Li oferia un jersei. Feia que sí amb el cap i allargava més el braç: que l'agafés. Va dir alguna cosa en aquell idioma que en Marc no entenia i va allargar el braç encara una mica més per oferir-li el jersei. En Marc el va agafar. Va somriure i va dir gràcies. Se'l va posar. Es va tornar a embolcallar amb la manta.

No volia mirar. No volia continuar veient la peça de roba blava que cobria la nena morta. Es va adormir.

Va somniar que una embarcació de proa esmolada s'abraonava sobre la llanxa i uns homes sense rostre allargaven els braços i enfonsaven llances i ganivets a la lona grisa, que començava a sagnar com una balena. Li va semblar que es despertava dues vegades enmig del mateix malson. Febrós, escoltava les queixes apagades de la gent, algun plor, i tornava a caure en el deliri dels homes sense rostre que rebentaven l'embarcació.

També ho havia vist en un noticiari de televisió. Les

imatges havien estat gravades amb un telèfon mòbil i eren molt confuses. S'endevinaven cares de terror. Pals punxeguts que es clavaven als costats d'una llanxa. Mans que miraven d'impedir-ho. Ombres que es bellugaven entre els raigs de llum de les llanternes. La seva mare li havia explicat que hi havia grups de l'extrema dreta que punxaven les llanxes dels emigrants perquè no poguessin arribar a les illes. En Marc no sabia què era l'extrema dreta. La mare li havia dit que eren dolents que es cobrien la cara amb passamuntanyes, gent que odiava els qui venien de fora.

El seu malson era tan confús com aquelles imatges. Un pal punxegut se li clavava a la cuixa. Amb prou feines es va despertar. La dona que li havia deixat el jersei li enfonsava un dit a la cuixa per avisar-lo: li oferia una ampolla d'aigua.

Va fer que no amb el cap. La dona va fer que sí i va insistir com havia fet abans amb el jersei: un petit gest amb la mà que sostenia l'ampolla. En Marc va agafar-la i va beure. Va beure molt.

La por venia des de la foscor, era un remolí que s'apropava, una tremolor de l'aire i de la nit, un soroll que, encara en somnis, en Marc ja mirava d'identificar. Va seguir dormint fins que la por que venia de lluny va deixar de ser un malson i es va convertir en un batec real i infernal a sobre seu. Aleshores es va despertar i va veure els llums, els reflexos, les cares espantades, i va comprendre que era el soroll d'un helicòpter, i que el tenien al damunt, una panxa blanca i groga plena de reblons i uns focus que corrien pel mar, que il·luminaven rostres i crits.

Encara va trigar una estona a saber què estava passant. Naufragaven? Els havien vingut a rescatar? Les armilles vermelles, sota els focus, es reflectien sobre el mar i tenyien les ones de reflexos platejats i vermells, com si el mar s'hagués tornat de sang. Com si l'àngel de l'Apocalipsi de Sant Joan ja hagués vessat la seva copa. Quin àngel era? Li semblava que era el setè. Recordar la conversa amb el seu pare, a Patmos, era una manera de vèncer la por. La veu del seu pare l'acompanyava.

La gent saltava de la llanxa, que s'havia convertit en una massa tova i inestable, com el llom d'una balena morta, inflada per la putrefacció. Siluetes retallades, a contrallum dels focus, agafaven els embalums de roba que en Marc tenia al davant i les maletes que tenia al costat. L'helicòpter s'enlairava, s'allunyava una mica. Ara ho veia: eren a la vora d'una platja. La gent saltava de l'embarcació i corria cap a la sorra amb l'aigua fins als genolls, i hi havia tantes armilles vermelles que els esquitxos eren vermells i brillants, com si l'àngel de l'Apocalipsi ja hagués transformat l'aigua en sang. Els focus escombraven la sorra, les roques, la gent que ja arribava a la platja, les siluetes que ajudaven la gent a baixar de la llanxa, les ombres que amb prou feines podien caminar. Un focus va il·luminar l'estesa d'armilles vermelles abandonades que suraven.

Estava salvat. Segur que de seguida trobaria el seu pare. Es va aixecar. La llanxa s'havia anat desinflant. Els peus se li enfonsaven i li costava de mantenir l'equilibri sobre la lona tova. La dona que li havia fet fregues ja no hi era. Es va posar les vambes, va recuperar la roba xopa i va saltar a l'aigua. Hi havia gent que s'arrossegava per arribar a la platja, i només faltaven una vintena de metres. Gent que devia estar malalta i gent cansada, derrotada pel viatge. Va veure homes amb armilles reflectants que ajudaven la gent a fer els darrers metres. Va veure un home que duia la nena ofegada als braços.

L'helicòpter encara hi era, però lluny, sobre el mar. Darrere de la platja, entre les sabines negres, es veien els llums rutilants dels cotxes de policia i els llums vermells d'alguna ambulància. Segur que el seu pare era allí, esperant entre les ombres que s'endevinaven més enllà de la platja.

–Papa! –va cridar–. Papa!

Va trepitjar la sorra seca i ja no va mirar més on posava els peus. Hi havia roques, i troncs portats per algun temporal. Va ensopegar dues vegades. Però no deixava de mirar cap a les ombres per buscar el seu pare.

–Papa!

A la carretera hi havia gent que s'abraçava, que plorava, i també gent de genolls que aixecava les mans cap al cel i somreia sota els focus de llum blavosa que ho omplien tot de reflexos, d'ulls brillants i d'ombres negres. Hi havia crits, plors, i també converses animades en aquella llengua que devia ser àrab.

En Marc buscava, s'obria pas entre la gent, necessitava que el seu pare fos allí. Necessitava que el pare l'abracés, l'escalfés amb una manta seca, li fes fregues amb una tovallola com feia quan anaven a collir ostres i agafava fred.

I de sobte hi era, a la claror vermella d'una ambulància: els seus cabells rinxolats, el seu perfil, el seu nas, les seves ulleres.

–Papa!

Però un instant després ja no s'hi assemblava gens, era molt més calb, no tenia els cabells grisos, estava molt més gras i era més baix. L'error el va enfonsar. L'home devia ser de la policia, perquè donava ordres, cridava i feia que la gent s'agrupés en un eixamplament de la carretera, gairebé al final de la platja.

En Marc va sentir que li faltava l'aire. Tot passava massa de pressa, tot l'arrossegava, tot era com el mar que se l'enduia, no podia agafar-se enlloc. Li havia semblat que l'home que havia confós amb el seu pare parlava en grec, però potser no, potser eren a Turquia. Sabia que la costa turca era a tocar de Patmos, perquè havia estat mirant un mapa amb el seu pare. I la gent que fugia de Síria venia d'allí. Potser el temporal els havia fet tornar enrere. Es va aturar un moment entre la gent, com un escull enmig del corrent, però el rètol de l'ambulància, que estava escrit per ser vist a través del retrovisor, deia ƎƆИA⅃UᗺMA, i això no era ni en àrab ni en grec, n'estava segur. On eren?

Es va adreçar a la silueta fosca de l'home que tenia al costat. Duia una nena a coll.

–Això és Grècia? –va assenyalar cap a terra–. És Turquia?

–No Turkey. Greece –va dir l'ombra.

–Icària?

–No Ikaria. Samos. It's Samos –va repetir l'ombra.

En Marc no sabia què era Samos. No sabia on era i caminava al costat de gent desconeguda. Feia unes passes curtes i angoixades. Bellugava el cap i els ulls amb el neguit d'una recerca, però només veia els caps coberts, clatells, un criatura adormida penjada a l'esquena d'una dona.

Sabia estar sol, perquè era fill únic, però allò era molt diferent. Estava perdut, més perdut que mai i envoltat de gent desconeguda. Embolcallat amb la seva manta, amb les sabates xopes i amb un manyoc de roba sota el braç, en Marc avançava a poc a poc cap a on anava tothom, però de tant en tant encara es girava cap a l'ambulància.

No pensava amb claredat, perquè el món s'havia fet feixuc, una mica opac. Els pensaments embarrancaven, i en Marc es quedava amb la mirada perduda, hipnotitzat per la llum que girava i per les ombres retallades sobre l'esclat de claror taronja. Havia d'adreçar-se a algú i fer-li saber que ell no venia de Síria, que havia caigut del veler del seu pare. Això era el que havia de fer. No havia d'anar amb tothom. Ell era diferent. Venia d'un altre món. Havia de tornar cap a l'ambulància. *I'm Spanish*, va pensar. *I'm Spanish, from Barcelona*, mentre li semblava que una força invisible el xuclava. *I'm Spanish* mentre el món s'enfosquia i queia en un túnel, i allí dalt encara es veia l'ambulància, i després només reflexos, i finalment la foscor.

6

La Sophie s'acabava de dutxar. Havia posat un peu sobre la tapa del vàter per fer-se fregues a la cuixa amb una crema que feia una lleu olor de violetes. Va canviar de cama, va aixecar el cap i es va mirar al mirall. Li tocava fer-se la màscara cosmètica de fang negre del Mar Mort que s'aplicava un cop a la setmana. L'Ernest n'havia de fer la campanya de Nadal i havia portat a casa alguns pots de mostra.

La Sophie va obrir el pot de Lucce i es va començar a posar la pasta.

Quan va sonar el telèfon, l'Ernest s'estava fent el segon cafè del matí. On collons havia deixat el mòbil? No podia perdre la trucada.

La Sophie ja s'havia fet la màscara. L'Ernest s'havia deixat el mòbil al lavabo, al prestatge de vidre, a sota del mirall. La van irritar aquelles campanetes i aquella vibració de borinot: segur que anunciaven una mala notícia. L'aparell es bellugava sobre el prestatge de vidre i amenaçava de caure mentre la Sophie es fixava la tovallola a la cintura, agafava l'aparell amb els dos dits que tenia nets de fang i sortia de la cambra de bany per avisar el pare d'en Marc.

–Ernest! –va dir. Però l'aparell ja havia deixat de sonar.– Crec que és el número de policia. Truca'ls tu.

L'Ernest va trigar uns segons a reaccionar en veure la Sophie amb la màscara negra.

–Molt bé, Sophie –va dir l'Ernest–. Estaràs molt maca.

–Què vols dir?

–Doncs això. Que estaràs molt maca a l'enterrament.

–Ernest, sisplau, no cal que siguis tan desagradable. Ho sento. Ja me la trec.

–Fes el que vulguis. En realitat no té cap importància. Només és una puta màscara.

–Doncs si no té cap importància, podries haver callat. Mira... em sembla que estem una mica...

–Nerviosos? No em diguis –va dir l'Ernest. Va pensar que amb aquella cara negra i els ulls blancs semblava una calavera. Una parca rossa amb una tovallola al cap que els venia a visitar per dir-los que s'havia endut en Marc. Però no va dir res.

La Sophie es va tapar la cara amb les mans.

–Merde! La vache! Mon Dieu! Ho sento, Ernest... ho sento... –va dir. Es va tancar al lavabo. Es va mirar al mirall i va esclatar a plorar recolzada a la pica amb les dues mans.

L'Ernest va comprovar el número a la pantalla del mòbil. Efectivament, era la policia. Va tornar la trucada.

A l'altra banda, el policia que va contestar va trigar a reaccionar. No sabia ben bé què dir, o com dir-ho. L'Ernest va agafar aire per entomar la mala notícia. Però el drama no havia arribat encara al desenllaç: li demanaven que es desplacés a l'illa de Samos per tal d'identificar el cadàver d'un nen que, segons el forense, tenia uns vuit anys i que no havien pogut identificar. L'havien trobat feia dos dies. L'agent no sabia si al mar o en una platja. Ja li donarien més informació a l'hospital de Samos. L'agent ho sentia molt, comprenia perfectament la seva angoixa, era una situació difícil per a tothom, però per telèfon no estava autoritzat a dir res més. Ho havia d'entendre, s'havia de desplaçar a Samos i procedir a la identificació del cadàver del nen. Un helicòpter el recolliria al port d'Agios Kirikos. Li anava bé ara mateix?

No, no li anava bé, a ningú no li anava bé que el portessin a veure el cadàver del seu fill.

Hi va haver un silenci seguit de sorolls electrostàtics i d'alguna paraula tallada. El policia ho va haver de repetir: ho entenia perfectament, ho sentia molt. Li anava bé que el recollissin al port? Volia avisar la seva dona?

No: no avisaria la seva dona. Hi aniria tot sol. Si només es tractava d'identificar-lo, la seva dona s'ho podia estalviar.

Al cotxe, després de posar la primera, va confondre la marxa enrere per la segona i el canvi va fer un soroll esgarrifós de matraca metàl·lica. Pensava en massa coses alhora. Pensava en la màscara de fang negre que s'havia fet la Sophie, i en la campanya publicitària que havia de fer per a aquella màscara, i es penedia del que li havia dit. Pensava en el dolor de la Sara, que s'expressava en aquella mena d'odi angoixat que li recordava els pitjors temps de les seves baralles conjugals, i pensava en la idea de donar la vida per un fill: ara mateix acceptaria morir-se, ara mateix acceptaria l'anunci d'una mort dolorosa si amb això retornava la vida al seu fill. Però pensar en la resurrecció miraculosa d'en Marc no tenia cap sentit, era només una manera d'entretenir el dolor, com si les quimeres li evitessin el fet d'haver-se d'encarar amb un dolor que tenia molt de físic, com si l'ànima no només existís, sinó que fos una cosa tangible i l'hagués esquinçada una bala de canó.

Abans de l'accident ja s'havien estat una setmana a Icària, i gairebé cada vespre en Marc i ell havien baixat al poble per comprar. Era un moment dolç del dia. Parlaven de qualsevol cosa. Dels professors que en Marc tenia a l'escola de Palma. Dels professors que havia tingut l'Ernest feia molts anys. De càstigs antics. De vela, de regates, de trucs, d'estratègies. Es burlaven dels navegants maldestres. Admiraven els campions. Reien molt. S'escoltaven. El paisatge els acompanyava: baladres de flors roses que semblaven més arbres que no pas arbustos, buguenvíl·lees enormes i una llum daurada que posava una capa de vellut fins i tot a les atzavares i al mar.

En canvi, ara, tot era com un vidre trencat, escampat pertot arreu. Vidres aguts i punxants, i llances, i ganivets: els pals de les embarcacions del port, els miralls retrovisors dels cotxes, els parabrises, els llautons dels panys de porta, les onades mínimes del port. Així que va sortir del cotxe, es va posar les ulleres de sol. Ja havia vist, a l'extrem d'un moll, l'helicòpter que el devia esperar.

El van rebre el pilot i els dos policies que ja coneixia. Va percebre el to de condol de les mirades i les encaixades de mans. Com si li atorguessin un grau superior, el protagonisme que pren en una sala de vetlla el pare d'un nen mort. O s'ho imaginava? En tot cas, així devia ser com es percebia l'encaixada d'un metge que t'acomiada després d'una llarga visita en què t'ha donat una mala notícia: una encaixada que vol ser natural, que vol transmetre seguretat i confiança, i que al pacient li sembla un esforç exagerat i inútil per simular que tot va bé.

En aquelles encaixades i, sobretot, en la mirada del pilot, també hi va veure la incomoditat d'entrar en la intimitat i el dolor d'un desconegut: de seguida havia abandonat el contacte amb els seus ulls i havia mirat cap al mar, cap als velers, cap a l'helicòpter amb les pales flàccides, com pètals d'una flor marcida.

–Som-hi –va dir el pilot.

Dins l'aparell, aïllat pel soroll, el casc i les orelleres, el pare d'en Marc mirava d'allargar els estats d'absència que aconseguia de tant en tant i durant els quals es dedicava a una contemplació blanca i buida de la superfície del mar, de les illes llunyanes o de les taques allargassades que el vent dibuixava sobre l'aigua. Però no hi havia res a fer, de seguida tornava a anticipar el moment en què s'hauria d'enfrontar a la llitera que sortiria del congelador i al cos tapat per un llençol.

Van baixar al terrat mateix de l'hospital. Un muntacàrregues lentíssim els va portar fins al tercer subterrani. Un silenci incòmode va fer inacabable aquella mena de descens a l'infern.

Quan l'Ernest va veure el corredor de ciment on va suposar que només hi circulaven cotxes funeraris, va pensar que s'ensorraria. Com si fos un condemnat a mort que s'enfrontava al darrer passadís. Va bufar dos cops i va decidir que procediria a una identificació purament tècnica, a una identificació freda d'un cos que ja no seria del seu fill ni de ningú, abandonat ja per la vida, per l'humor, pels gestos i per les paraules, mentre el seu fill de sempre seguiria somrient en els records.

Va serrar les dents i va entrar al dipòsit de cadàvers disposat a acabar ben aviat amb aquella tortura, tancar el moment cruel de la constatació de la mort física per començar a assumir la pèrdua i a aprendre a conviure amb el dol. Però de sobte el va aturar l'home de la bata blanca que els acompanyava (doctor, tècnic sanitari o el que fos, perquè no ho havia preguntat i no tenia cap interès a saber-ho). Dins la sala hi havia crits, converses, plors. Els policies van preguntar alguna cosa. L'home de la bata blanca els va respondre, en grec. Després es va girar cap al pare d'en Marc.

–Senyor... Ha estat un error. Ja l'han identificat. Ja no cal que... –va dir.

El pare d'en Marc ja era a l'entrada de la sala. Rajols blancs, com esperava. Tres homes. Un d'ells plorava sorollosament, cridava, mirava d'alliberar-se dels altres dos com si tingués la intenció d'obrir-se el cap contra els rajols. El pare d'en Marc va veure el cadàver cobert amb un llençol. Als peus de la llitera hi havia un quart home amb una bata blanca com la que portava l'home que acompanyava el pare d'en Marc. Va avançar cap a la porta mentre els tres homes sortien de la sala i s'allunyaven corredor enllà.

–Lamentem aquesta confusió, senyor. Però potser val més així. Sempre hi ha esperances –va dir l'home que acompanyava el pare d'en Marc.

–No tinc esperances de trobar-lo viu. Després de tres dies? No. Cap esperança. M'hauria estimat més que fos ell.

–Sempre hi ha esperances –va dir un dels policies.

–No es poden haver equivocat?

–No han dubtat gens –va dir el metge (o el que fos) que era a la sala. I es va disculpar: va tornar a entrar a la sala i va empènyer la llitera al seu compartiment refrigerat. Després va tornar a sortir: havia d'acompanyar aquells homes per fer els tràmits corresponents.

Els policies ja se n'anaven. El pare d'en Marc es va adreçar al metge (o el que fos) que l'havia acompanyat.

–El puc veure? Vull estar segur que...

–Que no és el seu fill? No crec que sigui necessari...

–Vull veure'l. Ja li he dit que preferiria que ho fos –va dir amb una serenitat que el va sorprendre a ell mateix.

Així que va tenir el cos al davant, encara sota el llençol, ja no va tenir cap dubte: no era en Marc. Era un cos molt més petit. Se li veia un peu. Molt més petit i de dits més curts que els d'en Marc. Es va girar sense voler veure res més i, encara dins la sala, va començar a cridar. Com podia ser que l'haguessin fet anar fins allí? La veu retrunyia, i això encara encenia més la seva indignació: que no ho veien, cony, que aquell nen no tenia res a veure amb el seu fill? No devia tenir més de cinc anys. Merda! Que us follin a tots. Que us fotin ben fotuts.

7

Esperant Europa

Milers de persones que fugen de la guerra esperen als parcs, amb tendes de campanya, que Europa els aculli.

Atenes. Crònica de Maria Figueiredo.

Els parcs del centre d'Atenes, a tocar de la plaça Sintagma i de l'estació central, s'han convertit en el refugi provisional de centenars de famílies que esperen els papers que els han de permetre de seguir el seu viatge cap al cor d'Europa. N'hi ha molts que vénen d'estar-se quatre o cinc mesos als camps de refugiats de Síria i de Turquia, i arriben carregats de polls i de sarna. N'hi ha que s'esperen que els familiars que ja han arribat a Alemanya els enviïn diners per continuar el viatge.

Els veïns els porten menjar, mantes, llet en pols i biberons. Molts grecs, empipats amb Europa per les retallades i els ajustos econòmics que els obliga a fer, mostren així la seva solidaritat amb els qui encara estan pitjor que ells.

La Maria Figueiredo escrivia asseguda al llit, amb el portàtil. Va dubtar. Li semblava una crònica massa previsible. Però no estava en condicions d'escriure res més brillant.

Va pensar en un noi afganès d'ulls blaus i orelles sortides amb qui havia estat parlant en un dels parcs. Anava sol, no devia tenir més de divuit anys i no tenia papers. Tenia por que el fessin tornar. S'havia posat a plorar. El noi tenia una habilitat màgica per caçar mosquits picant de mans. En quatre ocasions li va mostrar els palmells amb un mosquit aixafat i un rastre de sang.

Amb el cap recolzat en un coixí doblegat, els peus sobre el segon coixí i l'ordinador sobre les cames, calent, la Maria Figueiredo es mirava l'habitació. El televisor era a tocar del sostre, en una plataforma, a l'extrem d'un braç articulat. Emetien un noticiari. El so del grec sempre li havia semblat igual que el de l'espanyol, però no s'entenia res. A la dreta, al costat de la porta del lavabo, hi havia un petit moble de fusta clara amb un mirall dins d'un marc barroc de color blau cel. Al davant, només un quadre amb dos angelets que es besaven i el moble baix on havia deixat la maleta. A l'esquerra, una cortina, de color de coure, que feia una ondulació regular, com si fos de plàstic rígid. Havia obert una mica el finestral, que donava a un balcó sobre el carrer, i se sentien les converses del restaurant de la cantonada.

A l'altra banda del carrer hi havia un altre hotel. Les finestres dels lavabos tenien textura, però tot i això s'hi veien les siluetes de la gent amb prou claredat. Al migdia, només arribar a l'hotel, havia obert la balconada per ventilar l'habitació, que feia olor d'humitat, i en una de les finestres del segon pis hi havia vist un home assegut al vàter. Es veien perfectament els gestos que feia quan s'eixugava el cul.

Havia tancat la cortina. L'havia deixada com estava ara, gairebé tancada del tot. La Maria no acabava de veure si era un hotel trist o era ella, qui estava confosa i trista. Però ara no hi volia pensar. S'havia passat la tarda caminant, buscant distreure's per fugir del seu neguit.

En João l'havia proposada com a corresponsal a Samos a canvi del silenci. Ella el perdonaria, seria comprensiva, aquestes coses passen, i no és tan greu. Se n'oblidaria, i a canvi tindria la seva gran oportunitat.

Però la Maria no se'n podia oblidar.

A la tarda havia pujat a l'Acròpolis. Hi havia estat feia deu anys, el viatge de fi de curs de batxillerat, i de cop era com fer un viatge en el temps, un retorn als seus setze anys, perquè havia estat un viatge fantàstic, tot la impressionava, la meravellava, l'encantava, i ara el que l'havia emocionada més no havia estat tornar a veure el Partenó, sinó reviure la impressió que va sentir quan el va veure per primera vegada. La mateixa impressió que aquell temple era una cosa impossible. Tantes vegades vist a les fotografies, a les postals, als llibres d'art, i era veritat, amb tota la consistència i tota la força que li havien fet guanyar la guerra del temps.

En canvi, passejar per Plaka, on cada vegada hi havia més turistes i menys grecs, i on tot eren botiguetes amb partenons, teatrets de Dionís, esglésies bizantines i molins en miniatura, l'havia deprimit una mica. Amb les amigues del batxillerat no havien parat de riure, i ara més aviat li venien ganes de posar-se a plorar. Si anava amb gent, el mal gust podia arribar a ser divertit, però ara tota aquella faramalla turística la feia sentir-se més sola encara, com si tothom menys ella fos feliç envoltat de records turístics, entrant en aquelles botiguetes i comprant tassetes amb la màscara d'Agamèmnon.

A la tarda va visitar els parcs. Va parlar amb molta gent. Un sirià li va explicar que era perruquer a la seva ciutat, Alep. Havia fet de perruquer als camps de refugiats de la frontera turca, i pensava obrir una perruqueria a Alemanya. La Maria prenia notes, però no sabia vèncer la distància que ella mateixa s'inventava entre ella i aquella gent. Dubtava, pensava que no servia per al treball de camp. Buscava històries però no era capaç de convertir-les en un relat que emocionés, en una petita revelació que colpís la gent, en una epifania que fes veure als lectors el drama d'aquella gent. Va parlar amb una dona que havia estat violada per un grup de soldats de la dictadura. Va parlar amb un noi de disset anys que mantenia l'esperança que els metges europeus li retornessin la vista que havia perdut a causa de l'explosió d'una bomba de clor. Va tornar a l'hotel amb la llibreta plena de bocins d'històries tristes, però no es veia capaç d'organitzar tot aquell material en un article que fos alguna cosa més que un llistat de drames.

Va tornar a llegir el que havia escrit, i va pensar que no en podia salvar res. El títol li va semblar una merda. En va escriure un altre: «La desesperació sobre l'herba».

Però per més que canviés el títol, el text no fluïa. Què era exactament el que es proposava d'explicar? L'entrebanc no era el text, sinó ella mateixa, el record del cap d'internacional, en João Mendes, corregint-li la posició d'un dels tirants dels sostenidors al racó de la màquina de cafès, aquest vestit et queda molt bé.

Ella no havia volgut donar-hi cap importància. Havia recollit el cafè de la màquina.

«M'agrada el teu vestit. Em posa calent», li havia dit mentre estava d'esquena.

Només feia vint dies que era a la redacció del *Diário de Notícias,* i pocs més que coneixia en João. Li havia fet l'entrevista després de passar les proves escrites de selecció. A la Maria li havia caigut bé. Era un d'aquests tipus neguitosos, incapaços d'estar-se asseguts a la cadira més de deu minuts. Seia i s'aixecava, anava amunt i avall del despatx, tornava a seure i es tornava a aixecar, i l'aclaparava amb preguntes que gairebé no podia contestar, perquè en deixava caure una de nova quan ella encara no havia acabat de respondre l'anterior. Però era un neguitós simpàtic. Li agradava riure.

En João devia tenir quaranta i pocs anys i segurament anava al gimnàs. O potser feia algun esport a l'aire lliure, perquè estava morè en ple hivern de Lisboa i se'l veia àgil i musculat. Movia les mans amb la mena de precisió que només tenen els fotògrafs i els dibuixants. Va observar com agafava el bolígraf, com bellugava una cadira. I els gestos que feia quan parlava. A la Maria li havia agradat, sobretot, que l'escoltés mirant-la als ulls. Era una mirada d'interès, que la feia sentir-se segura. De tant en tant arrufava el front i se li feien unes celles intel·ligents, amb un canvi sobtat d'inclinació. Com si el que ella estava dient tingués més interès del que tenia en realitat.

Li va preguntar a quins polítics europeus convidaria a sopar a casa seva, i va aconseguir fer-lo riure amb un comentari enginyós sobre Carla Bruni i Nicolas Sarkozy. Ja no recordava què li havia dit exactament, però hi havia alguna al·lusió sexual que ell podia haver interpretat com un indici, un senyal de complicitat, una porta oberta. Ho reconeixia: d'alguna manera, havia jugat amb la seva capacitat de seducció perquè en Mendes es decidís a contractar-la. Però això no la feia culpable.

L'havien contractada. Amb els seus vint-i-set anys, era el membre més jove de l'equip, i l'única dona. I no havia passat res fins al dia del tirant, al racó de la màquina de cafè. Allí havia començat la cosa, i allí ho hauria d'haver aturat. Però aquestes coses devien passar en totes les redaccions de tots els diaris. S'havia d'esperar. No es podia precipitar. Li va semblar excessiu parlar-ne amb el cap de personal.

Ara tenia son, però li costaria d'adormir-se. El caçador de mosquits afganès tornava a picar de mans, però era un grup d'espanyols que passava pel carrer cantant i cridant. Va treure el so del televisor. S'hi veien imatges d'una platja plena d'armilles vermelles.

Va bellugar les puntes dels dits dels peus. Estava trista.

Aleshores va sonar la campaneta del mòbil. Un missatge d'en João.

Com estàs?

Va mirar la pantalleta una bona estona. No era una pregunta a la periodista, sinó a la dona. Preocupat per ella? Al contrari: segur que estava preocupat per ell. Pel que podia estar pensant la noia. Perquè potser ara la noia tenia molt de temps per pensar i decidir. Finalment va contestar.

Ara Atenes. Demà avió a
Samos molt d'hora.

Ell li va enviar una careta que somreia. Ella va posar el mòbil a carregar.

8

En Marc va parpellejar i amb prou feines va prendre consciència que aquella llum brillant era una llanterna, una claror intensa que el feria, massa a prop dels ulls. Va notar que algú li aguantava les parpelles. Finalment la llanterna es va apagar, i ja l'ajudaven perquè s'aixequés.

I'm Spanish, va tornar a pensar. Ho havia de dir. Però a qui? Ja l'ajudaven a caminar, i s'allunyava de l'ambulància, i amb prou feines podia aixecar els peus. On el portaven? Va girar el cap, va dir *I'm Spanish*, de Barcelona, però ja no li sortien les paraules, estava massa cansat, tenia molta son.

I'm Spanish, va somicar amb un fil de veu. Ningú no li va fer cas. O no l'havien sentit. Va pujar a l'autocar. Una lluna gairebé plena havia aparegut entre els núvols, com al fons d'un pou.

Així que va seure, va reconèixer dues fileres més endavant la dona que li havia deixat el jersei. Això el va tranquil·litzar una mica. Tenia alguna cosa segura, alguna persona coneguda a l'abast. Al seu costat, en canvi, s'havia assegut un home que se'l mirava massa, i se sentia incòmode. En

Marc va mirar cap a la lluna, un disc en la foscor. L'home li va picar la cuixa.

–Hal enta bikheir?

En Marc es va girar i no va saber què dir. L'home tenia una cicatriu al llavi de baix i la cara molt marcada per antigues erupcions. Duia una barba i un bigoti desendreçats, com el captaire que hi havia a la porta del Caprabo del seu barri, a Palma.

–Tahki arabi?

–Sorry, no t'entenc. Not understand.

–Where are you from? Are you from Afghanistan? –va preguntar l'home.

En Marc va fer que no amb el cap. No era de l'Afganistan, però tampoc sabia si havia de contestar, si havia de seguir parlant amb un desconegut. Li semblava que se sentia més segur, menys exposat als perills de la gent estranya, si mirava cap a la lluna que seguia l'autobús en la foscor. La lluna avançava o retrocedia a cada revolt de la carretera, i també era una cosa del seu món de sempre.

–Are you from Afghanistan? –va repetir l'home. Li picava la cuixa reclamant una resposta.

–No, Afghanistan, no. Spain.

–Spain? –l'home va fer una ganyota, una cara d'estranyesa, i va tustar l'espatlla d'un altre home que seia a l'altra banda del corredor. Li va dir alguna cosa en àrab. Van parlar una estona. L'home de l'altra banda es va mirar en Marc.

–¿Hablas español? –li va preguntar, en un castellà força entenedor.

–Sí –va dir en Marc.

–¿Pero de dónde...? –va començar l'home. Però va deixar la frase penjada i es va tornar a adreçar en àrab a l'home de la cara plena de bonys i de clotets. Els dos homes es van canviar de lloc. El nou veí d'en Marc tenia el nas tort, la pell brillant, com si anés untat amb oli, i el front amb unes arrugues que semblaven onades. Mirava d'una manera estranya, amb el cap una mica enfonsat, com si estigués passant una porta baixa i no hi volgués topar.

–¿De dónde vienes? ¿Y tus padres?

–No ho sé.

–Però, em diu el meu company que t'hem trobat al mar? Heu tingut problemes amb la vostra llanxa?

–He caigut. He caigut al mar... Jo anava amb el meu pare i el meu germà petit.

–Amb el teu pare i el teu germà?

L'home del front ple d'arrugues es va girar cap a l'home de la cella aixecada. Van tornar a parlar.

–Potser ja han arribat, el teu pare i el teu germà. Potser te'ls trobaràs al camp de refugiats. Tu no et preocupis. El teu pare sí que deu estar preocupat per tu. Però... com és que véns d'Espanya?

En Marc va arronsar les espatlles. Per què no podia venir d'Espanya? Potser aquell home no l'havia acabat d'entendre. Potser ell no s'havia explicat bé. Estava cansat, estava trist, i allí fora hi havia la lluna que els seguia. En Marc va pensar que li feia companyia. La lluna era la de sempre.

–Però, no parles l'àrab?

–Oh, no, l'àrab no.

A l'home encara se li feien més arrugues al front.

–Tu tranquil, noi. Ho veus? Ja tens algú amb qui parlar. Saps? Vaig estudiar l'espanyol a Cuba. Hi he viscut deu anys. Saps on és Cuba?

En Marc va fer que sí, però es va sentir una mica incòmode perquè no sabia ben bé on era Cuba i no estava acostumat a dir mentides. Però tot era estrany, i aquell home l'intimidava, i aquell autobús no sabia on anava, i la gent parlava un altre idioma, i hi havia gent gran que plorava.

–Vaig anar-hi per estudiar mecànica d'avions –va dir l'home–. I m'hi vaig quedar. Treballant per a la Cubana de Aviación. T'agraden els avions?

–Sí.

–Quants anys tens?

–Set.

–Jo sóc l'Ahmad. I tu, com et dius?

–Marc.

L'home se'l va quedar mirant en silenci. Com que baixava el cap d'aquella manera, semblava una mica trist.

–Jo tenia un nen de nou anys –va dir.

–I on és, el teu fill?

–Es va morir.

–Ah.

–Sí.

–Com?

–Jugant. Jugant en una casa en runes. Va caure.

–Com?

–Va caure des d'un balcó sense barana. Dos nens. Tots dos morts.

–Ah.

–Ara és al cel, el meu nen.

L'autocar va travessar tota l'illa fins al port de la capital. Amb el nas al vidre, entre reflexos, en Marc veia les bombetes de colors de les terrasses dels restaurants, plenes a vessar, les finestres il·luminades de les cases, les siluetes dels turistes als balcons, prenent la fresca. La gent de l'autobús parlava un altre idioma, i hi havia dones que anaven tapades de cap a peus, totes de negre. Però allí fora hi havia el món de sempre. Estava salvat. *I'm Spanish*, diria. Explicaria a la policia la seva aventura. Ara només patia pel seu pare, però era millor no pensar-hi, perquè quan sabés que era viu, tindria una gran alegria.

El fet de pensar en l'emoció del seu pare va fer que li tremolés la barbeta i li saltés una llàgrima. No feia gaire que havia vist el seu pare plorar. Havien anat a veure aquella pel·lícula sobre el Hachiko, el gos que espera durant anys que torni el seu amo, que s'ha mort. El seu pare va plorar més que ell.

–Papa, estàs plorant! –li havia dit.

–Sí! –havia somrigut el seu pare, amb les llàgrimes als ulls.

Van deixar enrere grues, magatzems, i un ferri enorme d'on sortia una processó de cotxes. Els llums vibraven en la foscor. Per la inquietud, els comentaris i l'interès que tothom tenia a endevinar on eren i què es veia rere els vidres, en Marc va entendre que ja havien arribat.

–Tens papers? Tens passaport? –li va preguntar l'Ahmad.

–Passaport? Ah, sí... No. Jo no tinc res –va dir en Marc.

–Això és un problema.

L'autocar es va aturar. Gairebé tothom s'aixecava, recollia bosses, embalums. Però encara no havien obert les portes.

–Això és un problema, perquè si no et pots identificar...

–Què és identificar?

–Dir qui ets. Si no tens papers que diguin qui ets...

–Què.

–T'enviaran amb els afganesos...

–Que són afganesos.

–De l'Afganistan.

–Ah.

–I amb els negres. De l'Àfrica.

–Sí...

–Al camp de refugiats d'allí al davant, a l'altra banda del port. Allí...

–Aquelles llums?

–Sí. Però aquell camp és una merda.

–Què vols dir?

–Als sirians ens porten a un camp d'on podrem sortir, si volem. Podrem anar al poble a comprar, passejar... I agafar un ferri quan puguem... Però aquell altre camp és com una presó.

–Em portaran allí?

–Tranquil. Suposo que com que ets un nen...

–No m'hi enviaran.

–Sí que t'hi enviaran. Però et tractaran bé. Suposo.

En Marc es va quedar mut, concentrat en les arrugues olioses del front de l'Ahmad.

L'home va mirar cap a les portes, a veure si les obrien d'una vegada. Finalment es van obrir les del davant i va pujar un noi. Va començar a explicar alguna cosa, en àrab. Es va fer silenci. Tothom escoltava.

–Què diu? –va preguntar en Marc.

–Que ara ens identificaran perquè puguem demanar els papers de refugiats. I també diu que baixin primer els que van amb nens.

En Marc no va preguntar en què consistien els papers de refugiats. Estava aclaparat. Amb prou feines podia seguir despert, submergit en la seva desgràcia i preocupat per les llums del camp de refugiats de l'altra banda del port.

De seguida es van obrir les portes i van començar a baixar famílies, homes i dones que duien criatures adormides a coll. Els qui encara estaven desperts, no ploraven. Tenien els ulls oberts, però tristos i enterbolits, com si no veiessin res. Com si ja no volguessin veure més horrors.

En Marc jugava amb les mans, es mirava les ungles. Li tremolava la barbeta.

La dona que li havia deixat el jersei ja estava a punt de sortir, amb un nen de tres o quatre anys a coll. Va preguntar-li alguna cosa a l'home de les arrugues al front. L'home va contestar i va fer una ganyota trista. La dona també. A en Marc li va semblar que el compadien. Perquè anava sol. Perquè no tenia papers i l'enviarien al campament dels negres de l'Àfrica, i tothom sabia que aquell camp d'internament no tenia res a veure amb el centre d'acollida de refugiats del port.

En Marc va girar-se cap a la finestra per no tornar a plorar. L'home el va avisar amb dos copets de colze:

–Direm que ets el meu fill –va dir l'home–. Així no

t'enviaran al camp d'internament i podràs buscar el teu pare, que ja deu ser aquí. Ja ho veuràs.

En Marc se'l va mirar.

Tenia aspecte de ser el seu pare? Amb aquell nas tort i el front arrugat?

En més d'una ocasió, en l'època en què l'acompanyava a l'escola, el seu pare li havia proposat un joc. Estava content, de tenir el pare que tenia? Que li semblaria tenir-ne un altre? Si s'hagués de buscar un pare nou, què li semblaria aquell senyor amb cara d'ocell que estava aparcant la moto? I aquell altre de gras que duia un abric feixuc i s'esperava al semàfor? I l'home de cabells grogosos i ulls líquids que venia diaris al quiosc? I el de la parada de flors? I l'home de la barba que ara entrava al banc, amb aquella cara blanca i boteruda, com una massa de farina crua? Però ara no era broma, i no hi havia gaire per escollir. Li va semblar que ningú no s'ho creuria, perquè no s'hi assemblava gens. Però no hi tenia res a perdre. Si el seu pare de veritat era allí, de seguida el trobaria i ho aclaririen tot, segur que duia el seu passaport i podria explicar qui era i no l'enviarien al campament dels negres.

–Però jo no parlo l'àrab –va dir el nen.

–Tu deixa'm a mi. I si has de parlar, parla en anglès.

–No en sé. Només sé dir yes, hello... i I'm Spanish.

–Això no ho diguis.

Quan va baixar de l'autocar, i mentre avançava cap a la porta il·luminada d'un pavelló fet de planxes metàl·liques i s'afegia a la cua de gent que anava entrant, en Marc encara s'enganyava amb la idea que el seu pare l'esperava allí. Però quan va entrar a l'edifici, un espai despullat, il·luminat amb fluorescents que atreien centenars de papallones polsoses, i es va haver d'obrir camí entre la gent asseguda a terra, homes i dones de rostres cansats amb nens adormits i nens malalts als braços, i va veure homes que ploraven, i gent que gemegava o que bleixava, amb el rostre esqueixat pel dolor, com si els faltés l'aire, va començar a entendre la confusió de l'home de les arrugues: devia pensar que, abans de caure a l'aigua, el seu pare i ell viatjaven en alguna de les embarcacions que aquella nit havien arribat a Samos.

Estava massa cansat per tornar a plorar. Estava massa cansat per pensar què havia de fer. Amb prou feines mirava, sense fer gaires esforços per saber què veia. En un racó havia passat alguna cosa i hi havia corredisses i crits. No volia mirar. No volia veure com alguna mare s'adonava que el seu fill era mort. O potser només era algú que patia un mareig? En aquell espai de sostre alt i terra de ciment, els crits es multiplicaven i queien del sostre com llances que el ferien. Sentia una irritació, un malestar desconegut fins aleshores, i de tant en tant tancava els ulls i es feia de suro i es replegava sobre ell mateix com un cargol. Dos nois alts i grossos que duien armilles grogues ja corrien cap al racó d'on venien els crits. En Marc es va apartar, el van empènyer sense voler, i va caure sobre una dona que tenia un nen adormit a la falda, *sorry*, *sorry*.

L'home de les arrugues al front va agafar-lo pel braç mentre deia algunes paraules per excusar-lo, i el va fer tornar a la cua.

–Nen –va dir.

–Què.

–Ara et dius Ibrahim. Si t'ho pregunten, et dius Ibrahim. T'ho preguntaran en anglès, no et preocupis. I jo em dic Ahmad Baqarah i tu Ibrahim Baqarah. A veure com ho dius?

–Ibrahim Baqarah –va dir.

Tres minuts més tard, i mentre digeria l'estranya sensació d'estar somniant despert, en Marc, sense que ningú li preguntés res i sense pronunciar ni una sola paraula, s'havia convertit en l'Ibrahim Baqarah, de set anys, nascut a la ciutat de Saraqeb, amb documentació provisional de refugiat en trànsit.

L'únic que volia era dormir. Ni tan sols era un desig. Era un fet: caminava adormit cap al barracó que els havien assignat, i amb prou feines dedicava cap mena d'atenció a l'esplanada de ciment, als barracons i als grupets de refugiats que fumaven i conversaven a la llum de la lluna.

9

Mentre s'enfilava amb el cotxe pels carrers costeruts fins a l'apartament, el pare d'en Marc mirava d'entendre la mena de malestar que l'ofegava. Tenia ganes de fugir, de posar-se a conduir quilòmetres per les carreteres de l'illa, plenes de revolts i de barrancs. Tenia ganes de no estar enlloc. Seure al sofà l'irritava. Jeure al llit l'enfonsava encara més. Només caminar, o fer córrer el paisatge conduint el cotxe, l'alleujava una mica de la seva angoixa. També era important la llum, el dia, el cel blau, el verd platejat de les oliveres. Quan es feia fosc el dolor era encara més insuportable.

Per més que sabés, com tothom, i des de molt petit, en què consistia la mort, només ara n'havia descobert de veritat el caràcter irrevocable, la idea vertiginosa que era per sempre, que no hi havia retorn, que era un Mai Més rotund i sense esquerdes.

La mort del seu pare, feia quatre anys, l'havia colpit molt, però de seguida s'havia transformat en alguna cosa constructiva, una herència de bons records, de paraules dites, de maneres de fer, de moments còmics i de baralles dels temps adolescents. De seguida el va poder recordar amb un somriure als llavis. Però pensar en en Marc li retorçava l'ànima. La mort d'en Marc era d'un altre ordre. A la mort del nen s'hi afegia la sensació d'una mutilació també irrevocable, d'una ferida oberta per sempre més, i el culpable no era una cosa tan abstracta com la vida, sinó ell mateix. La seva imprudència, la seva improvisació, la seva irresponsabilitat. La mena de coses de què, passats gairebé sis anys de matrimoni raonablement feliç, l'havia començat a acusar la Sara. Com podia mirar un mapa mentre conduïa? Com gosava prescindir del guia que els feia anar en caravana per una pista del desert, al nord de Burkina Faso, i mirar d'arribar pel seu compte al poble següent? Com se li acudia pujar una muntanya amb la moto de trial amb en Marc al darrere i sense casc?

Mai no havia acceptat aquesta mena de retrets. Però, ara, ell mateix es declarava culpable de la mort del seu fill.

La Sophie el va veure arribar. Quan va parar el cotxe, el ventilador del radiador va seguir funcionant encara una estona. Finalment es va fer un silenci espès.

–Què? –va preguntar la Sophie.

–No era ell –va dir.

–Millor –la Sophie li va fer un petó.

Per què millor? El comentari li va resultar desagradable, forçat, fals, fins i tot estúpid. La vida era absurda: enmig de la ràbia i del dolor era capaç de mirar-se el vestit de color vainilla, molt cenyit, que duia la mare d'en Max, i desitjar-la. Se li endevinaven les calces. No podia ser: els pits, els malucs voluptuosos de la Sophie, el relleu subtil que li feien les calcetes sota el vestit, eren incompatibles amb el dolor.

En Max també va sortir a la terrassa. Duia el vestit de bany i unes ulleres de capbussar-se a la mà.

–A en Max li agradaria anar amb tu a la piscina –va dir.

–Està bé. Anem-hi, Max–va dir l'Ernest.

La Sophie no els va acompanyar. Devia percebre que l'Ernest no tenia ganes de parlar.

Ell no es va banyar. El fill de la Sophie li exigia tota l'atenció del món: que mirés com nedava, com es capbussava, com feia una tombarella dins de l'aigua.

En Max no havia conegut mai el seu pare. Poc abans de l'estiu, la Sophie li havia suggerit a l'Ernest que el nen li digués papa. Al capdavall ja feia més d'un any que vivien junts, i l'Ernest li feia de pare. O no? L'Ernest no hi estava d'acord. Això no faria més feliç el nen. Tenia un pare, encara que no el conegués. Potser algun dia decidia anar-lo a veure a París. No vivia a París? La Sophie li havia dit que sí, però que no tenia cap interès a conèixer el seu fill. Pitjor encara: no es creia que fos seu.

El nen va sortir de l'aigua tremolant i va demanar una tovallola: de pressa, Ernest, de pressa, perquè es moria de fred.

L'Ernest el va eixugar i li va fregar els cabells. Després es va posar de genolls i li va posar les mans sobre les espatlles. Se'l va mirar amb tendresa. El nen se sentia una mica presoner entre les seves mans, però no es movia. Amb els dits, l'Ernest li feia una mena de massatge a les espatlles.

Els llavis dibuixats, generosos, com els de la seva mare. Els ulls blaus, uns rínxols d'or. Un color de pell bonic però un cos una mica tou, unes espatlles una mica caigudes. Una mica egoista. Massa consentit per l'àvia de París. Incapaç d'entendre el que estava passant. O potser tots els nens petits eren així? No ho sabia. Se l'estimava, perquè era el fill de la Sophie i perquè en tenia moltes coses, però ara que no hi era en Marc, passaria a ocupar una altra posició en la seva vida. Ara potser sí, que seria d'alguna manera el seu pare. Però no en tenia gens de ganes. La presència d'en Max feia més evident l'absència d'en Marc. Mentre es mirava com el nen saltava a l'aigua, l'Ernest mirava de posar paraules al que sentia: pobre Max, no en tenia cap culpa. No podia ser que l'irrités la veu del fill de la Sophie només perquè no podia sentir la del seu propi fill. Estava fent culpable una criatura de tres anys i mig. Era això: d'alguna manera, el feia culpable de la desgràcia. En Marc havia caigut a l'aigua perquè ell havia entrat a la cabina del Súnion reclamat pels plors d'aquell nen consentit.

En Max va sortir de la piscina per l'escala. L'Ernest el va embolcallar amb la tovallola i el va abraçar. Li va fer un petó. No ho feia gaire sovint. Pobre Max. No era just desplaçar la culpa cap a en Max, o cap a la Sophie, el taxista, els policies, la noia de l'hospital, el mar, la nit, el vent. L'únic culpable era ell.

En Max li va demanar que li ajustés les ulleres de capbussar-se. Mentre ho feia, l'Ernest mirava de resoldre els dubtes que l'assaltaven en pujar amb el cotxe cap a l'apartament: potser volia fugir perquè li feien nosa. Volia fugir perquè no acabava d'entendre la incomoditat que s'havia instal·lat en la seva relació amb la Sophie. Potser no era una relació preparada per al sofriment. Potser la relació no tenia el gruix que reclamava el seu drama. Devia ser això: mai no havien hagut de resoldre conflictes. Gairebé mai havien compartit cap angoixa, cap temor. Havia estat, des del principi, una relació feta per a la felicitat, per al bon temps.

De totes maneres, la Sophie no era una ximpleta superficial incapaç d'entendre el sofriment dels altres. Era evident que estava al seu costat, i que patia de veritat. Però el suport que li havia de transmetre quan li agafava la mà o quan li portava un te, s'interrompia, es perdia, es vessava, es convertia en una cosa buida.

També era possible que no hi trobés consol perquè no en volia. Perquè, encara que no en fos conscient, creia que no mereixia cap mena de consol. Potser era això. Fos el que fos, no podia compartir el dolor amb ells. Fins i tot li semblava que la Sophie s'esforçava a sentir més dolor del que sentia, i això encara els distanciava més. Li va mirar els ulls darrere les ulleres: eren ben bé els ulls de la seva mare.

–No trobem en Marc, Max –va dir–. No el trobem.

–Ja el trobaran –va dir el nen.

–Potser està mort, Max –va dir. Volia que el nen reaccionés. Que es posés a plorar d'una vegada i s'oblidés de les ulleres de capbussar-se, de la piscina i de les seves tombarelles ridícules sota l'aigua.

Però era l'Ernest, qui plorava, d'amagat, protegit per les ulleres de sol. El nen va tornar a ficar-se a la piscina.

Abans de dinar va parlar amb la Sophie. Li va dir que hi havia un ferri cap a Samos a dos quarts de dues i que l'agafaria. Es quedaria allí fins que trobessin en Marc.

–Però no et pots estar aquí?

No podia. S'estimava més que ella i en Max agafessin un vol i se'n tornessin a Barcelona. Quan trobessin en Marc s'haurien de fer papers, gestions per al trasllat del cos. No seria agradable. Ja no hi feien res, allí.

–Però com pots parlar així, si encara no l'han trobat?

–Perquè no cal seguir-se enganyant, Sophie. En Marc s'ha ofegat.

Trucaria al seu mariner i li diria que avancés el retorn. Tampoc tenia cap sentit tenir el Súnion a Icària. Ni a Icària ni enlloc. No tornaria a pujar-hi mai més. El posaria a la venda així que arribés a Barcelona.

I ara s'estimava més d'escurçar el comiat. Agafaria quatre coses en una maleta i prou.

–I la Sara?

–Ara li trucaré i li diré que me'n vaig.

–Què farà?

–No ho sé, Sophie. No ho sé. Potser també vindrà a Samos. No ho sé.

–Nosaltres tornarem a Barcelona, doncs.

Els últims moments a l'apartament van ser molt tensos. Mentre es feia la maleta, la Sophie volia ajudar-lo. Li preguntava quines camises volia, quins pantalons, i ell amb prou feines contestava. S'enduria algun llibre? No. S'enduria la màquina de fotografiar? Segur que no. Les mirades i els desplaçaments que feien per l'apartament des de l'armari o des de la cambra de bany fins a la maleta que el pare d'en Marc havia obert sobre el llit, s'encreuaven en silenci, distants, com si s'evitessin, com dos avions fent cua per aterrar.

La Sara amb prou feines havia dormit tres hores. Quan l'Ernest li va telefonar va mirar de sortir del núvol de malson que l'embolcallava des que s'havia llevat, per connectar amb la realitat i poder assumir amb serenitat el que li hagués de dir el seu exmarit: segur que havien trobat el cos del seu fill.

No, no havien trobat el cos d'en Marc encara. Però si el trobaven el portarien a Samos, per això s'hi volia instal·lar.

L'Ernest va sentir que a la Sara li faltava l'aire: una inspiració llarga seguida d'una expiració tremolosa.

–Vinc –va dir.

El ferri sortia només una hora després. L'Ernest la va esperar a la porta de l'hotel. Quan la va veure sortir, va voler agafar-li la maleta però la Sara va fer que no amb el cap. Van anar fins al ferri sense dir-se res.

Durant el trajecte ella es va quedar asseguda a la butaca i va mirar de dormir. L'Ernest va sortir a coberta a veure si l'aire i el sol li feien més suportable la tortura.

A Samos, l'Ernest es va ocupar de demanar dues habitacions diferents al mateix hotel. Volia que quedessin per dinar plegats? La Sara li va dir que no ho creia. Havia començat a fer un seguit de gestions que no volia deixar a mitges. Es van estar una estona al hall.

–Gestions? Quina mena de...

–He telefonat a l'ambaixada d'Espanya, per exemple. Una cosa que hauries d'haver fet tu.

–I què t'han dit?

–Res, encara. Però poden ajudar-nos. Vull parlar amb l'ambaixador. Aquesta tarda m'han de trucar ells. I trobo que els hauries d'haver trucat des del primer moment.

–No crec que l'ambaixada...

–Tu no creus res. Jo sí. Jo crec que ni que sigui per imatge, els interessa organitzar el rescat d'un nen espanyol. O no? Trobo que podries haver telefonat tu...

–Doncs no ho he fet. Ho sento.

–Tu ho sents tot molt però no fas res, Ernest. I no et pots estar sense fer res. Se t'ha acudit, trucar a la teva mare? I a la teva germana? Tampoc.

–Doncs no. No tinc per què...

–Ja els he telefonat jo.

–Però Sara...

–Ah, si trobes que no em corresponia, ho sento molt: jo crec que l'àvia del nen ha de saber què està passant. I la tieta també. Quan els ho pensaves dir?

–No ho sé, Sara, no ho sé.

–No saps mai res. Aquest és el teu problema.

Des del balcó de la seva habitació, l'Ernest va veure, una mica més enllà de l'estació dels ferris, una esplanada ocupada per una vintena de barracons blancs. El noi de recepció li va confirmar el que pensava: era el camp dels sirians que fugien de la guerra. Cada dia n'arribaven més. Aquell estiu havia estat terrible: hi havia dies que n'arribaven més de mil només a Samos, i a Lesbos encara més, i a Quios. I cada setmana hi havia desgràcies, embarcacions que naufragaven, gent que s'ofegava.

–Si va a alguna de les platges del sud, ja ho veurà –va dir el noi–. Aquests dies, que torna a fer bona mar, serà un no parar. Però fan ben fet, escolti. A ningú no li agraden les guerres.

10

El *Diário de Notícias* havia enviat la Maria Figueiredo a cobrir les arribades dels refugiats a les platges de l'illa de Samos. Buscaven el relat del viatge, les peripècies des que havien sortit de Síria o de l'Iraq, la tragèdia humana més que no pas les xifres, l'acció més que no pas la descripció. Per a descripcions, ja hi havia les fotos. Treballaria amb la Valéria Fernandes, una fotògrafa d'Internacional que ja era a l'illa. La Valéria era una dona de cinquanta anys amb molta experiència en fotografia de conflictes bèl·lics i crisis humanitàries. Feia exposicions, havia publicat llibres amb els seus reportatges i havia estat premiada en dues ocasions per la World Press Photo. Tenia fama d'haver-se endurit a cops de veure nens amb les mans tallades, a la guerra de Ruanda, i dones violades i empalades al Congo. Li podia telefonar, però havia de tenir en compte que en molts punts de la costa sud no hi havia cobertura. De totes maneres, la trobaria al vespre, a la mateixa taverna del port on es reunia la gent de dues ONG dedicades a les operacions de salvament al mar.

Com que havia arribat a Samos molt d'hora, la Maria

va decidir visitar el camp dels refugiats, a tocar de la terminal dels transbordadors. En trauria alguna cosa? Si aconseguia animar-se una mica, sí. Però ara per ara no estava en el seu millor moment.

Potser no hauria d'haver acceptat l'encàrrec, perquè en certa manera era com acceptar el xantatge d'en João. Un bon encàrrec, una feina per lluir-se i fer-se un lloc al *Diário* a canvi del silenci. O pitjor que el silenci: potser, d'alguna manera, acceptar l'encàrrec era acceptar que en João li toqués el cul quan es trobaven al racó de la màquina de cafè. S'hauria d'haver plantat? Què n'hauria tret? No: el que hauria d'haver fet era parar-li els peus molt abans. En què pensava? Va recordar un vespre a l'escala d'incendis, on sortien a fer la cigarreta els qui encara fumaven. Ella es feia les cigarretes amb filtre i paper natural, sense clor. En João Mendes fumava uns petits cigars holandesos que treia amb delicadesa d'una capsa metàl·lica. Aquell vespre se li va posar molt a prop, massa a prop, mentre li deia que aquella llengüeta amb què ella mullava la goma del paper li agradava molt. Que li agradaria ser paper. Que li agradaria ser cigarreta entre els seus llavis.

La Maria Figueiredo va intentar pensar que era una brometa, que no passava res. Perquè en João Mendes sempre feia bromes. Els feia riure proposant titulars còmics i peus de fotografia tan absurds com enginyosos. Era un home graciós. Però ara havia de riure? Feia gaire gràcia, allò? Potser sí. Potser dit d'una altra manera, entre amics, entre col·legues, la cosa hauria estat diferent. Però en João Mendes era el seu cap, tenia dotze anys més que ella, i aquell comentari no era una brometa entre col·legues.

Amb el seu cigar als dits i les cames una mica separades, com si l'escala d'incendis es bellugués i hagués d'assegurar-se l'equilibri, li havia dit que era la noia més guapa de la redacció, que estava molt content d'haver-la contractat, i que ell l'ajudaria a ser una bona periodista.

Però ara la bona periodista no acabava de creure en ella mateixa. Va entrar al camp. Hi havia un ensopiment general, una llum feridora i una calor de forn que convertia l'interior de les carpes blanques en refugis de gent mig adormida que jeia per terra, jugava a cartes o buscava al mòbil notícies que els parlessin del seu futur. Li va semblar que no era el millor moment per fer-los parlar dels bombardeigs, de la mort d'amics o familiars, o de la fugida precipitada, dels camps de refugiats a Síria, del pas de la frontera, de la negociació amb les màfies, dels dies o mesos d'espera i de les peripècies de la seva arribada a Grècia.

En una de les carpes, un noi aplicava pomada sobre l'esquena d'un company. Talls i ferides en una esquena robusta. Devia haver anat a parar contra els esculls en arribar a l'illa. Els ho va preguntar. S'ho havia fet en travessar la tanca de fulles tallants de la frontera entre Síria i Turquia. La terra era dura, i tot just havien pogut fer un sot, per sota la tanca, on només hi cabia una persona. T'havies d'arrossegar. Era de nit. Els companys no paraven de xiuxiuejar, darrere seu, que anés de pressa. La samarreta se li havia enganxat amb les fulles tallants. Li empenyien els peus perquè acabés de passar. Les fulles li ferien l'esquena, però ell no podia cridar. Els havien dit que l'exèrcit era a prop. Va ser espantós. Amb les fulles tallants enfonsades a la pell, dos companys que ja eren a l'altra banda l'havien estirat pels braços. Després, ja a Turquia, les ferides se li havien infectat.

No era fàcil, parlar amb la gent. O no era una bona hora. O la Maria no en sabia. En una altra carpa va parlar amb una dona que havia fet el viatge tota sola. Es deia Amina i es cobria amb un vel blanc que amb prou feines es distingia de la seva pell lletosa. Semblava una escultura de marbre. Parlava un anglès molt pobre, però suficient per explicar que li havien matat el pare i dos germans i s'havia vist obligada a fugir. I a ella, no li havien fet res? L'Amina feia que sí amb el cap. Què li havien fet? L'Amina abaixava els ulls. No volia explicar-ho? Si ho publicava, no diria el seu nom de veritat. Només volia reunir testimonis del sofriment de la gent. I l'Amina callava. Perquè parlar-li de publicar i de testimonis era parlar-li com una periodista. L'Amina potser hauria parlat amb una dona, però no tenia ganes de parlar amb una periodista. Entrevistant, ara ho veia, era una desgràcia. I era una desgràcia per culpa del seu estat d'ànim.

Per construir un bon relat a partir de les desgràcies dels altres necessitava una serenor i una distància que no tenia. Estava trista. Estava confosa. El seu estat d'ànim connectava més amb la compassió que amb la ràbia. Més amb la pena que amb la voluntat de denunciar. Una mirada compassiva potser podria provocar, en els lectors, un estat de desànim semblant al seu. Però no es tractava de fer pena. Es tractava de remoure consciències i d'assenyalar culpables. Per aconseguir un relat amb força, havia de deixar de compadir els altres de la mateixa manera que es compadia d'ella mateixa, pobra noia víctima del seu cap, incapaç de parar-li els peus. Incapaç fins i tot quan, a l'ascensor del diari, tres dies després del comentari a l'escala d'incendis, en João Mendes li va posar el nas al coll i li va dir que, al matí, hi havia dues olors que el despertaven: la del cafè, i el seu perfum.

–Però no. No és ben bé la colònia que et poses, el que em desperta, sinó la teva olor de veritat.

11

En Marc es va despertar a mitja nit, tremolant i xop de suor. Per un moment, a la penombra del barracó, il·luminat només per un llum d'emergència, va arribar a pensar que era a la cabina del Súnion i que es gronxava suaument en una mar en calma. Però de seguida va veure les altres lliteres, els cossos adormits, les boques que roncaven. Ho veia tot com si tingués els ulls entelats i hi hagués, a més, una pluja lenta de grumolls d'alguna matèria volàtil, grisa i trista. Allò volia dir que tenia febre i que estava malalt.

No estava despert del tot, perquè després amb prou feines recordaria –i dubtaria si ho havia somniat– que es va aixecar, va anar descalç, tremolant, fins a la porta, la va obrir, i va sortir a la desolació de l'esplanada, on encara hi havia algun grupet de gent fumant, amb les puntes de les cigarretes dibuixant constel·lacions vermelles en la foscor. Recordaria vagament que, allí fora, havia tingut la sensació que s'havia perdut i que només duia els calçotets, de manera que el millor era tornar a dins. Quan va entrar es va trobar l'Ahmad, que l'havia vist sortir. El nen tremolava, tot i la calor, i l'home el va embolcallar amb un abrigot aspre i pesat.

Durant tres dies amb prou feines es va poder ocupar de res més que d'un malson recurrent en què havia de desfer uns turons de partícules agudes que creixien en un territori desèrtic de color de cendra. Va tornar a sentir-se tan perdut com quan era al mar, però aquesta vegada l'esperança de la salvació no venia del pare, sinó de la mare. De les mans de la seva mare que, sempre que estava malalt, li agafaven les seves mentre li preguntava com estàs. De la mà suau que li posava al front mentre li deia que encara tenia febre, però no tanta com abans. De les mans que el pentinaven. I dels petons al front.

Però no va gosar pronunciar la paraula «mama» ni una sola vegada. Potser la deia en somnis, però no n'estava segur. Potser fins i tot va confondre la seva mare amb la cunyada de l'Ahmad, la Ikran, que de vegades seia a la seva llitera, l'ajudava a incorporar-se per beure aigua, i en un anglès més precari encara que el seu li deia coses per animar-lo. Ho recordava vagament i amb vergonya. Li semblava que li havia dit «mama», i que la noia somreia i ensenyava unes dents molt grosses i molt blanques. I de seguida s'havia tornat a adormir i s'havien tornat a formar turons amenaçadors de partícules punxants que calia desfer.

El segon dia, al vespre, el van despertar quan travessava en somnis una vall desolada entre turons febrosos.

–Ibrahim!

Va obrir els ulls, espantat. Li va semblar que al voltant del seu llit hi havia molta gent, massa gent. Va buscar-hi alguna cara coneguda. Cares fosques en la penombra, un home amb unes ulleres rodones i un bigotet que se'l mirava de molt a prop, i els ulls dolços de la Ikran, les arrugues del front de l'Ahmad i una armilla groga amb franges fluorescents que, per un moment, li van fer pensar que encara era a la llanxa i venien a rescatar-lo.

L'home del bigotet i les ulleres li va preguntar com estava i va posar-li un termòmetre a la templa. Després li va auscultar el cor. Va desembolicar un palet de fusta i l'hi va posar a la boca mentre il·luminava la cavitat amb una llanterna. Va fer que s'incorporés i que respirés per la boca mentre li aplicava l'estetoscopi a l'esquena i al pit. I després va parlar una bona estona amb l'Ahmad, i a ell li va dir alguna cosa en àrab que devia voler dir que de seguida estaria bé, perquè va somriure abans de desaparèixer amb el noi de l'armilla groga, que duia una creu vermella a l'esquena.

En Marc va tancar els ulls. La Ikran li va demanar que no s'adormís, perquè s'havia de prendre una medicina: li aniria molt bé. El nen no estava gens acostumat a empassar-se píndoles com aquella, que semblava un caramel del Candy Crush. Després, perdut encara en el seu món febrós, es va endormiscar i va veure pantalles i pantalles de caramels de colors que esclataven.

Al matí del quart dia es va despertar de cop entre grinyols de lliteres, objectes que queien, converses a crits. Es va incorporar. Hi havia una precipitació de gent recollint coses, de corredisses i de criatures que s'obrien pas entre els adults que es precipitaven cap a la sortida. Una mà li tocava el front: com es trobava? S'havien quedat sols al barracó. Devia ser molt d'hora encara, i la porta oberta provocava un corrent d'aire que s'enduia les olors ràncies de les emanacions nocturnes. Ja no hi havia corpuscles gelatinosos. S'hi veia bé. No tenia febre. Va dir que es trobava bé. L'Ahmad li va dir que anés de pressa, que es vestís, que el trobaria a fora. Va sortir.

En Marc va parar l'orella: allí fora se sentia una veu d'home que deia alguna cosa en anglès, callava, i de seguida se sentia una veu de dona que ho devia traduir, va suposar que a l'àrab. Damunt de la seva llitera hi havia un petit munt de roba neta. Se la va mirar. Una samarreta que no s'hauria posat mai, amb un gatet de color groc que feia llengotes, i uns texans massa amples. Però tampoc era tan important. A més, encara tenia les seves vambes. En va agafar una i hi va posar la mà a dins. Era ben seca. Es va vestir. En posar-se la vamba que no havia tocat abans, va notar que hi havia alguna cosa dins. Va treure el peu: els quinze euros que duia a la butxaca dels seus pantalons en el moment de caure al mar. L'Ahmad els hi devia haver guardat. Encara estaven una mica humits. Se'ls va guardar a la butxaca dels texans.

En Marc va baixar el graó del barracó. La claror el va enlluernar. No era fàcil d'entendre el que estava veient. En un extrem de l'espai que deixaven lliure les dues rengleres de barracons, hi havia un caos de gent que s'abraonava sobre una camioneta des d'on uns nois repartien ampolles d'aigua, mantes, bosses amb queviures i roba neta. Hi havia corredisses, baralles, nens que havien rebut algun cop i que es retiraven plorant, dones que s'enduien els seus fills a crits, a empentes. A l'altre extrem hi va veure una concentració, una mica més pacífica, de gent que intentava escoltar el que deia algú que s'havia enfilat en una caixa de fusta.

En Marc tenia la mena de percepció de les coses, una mica distant i adormida, que tenia sempre que sortia del llit després d'uns dies de febre. Caminava com si el terra de ciment fos tan insegur encara com la llanxa pneumàtica, i era com si no acabés de participar d'aquella realitat. Potser per això se li va acudir de pensar que allí no hi trobaria el seu pare. Allí tothom era gent que fugia de la guerra. Però bé hi devia haver alguna oficina, com al campament de les colònies d'estiu, on hi hauria algú darrere un mostrador que se l'escoltaria: *I'm Spanish.* O potser trobaria el metge que l'havia atès, i que recordava molt vagament: un bigotet i unes ulleres rodones de color groc. O algú de la Creu Roja. O algú que li deixés un telèfon per telefonar als seus pares. Sí: això era el que havia de fer. Se sabia els números de memòria. No devia tenir ni cinc anys quan li van dir que se'ls havia d'aprendre. Li van dir que si mai es perdia, sempre podria telefonar.

La gent s'havia concentrat en un extrem del recinte, a prop del seu barracó. Hi devia ser gairebé tothom. Davant dels altres barracons només hi havia alguns grups de criatures que saltaven a corda, s'empaitaven o dibuixaven amb guixos de colors sobre el ciment. També va veure un grup de dones que cuinaven amb fogonets de butà. Va sentir olor de truita i de ceba i va pensar que tenia gana.

El camp de refugiats dels negres de l'Àfrica devia ser molt diferent que aquell. Devia ser com els que havia vist per televisió, encerclats per una doble tanca de filats altíssims amb punxes o amb fulles tallants terribles. En aquella mena de presons la gent que s'agafava a les reixes reclamant l'atenció dels de fora. Hi havia cares de dolor i d'angoixa, gent que plorava i gent que suplicava. En aquest, en canvi, els nens cantaven i saltaven a corda, la tanca de la porta estava oberta de bat a bat i no hi havia cap vigilant. Va sortir a fora. A l'altre extrem del moll es veia un ferri de color blau amb unes lletres enormes on deia HELLENIC SEAWAYS, i més enllà el poble. No era gaire lluny. Hi aniria i buscaria una comissaria de policia. És el que sempre li havien dit que fes si es perdia. Això, i telefonar a la seva mare. O al seu pare.

Es va posar a caminar. No va poder evitar que li comencés a tremolar la barbeta, se li arronsés el llavi de baix i els ulls se li aigualissin. El moll era tan ample i estava tan buit que li semblava que no avançava. El ferri sempre estava igual de lluny. Es va eixugar una llàgrima. Avançar per aquella superfície de ciment era com anar per una mar en calma: va mirar lluny i va fixar el rumb en el campanar d'una església blanca amb tres cúpules pintades de color blau cel.

Va sentir els crits i les corredisses darrere seu, però va trigar una bona estona a adonar-se que el cridaven. Eren dos nois amb armilles grogues. Dos d'aquells nois que havia vist córrer pel campament repartint aigua i mantes.

Parlaven en anglès. Li deien que no i que no, i ell va entendre que no podia sortir del campament. Un dels nois li va agafar el braç. No l'hi estrenyia, però a en Marc no li agradava. Se sentia presoner i li ballava pel cap una idea d'aïllament, de càstig, de mai més veuré els meus pares. L'altre noi ja no semblava gaire interessat en ell. Acabava d'esternudar i s'eixugava els mocs amb un mocador de paper. Després va fer un gest amb el cap que volia dir tornem cap a dins.

–I'm Spanish –va dir en Marc.

–Com?

En Marc ho va repetir dues vegades. Els nois es van mirar, van comentar alguna cosa, però no semblava que el fet de ser espanyol canviés gaire les coses. El van seguir conduint cap a dins del campament.

Van entrar a les mateixes oficines, ara se'n recordava, on havien estat el primer dia. Hi havia gent asseguda a terra, esperant. Feia calor. Els ventiladors no feien gaire feina. Els vidres eren bruts d'esquitxos d'aigua salada. Hi havia una claror estranya, vaporosa. Un dels nois el va fer seure i va seure davant seu. L'altre s'ho mirava des de la porta.

–Espanyol? –va preguntar

Va fer que sí amb el cap.

Van parlar una bona estona entre ells. Van consultar amb altres companys. Va aparèixer un altre noi, escanyolit i amb rastes, i va fer-li un dibuix on es veia un nen i dos adults: un home i una dona. A en Marc li va semblar que li preguntaven on eren aquell home i aquella dona. Eren al camp? El noi de les rastes assenyalava cap a terra: eren aquí?

–No –en Marc va fer que no amb el cap. I després amb el dit:– No.

Els nois van tornar a parlar entre ells, però ara hi havia alguna altra cosa que els ocupava. Allí fora se sentien crits. El noi de les rastes havia sortit un moment i havia cridat com si es calés foc en algun dels pavellons.

Els seus companys també van sortir a veure què passava.

En Marc es va quedar tot sol davant d'una cadira buida. Va trobar injust que ningú li dediqués l'atenció que es mereixia. No ho va pensar amb aquestes paraules, sinó que ho va viure més aviat com una sensació. Com si fos gairebé transparent. El que li passava, no era prou greu? O era que s'havia de posar a la cua de les desgràcies, i en aquell campament tothom estava en una situació encara més greu que la seva?

Va començar a bellugar les cames sota la cadira. Els nois havien sortit. Bona part de la gent que seia per terra també havia sortit. A fora hi havia una multitud que cridava. No eren unes quantes persones, era molta gent.

Però si la seva situació no era greu, aleshores qui l'ajudaria? Potser la seva nova vida començava allí. Potser hi havia més nens, com ell, que havien perdut els pares al mar o a la guerra. I s'haurien d'espavilar. Com ell.

Ho pensava i no ho pensava. Els pensaments circulaven, s'esvaïen, no es concretaven. Ell mateix intentava distreure'ls, confondre'ls, negar-los. Però de sobte es va aixecar, va mirar rere el taulell, va mirar cap a les taules que hi havia al darrere, i va veure el que buscava: un mòbil.

A l'oficina no hi havia cap porta. Era un espai obert, sense parets, de manera que el taulell deixava una obertura d'accés a la resta de l'espai. Va entrar i va agafar l'aparell. Tenia un codi d'accés.

Merda.

En va buscar algun altre. Va remenar dues bosses penjades a les cadires. Va obrir calaixos. A fora hi havia més crits. I ara s'hi havien afegit les dues notes agudes d'una sirena.

I de sobte el telèfon era allí, davant seu: un telèfon de taula. El va despenjar i va marcar el mòbil de la seva mare.

Va sentir una veu, en grec, aquell idioma que sonava una mica com el castellà però que no s'entenia. Potser s'havia equivocat de número. Va penjar i va tornar a marcar. Li va tornar a sortir la mateixa veu, una d'aquestes veus que no esperen que contesti ningú.

Quan va sortir de l'oficina, va veure que acabava d'arribar la policia. I que, a la vegada, hi havia molta gent que abandonava els barracons amb els seus farcells, les maletes i les criatures a coll.

I de sobte l'Ahmad era allí, obrint-se pas entre la gent.

–Es pot saber què fas? –va dir l'Ahmad–. T'estava buscant, nen! Es pot saber què feies?

–Res...

–Tenim bitllets per a un ferri que surt d'aquí mitja hora.

–Un ferri?

–Anem a Atenes.

–I el meu pare? Tu m'has dit que el trobaria aquí. Tu m'ho has dit!

–El teu pare és a Atenes.

–Tens un mòbil?

–Un mòbil? Sí, per què?

–Per telefonar a la meva mare.

–Et saps el número?

–El de la meva mare, sí.

–Quan siguem al ferri, d'acord?

–No! Ara, Ahmad, ara! Si la trobo ara, vull que em vinguin a buscar aquí!

L'Ahmad va dubtar. Va mirar cap al ferri. La gent ja embarcava.

–Ho sento. Mira... –Es va treure un mòbil gris, antiquat.– No tinc bateria.

–Demanem un mòbil, Ahmad! Sisplau, demana un mòbil! –va cridar, desesperat. S'aixecava sobre les puntes dels peus i estirava la camisa de l'Ahmad. Va esperar algun canvi, una mica de llum, en la cara trista, els ulls enfonsats i el front arrugat de l'Ahmad. Però era un mur. Va desviar la mirada cap a la gent que deixava el camp. I de sobte li va semblar que estava salvat: el noi de les rastes tornava cap a l'oficina. El va aturar. Com l'hi explicaria? Es va apropar una mà a l'orella i va fer com si parlés. Telèfon? *Please, please*. El noi de les rastes va fer cara de no entendre res. L'Ahmad va somriure i va arrossegar el nen cap a la riuada de gent que deixava el camp.

El noi de les rastes es va fregar la barba i els va seguir amb la mirada.

Es va mossegar el llavi.

Una història estranya, que no havia acabat d'entendre. Com tantes altres. Centenars d'històries confuses, de drames. Nens colpits pel que havien viscut. Gent alterada, embogida per mesos de terror. Pels bombardeigs, els franctiradors, els segrestadors, els coneguts que de sobte et denunciaven.

Abans d'entrar a l'oficina va obrir una bosseta de roba de colors que duia penjada al cinturó, en va treure el tabac i el paper, i es va posar a cargolar una cigarreta.

12

Tot i la pastilla que s'havia pres, l'Ernest va trigar a adormir-se. Sentia, lluny, de vegades esquinçada pel vent, la musiqueta grega, turística i irritant, que li arribava des de la terrassa d'un restaurant proper, i a cada peça tenia esperances que fos l'última. Quan finalment es va adormir, el van perseguir els somnis. Però així que una claror lletosa es va començar escolar pels costats de la cortina opaca que cobria la balconada, es va veure incapaç de seguir al llit. Havia somniat que, després de topar amb la llanxa, el seu fill encara era allí, agafat a un obenc. Es va vestir i va baixar les escales fregant-se els cabells i la barba de quatre dies.

Necessitava caminar.

Va baixar al port. Feia bona mar. Va pensar a sortir de la ciutat i anar fins a les primeres platges. Caminaria descalç. S'estiraria a la sorra.

Va veure passar un cotxe de policia i una ambulància. Un accident de cotxe? Un ofegat? Va pensar en el seu fill. No era que hi deixés de pensar en cap moment, però de sobte el fill ofegat era l'única cosa que existia, i el món era una cosa sense sentit que només estava allí fora, present, real, per manifestar la seva indiferència. El món no sentia res i ell ho sentia tot, de manera que les cases i els arbres i la gent i els gats i els restaurants i les veles amb els noms dels locals eren una cosa absurda. Passava a la vora dels petits iots, de les barques de pesca, de les embarcacions a vela. Mitja vida al mar i ara odiava les banderetes, el dring de les drisses contra els pals, el món lluminós dels velers.

Va deixar enrere el port esportiu i va enfilar l'avinguda cap al moll on hi havia un ferri de color blau amb unes lletres enormes on deia HELLENIC SEAWAYS. S'havia mirat el plànol de la ciutat, i les primeres platges eren una mica més enllà. A recer de l'escullera hi havia una reunió de gavines descansant sobre l'aigua, totes orientades en la mateixa direcció. Com si preguessin. Hauria estat bé creure en alguna cosa, poder resar, parlar amb Déu.

Bellugava els llavis i resava en silenci: Perdona'm, Déu, perquè no crec en tu. Ja fa molt de temps que no hi crec. Em sembles tan absurd i tan impossible com l'horòscop, la màgia, la telepatia, l'homeopatia, els platets voladors, l'unicorn rosa invisible i la Força dels jedi. Però estic desesperat, mecàgon la puta. De manera que si existeixes, i si és legítim pregar-te (sempre he trobat absurd demanar-te res, perquè tu ja saps què volem i perquè qui ha decidit que el meu fill s'ofegui ets precisament tu), fes-me el favor de tornar-me'l. Fes que aquests dies no hagin existit, i que tornem a ser al Súnion, just en el moment en què la Sophie em crida que hi vagi perquè en Max s'ha fet mal. O fes-t'ho com vulguis però me'l tornes.

Si pregava, volia dir que, d'alguna manera, encara creia en Déu com quan tenia set anys i havia estat a punt d'ennuegar-se amb un caramel. Aleshores també havia pregat a Déu amb totes les seves forces, que no em mori, sisplau, Déu, que no em mori! Però no: si pregava era només perquè la gent, quan està desesperada, necessita pregar, recórrer a una altra instància que ja no forma part de la realitat. Aleshores cal inventar-se Déu.

Què collons, tanta ximpleria intel·lectual. Ho reconeixia: havia pregat. I ho va tornar a fer, ara amb llàgrimes als ulls: Humilment, Déu meu, et prego que em tornis en Marc.

Passat el ferri, el moll es feia antipàtic, una superfície de ciment sense límits, amb les línies grogues per endreçar els cotxes a l'hora d'embarcar. Més enllà s'endevinaven uns barracons blancs. O eren contenidors?

Allí baix es veia la llum intermitent de l'ambulància, moviment de gent, corredisses entre els barracons, rere una tanca metàl·lica. Un camp de refugiats? Què hi devia haver passat? Algú que es devia haver mort en aquell lloc estrany, en un barracó de llauna, en aquell paisatge de ciment i de reixes.

Va passar a tocar del reixat. Entre els primers barracons es veia gent que discutia, alguna corredissa, algun crit. Després, més a prop de l'entrada, la gent s'amuntegava en silenci per veure com s'enduien algú en una llitera. Un home d'uns quaranta anys, amb els cabells grisos tacats de sang. Li premien el front amb una gasa per estroncar la sang de la ferida. L'ambulància era just a l'entrada del recinte. Van carregar la llitera i es va posar en marxa. L'Ernest es va haver d'apartar per deixar-la passar.

Va veure un nen de sis o set anys amb els dits agafats al reixat. Seguia l'ambulància amb la mirada. L'Ernest es va esforçar a somriure, però al nen no li va fer cap gràcia. Es va deixar anar de la reixa i va desaparèixer.

Com que havia carregat el mapa abans de sortir de l'hotel, va consultar el mòbil per veure on era: encara havia de caminar tres o quatre-cents metres més. La primera platja era cap a l'indret de l'hospital.

La vida era una construcció feble, arrasada pel temporal. La seva relació amb la Sophie, o la mateixa relació amb en Max, o l'interès pel món, per la feina o pels amics, havien quedat devastats. Com una d'aquelles urbanitzacions americanes vistes a vol d'ocell després d'un tornado: cases sense sostre, amb les habitacions, les cuines i els garatges exposats. Una estesa d'arbres arrencats. Una escampadissa d'objectes personals, de roba, de corbates i de mitges, de llibres, de records de viatges, d'àlbums de fotografies. I un propietari intentant de recuperar alguna cosa entre la runa.

L'Ernest avançava amb la mirada perduda als peus, entre línies grogues pintades sobre el ciment. De tant en tant aixecava la mirada, i el mar estava tan tranquil que també a l'altra banda de l'escullera hi havia gavines en repòs sobre l'aigua.

La culpa. Potser era la culpa el que li impedia de buscar el suport d'algun amic, o de la seva germana. La Sophie havia parlat amb la Carlota i amb la mare de l'Ernest. Totes dues li havien telefonat, i no s'hi havia volgut posar. No estava disposat a declarar-se culpable per rebre l'absolució. No volia compartir el plor amb ningú. I el consol era una cosa impossible i absurda. Li dirien que ho sentien, que ho sentien molt, que li feien costat, que l'estimaven. Però el consol era un gest inútil.

O era que s'estava tornant boig?

Els refugiats de Síria que acabava de deixar enrere potser ho havien perdut tot, però havien posat les seves esperances en un país d'acollida, una feina, una casa, un futur. Ell, en canvi, no veia res davant seu. Exagerava? Potser sí. Ho reconeixia: s'havia comparat amb una urbanització americana arrasada per un tornado, però aquella pobra gent venia de ciutats arrasades per les bombes. Ciutats de ciment que semblaven rosegades per rates gegantines. Edificis com pomes després d'una pedregada. Carrers plens de runa, i entre la polseguera la gent que buscava els seus, la gent que rescatava un nen aixafat, mig cos d'un germà, un nen cobert de pols i de sang que encara respirava i deia que no es volia morir. Ho havia vist massa vegades a la televisió perquè ara arribés a pensar que aquella gent tenia més esperances que ell.

Ho sentia, merda, ho sentia. Però reconèixer que hi havia gent que estava pitjor, i que a més de perdre un fill havien perdut casa, feina i país, tampoc no el consolava. Si aquella gent patia com ell, el món era una merda.

Va veure una gavina molt allunyada de les altres. Solitària.

Va jeure a la sorra i va tancar els ulls.

Havia de fer una campanya publicitària i no hi havia pensat més. Havia de pensar els espots de Lucce, la màscara de fang negre del Mar Mort que feia servir la Sophie. Des que n'havia portat tres pots a casa que no en feia servir d'altra. Li agradava. Deia que funcionava i que era agradable. El briefing de l'empresa era molt clar: calia anunciar pell suau. Però això era com no dir res. Era com dir que una torradora torrava o un cotxe corria.

Però ja no servia per pensar campanyes. Per pensar campanyes s'ha de creure en les il·lusions, en l'entusiasme, en l'alegria. Un home enfonsat no podia fer publicitat. I encara menys de màscares negres del Mar Mort, perquè ara el mar mort era aquell que tenia al davant.

Va recordar en Marc durant el rodatge d'un espot de llet, amb la ratlleta blanca al llavi de dalt. Mai més no seria capaç de tornar a pensar espots en què els protagonistes fossin els nens. Les campanyes amb nens sempre funcionaven. Ara se li farien insuportables.

Va collir una pedra negra que li va semblar trista, se la va guardar a la butxaca, i va deixar la platja. Així que va ser a la carretera que seguia la costa, va reconèixer l'edifici de l'hospital. Era ben a prop. Hi tornaria. Tornaria a preguntar si els havia arribat algun cos per identificar.

Davant de l'entrada hi havia una camioneta de la policia i un grup d'homes, set o vuit, que conversaven, gesticulaven, es queixaven. Va tafanejar. La conversa avançava amb frases breus, en un anglès precari. Deien que un grup de sirians els feia la vida impossible al camp. Devien ser afganesos. O potser kurds. Els havien robat els bitllets per al ferri d'Atenes. La policia hauria d'intervenir. No era una democràcia, Grècia? No s'hi protegien els drets de les persones?

L'Ernest va escoltar fins que li van fer mala cara i es va decidir a entrar a l'hospital. L'aire estava glaçat per un excés d'aire condicionat. Rere el taulell d'informació hi havia una noia de cara allargada i innocent, amb granets al front i un nasset fred. Li va recordar que el dia abans havia estat allí per mirar d'identificar el cos d'un noi ofegat. La noia va modificar la seva mica de somriure per un gest tort que devia ser de condol, com l'encaixada de mans del taxista.

–I volia preguntar si han rebut algun altre cos que encara no hagi estat identificat.

La noia no el podia informar sobre aquesta qüestió. Ho sentia molt i feia uns ulls de llàstima, de gosset. Era poca cosa, la noia. Ell li va dir que buscava el seu fill. Pobra noia, encara la faria plorar. Així que no li podia dir si tenien algun altre cos per identificar? La noia ho sentia molt, però no. I ho sentia molt.

–Ho sento molt –va repetir–. Això del seu fill. Ho sento molt.

Era la primera persona que donava per mort en Marc sense cap mena d'ombra de dubte. Però només ell tenia dret a declarar-lo mort. Ni la Sara. Només ell. I ell passava amb massa facilitat de la desesperació a una vaga esperança sense cap més fonament que la idea que, si Déu existia, també podia fer cas de les pregàries absurdes dels descreguts.

Ningú no li havia dit «ho sento molt» d'aquella manera. L'Ernest va pensar que en volia més, que en necessitava més. Però s'havia quedat sense paraules. Es va mirar la noia, els dos botons descordats de la bata i els ulls de gos trist, i per acabar la conversa va donar un copet suau sobre el taulell.

–Gràcies –va dir.

A fora, els kurds encara parlaven amb els dos agents de la policia. Baixava la rampa distret, mirant encara d'escoltar la conversa, quan va topar amb algú. Va demanar disculpes. L'home el va disculpar i va somriure. L'Ernest el va reconèixer: una calba com una cúpula i unes orelles carnoses i vermellenques, com rovellons.

Se'n recordava? El dia abans havia vingut per identificar un cadàver i ell l'havia acompanyat. És clar que se'n recordava. Només li volia fer una pregunta: havia arribat algun cos més per identificar? L'home va fer una ganyota de disgust. No podia informar-lo sobre el tema. L'Ernest insistia: ell s'ocupava del dipòsit de cadàvers, no? Bé ho devia saber... I l'home: que ho preguntés a recepció. I l'Ernest: digui'm només si hi ha algun nen. I l'home: potser sí.

–Et vols guanyar tres-cents dòlars?

L'home va mirar al seu voltant. L'Ernest va insistir: tres-cents dòlars si li deixava donar un cop d'ull al dipòsit de cadàvers. L'home el va acompanyar uns metres rampa avall. No podia fer una cosa així, va dir. I l'Ernest: quin problema hi havia?

–Cinc-cents dòlars? –va fer l'home.

L'Ernest va fer que sí. L'home li va preguntar si els portava a sobre. L'Ernest va tornar a fer que sí i es va treure la cartera de la butxaca del darrere. L'home el va aturar amb un gest: després. Li va dir que sortís del recinte de l'hospital, que girés a la dreta, i que busqués una porta metàl·lica blava. La trobaria oberta. Ell l'estaria esperant al pati.

Dins del dipòsit de cadàvers encara feia més fred. L'home de la calba com una cúpula bizantina li va indicar els dos únics armaris metàl·lics que estaven ocupats. En un hi havia un nen. Podia obrir-lo, si volia. Ell s'estaria fora. Tenia cinc minuts.

Es va quedar immòbil davant la porta metàl·lica. Aquell indret, amb el seu silenci i la penombra grisa, li recordaven la cambra cuirassada del banc on la Sophie guardava les joies que havia heretat de la seva àvia. De vegades, en ocasió d'alguna festa o d'algun concert, l'Ernest havia d'anar a buscar-les. Li agradava baixar amb l'ascensor, sempre acompanyat, fins a aquell subterrani silenciós. Li agradava que li obrissin l'enorme porta de la cambra cuirassada i que el deixessin sol allí dins, envoltat d'armaris daurats que devien contenir escriptures importants, milions d'euros en diner negre, joies i diamants en brut, incunables i obres d'art.

La cambra cuirassada el fascinava, i allargava tant com podia el moment d'obrir el seu calaix i de triar amb parsimònia les arracades de la Sophie. El dipòsit de cadàvers, en canvi, l'horroritzava. La mort hi era molt més present que als cementiris. I allò no tenia cap sentit. Havia vingut allí només a martiritzar-se. Va obrir l'armari per confirmar-ho. Va fer lliscar enfora el prestatge ocupat. Com el dia abans, no li va caldre retirar el llençol que el cobria parcialment per veure que es tractava d'un nen de cabells rinxolats que no devia tenir més de sis anys.

Va tancar l'armari i va sortir. Quan travessaven el pati va treure's la cartera i va comptar els bitllets.

–Tres-cents. I pots estar content –va dir l'Ernest–. T'he dit entre set i deu anys i m'has dit que sí.

–A mi no em diuen l'edat que tenen els nens.

–No et queixis. M'has fet perdre el temps –va dir.

Li va entaforar a la mà tres bitllets rebregats.

De retorn a l'hotel va entrar als lavabos d'una benzinera per rentar-se la cara. Al mirall, es va veure esqueixat, tort, diferent. Feia cara de boig. L'aigua només sortia si mantenies la mà a una altura determinada, sobre la pica. L'aixeta va deixar de rajar en tres ocasions i l'Ernest es va cagar en la polla en vinagre. Mentre es refrescava va entrar un noi i el va odiar sense coneixe'l, només per la cara que feia. El noi va pixar i va sortir de seguida. Tampoc li va agradar que no es rentés les mans. Va intentar assecar-se les seves, però l'assecador no funcionava. El va colpejar amb ràbia fins a fer-lo saltar de la paret. El va deixar penjant dels cables, a prendre pel cul.

Quan va tornar a passar a la vora del camp de refugiats va veure que centenars de persones, carregades amb motxilles, bosses, farcells, maletes i criatures, anaven cap al ferri. Hi havia molta gent jove, més nois que noies, i moltes criatures. Moltes noies amb mocadors al cap i molts nois que es protegien del sol amb gorres de marques comercials, amb tovalloles de colors vius. Molts pantalons curts, pantalons de pirata, samarretes amb logotips de marques comercials, i moltes criatures amb vestits de color de rosa, de color de pruna, de color de ceba, amb puntetes liles, amb llacets blancs. Moltes dones amb un excés de roba a sobre, potser perquè traginaven al damunt els seus armaris. Molts nens agafats dels seus pares, amb la mirada perduda. Molts ulls grossos, moltes mirades intenses però distants, porugues.

Va passar entre els cotxes carregats de turistes que desembarcaven amb els seus cotxes. Nòrdics cremats pel sol que treien els mòbils per la finestra i fotografiaven els sirians. Famílies felices amb nens que només arribar a Samos ja veien pel·lícules de dibuixos animats des del seient del darrere. Dos cotxes amb espanyols que conversaven entre ells i parlaven dels emigrants, *joder pobre gente*. Joves que viatjaven en cotxes mig desballestats i s'endormiscaven, aturats a la cua que es formava al port, amb els cabells suats aixafats contra els vidres. Jubilats pulcres de cabells platejats que aprofitaven el temps d'espera llegint la guia de Grècia.

Ell també era un turista. Però ara, des del dolor, era dels altres, i li venien ganes de rebentar els vidres dels cotxes i de ratllar-los la pintura amb la pedra que havia collit a la platja. Va tancar el puny amb la pedra agafada dins de la butxaca. Va desitjar que, quan fossin a la platja, els arribés una invasió de sirians i afganesos amb les seves llanxes precàries. Que veiessin el dolor davant seu. Que es capbussessin en caletes de color turquesa i descobrissin el cadàver inflat d'algun nen mort.

Va sentir un xiulet. Dues, tres vegades. Va trigar una mica a adonar-se que un home uniformat gesticulava i xiulava: que s'apartés, que sortís d'allí. L'Ernest va adonar-se que devia semblar un boig o un captaire entre els cotxes que desembarcaven.

Va aixecar les mans en senyal d'innocència i es va allunyar de les cues de cotxes, de la gent, del moll.

13

La Maria Figueiredo va telefonar diverses vegades a la seva fotògrafa, la Valéria Fernandes, però no devia tenir cobertura, de manera que va haver d'esperar que fossin les nou del vespre per anar cap a la taverna del port on s'havien de trobar. Havia perdut el dia. En sortir del camp de refugiats havia tornat a l'hotel per mirar d'escriure alguna cosa i no se n'havia sortit. No havia sabut aprofitar les entrevistes. No podia escriure res sensat amb aquell neguit. Tenia una impaciència malaltissa. Tancava l'ordinador, mirava per la finestra, obria l'ordinador, es barallava amb l'ordre d'un paràgraf i es tornava a aixecar per mirar per la finestra mentre pensava en en João Mendes i revivia els pitjors moments. Potser era ella qui havia provocat un malentès, i en João Mendes no era culpable de res. Li feia gràcia ser desitjada, i per això no havia sabut parar-li els peus. Però ara, després del que havia passat la nit del sopar de comiat d'un dels redactors històrics de la casa, que es jubilava, la gràcia de ser desitjada s'havia convertit en fàstic, en angoixa, en una impaciència que no la deixava treballar.

Quan va arribar a la taverna, la Valéria Fernandes ja hi era. La Maria només l'havia vista en una ocasió, a la redacció del *Diário*, prenent una copa amb tothom amb motiu de les festes de Nadal. Però ja aleshores la coneixia, com tothom, gràcies als seus autoretrats: una mirada que recordava la de Picasso, una cara solcada d'arrugues, il·luminada amb duresa, una dentadura imperfecta i una cabellera esbullada, grisa i sense concessions. Era una sort poder treballar amb ella, però la Maria no les tenia totes, i encara la intimidava més trobar-la sola en una taula, menjant sardines amb les mans i amb la barbeta oliosa.

La Valéria es va eixugar els llavis amb un tovalló de paper i li va fer dos petons mentre mantenia els dits oliosos a una distància prudent. Què tal el viatge? Què li semblava l'illa? I de seguida: hi havia feina, molta feina, de veritat que estaria entretinguda. No volia prendre res, *querida*? Que es demanés unes sardines. Eren boníssimes. Volia tastar-les?

Quan la mestressa va tornar amb un segon plat de sardines, la Valéria li va presentar la Maria.

–Tens un client més. La Maria. És periodista i treballarà amb mi.

La mestressa semblava un pollastre: una panxa important i unes cames com canyes. Però tenia la mirada intensa i el posat resolutiu que la Maria atribuïa a les dones gregues.

–Benvinguda –va dir la dona, que recolzava una mà plana sobre la taula–. I t'admiro, noia, perquè aquesta feina vostra ha de ser ben dura. Si de vegades em feu plorar amb les coses que arribeu a escriure, m'imagino que veure directament tota aquesta gent que arriba, i els naufragis, i els morts, deu ser espantós.

–Demà serà el seu primer dia. No la desanimis –va somriure la Valéria.

–Per què han de passar aquestes coses? El meu marit diu que, de tants morts que hi ha, aquest mar nostre ja sembla un cementiri. I ens ha anat a tocar als grecs, com si no en tinguéssim prou amb els bancs que tanquen i la gent que es queda sense feina.

–Creu-me que aquesta gent que fuig de la guerra estan molt pitjor que vosaltres. I a Portugal no et pensis que les coses estan gaire millor –va dir la Valéria.

–És el món, que no va bé. No anem bé! –va dir la mestressa. Va donar un copet a la taula, va somriure.– Necessiteu alguna cosa més?

–Amb l'amanida i les sardines ja està bé. Boníssimes, les sardines –va dir la Maria.

–Sí que són bones. Però mira si anem bé, que la meva filla diu que no vol menjar peix perquè diu que els peixos es mengen els ofegats.

La Maria es va mirar el seu plat de sardines. La mestressa va fer una ganyota de resignació i se'n va anar a atendre una altra taula.

–I ara explica'm la teva vida, Maria –va dir la Valéria, animada.

La Maria es va tornar vermella, però a la llum més aviat escassa d'aquella terrassa la fotògrafa no se'n devia adonar. La seva vida? Els seus miracles? Què li podia dir? Tenia ben poca experiència en crisis humanitàries. No havia trepitjat mai un país en guerra, i tampoc havia seguit de prop cap èxode ni cap catàstrofe natural. Suposava que, si li havien encarregat una feina com aquella, era perquè tenia una certa gràcia a l'hora d'escriure històries humanes. La Valéria hi estava d'acord: havia vist el seu reportatge sobre João García; a ella no li interessava l'alpinisme, ni aquesta bestiesa de pujar a l'Annapurna sense oxigen i aquesta mena de coses, però la manera de plantejar el reportatge era una meravella, sí senyora. Proximitat humana. Emoció.

La Maria es va animar. No havia de tenir cap por. Segur que la Valéria era una dona prou sàvia per apreciar la frescor d'una redactora jove, més imprevisible i poc aviciada encara pels tòpics i els trucs de sempre.

A la Maria li va sonar la campaneta que anunciava un missatge. La Valéria va aprofitar que la noia el llegia per travessar el carrer, ficar-se al local i anar al lavabo.

Què tal el dia?

Aquí amb la fotògrafa. Sopant.
Encara no he fet res de bo.

Cap problema. Però per
demà si que m'agradaria tenir
una crònica de 3.500 espais.
Anima't!

Dia una mica perdut. Ho sento.

No passa res. Més perdut
estic jo.

La Maria no va respondre. Hi havia dos gats sota la taula i els va donar una espina de sardina. Un tercer gat es va reunir amb els primers. Els va repartir totes les espines.

Es va ensumar els dits. Va tancar els ulls i va bufar. No escriuria cap altre missatge.

Va sonar el telèfon. Va mirar la pantalla: João Mendes. *Diário.*

La Maria va mirar cap al local. Per sort, la Valéria no tornava encara.

No s'hi va posar.

Li va entrar un altre missatge.

Per què no t'hi poses?

Ara no puc. És important?

Et volia explicar per què
estic perdut.

Què passa?

Em sap greu el que ha passat.
Però són coses que passen.
Suposo que ho superaré.

Ho superaràs? Tu?
Tu ets la víctima?

La Valéria ja havia sortit del local i s'adreçava cap a la taula.

No hi ha cap víctima.

–Estem ben penjats dels mòbils –va dir la Valéria–. Vols un gelat?

La Maria va somriure:

–Sí, un gelat. I perdona... deixa'm que contesti una coseta i deixo el mòbil. –I va teclejar:

No hi ha cap víctima?

La resposta va trigar una mica a arribar. Quan va sonar la campaneta la mestressa els estava servint uns gelats i la Maria va aprofitar per mirar el mòbil.

Víctima de què?

–I com està en João? –va preguntar la Valéria.

–En... en João García?

–No, no: en João Mendes.

La Maria es va tornar vermella una altra vegada. Entre l'escalfor que li envoltava el clatell, se li escampava per les orelles i li inundava la cara, i l'olor de sardina que li feien els dits, la Maria es va tornar a sentir petita i insegura. En João estava bé, li va dir, i era una sort que hagués confiat en ella per a aquella feina. La Valéria li va dir que sí, i que segur que ho faria molt bé. I que no es preocupés si no sabia res de migracions, d'èxodes i crisis humanitàries a causa de la guerra. El més important era saber mirar i saber-ho explicar. I aportar una mirada nova. I ella l'ajudaria a mirar. Què li semblava?

Ah! I només li preguntava per en João perquè aquest noi tenia fama de ser bastant fill de puta amb segons qui. Amb qui? La Valéria ho va aclarir: Amb les dones, sobretot, però no amb mi, pobre d'ell. Per què? Doncs perquè o bé li agradaven massa, o bé no li agradaven gens.

Al llit, amb el mòbil a les mans, la Maria encara va seguir buscant una resposta a la pregunta que llegia a la pantalla.

Víctima de què?

Va rellegir moltes vegades tota la conversa, buscant intencions, sentits profunds. «Víctima de què?» devia voler dir que no creia que fos víctima de res. Però no només era això. Amb la pregunta «Víctima de què?», el seu cap buscava una resposta que li aclarís a quina mena d'acusació hauria de fer front. Sí: en João Mendes estava espantat. Devia estar pensant que ella, aquella aprenent de periodista, era ben capaç d'acabar esbombant el que havia passat.

Li va entrar un altre missatge.

De què ets víctima?

Què és el que superaràs?

No s'hi val contestar
amb una altra pregunta.

És molt tard. Fins demà.

No tenia son. Però potser aconseguiria dormir si era capaç d'escriure alguna cosa interessant sense caure en tòpics i en frases adotzenades. Va obrir l'ordinador i va començar a redactar una crònica.

Començava dient que els canvis de temps sobtats eren una trampa per als fugitius. Però potser estaria millor començar per la frase de la mestressa: «El mar Egeu, un cementiri marí».

Tampoc li agradava. Ara li semblava un tòpic de periodista. La mestressa ho devia haver llegit en algun diari. Segur que més d'un periodista havia fet servir ja el títol del poema de Paul Valéry. Ja l'escriuria l'endemà, la crònica. S'havia de tranquil·litzar. La Valéria la intimidava, però també l'animava. I en João Mendes no la deixava tranquil·la. Quan havia començat a assetjar-la? Va recordar una nit electoral, amb molta feina i molts nervis a la redacció. En João l'havia acorralada al racó de la màquina de cafè. Ella aguantava el gotet a la mà i ell havia plantat les mans a la paret, formant un tancat, amb el seu cos ben a prop, massa a prop, ofegant-la amb el seu somriure idiota i dient-li per segona vegada que s'havia posat un vestit molt bonic. Anava amb cremallera? Devia costar de treure-se'l, no?

Com ho havia deixat passar? Havia estat a punt de llançar-li el cafè a la cara. Hauria estat el seu final al diari? Segur que sí. Hauria aconseguit que el fessin fora a ell? No ho creia. Potser no havia estat prou explícita. S'havia limitat a dir: prou, João, prou. Culpa seva. Sí, culpa seva. I el que havia passat al cotxe també era culpa seva. Per què hi havia pujat? Anaven amb altres companys de la feina, però ja es veia que els aniria deixant abans, i que procuraria que al final es quedessin tots dos sols.

No va escriure res més. Va tancar l'ordinador empipada amb ella mateixa. I finalment es va adormir.

14

A en Marc, l'olor de petroli i de rovell de la bodega del ferri li aigualia la boca i tenia ganes de vomitar. Menut com era, enxubat entre adults carregats de criatures, bosses i farcells, notava que li faltava l'aire: respirava gasos fermentats i olors ràncies, i la impaciència l'ofegava encara més: per què no es movia, la gent? Per què trigaven tant a enfilar l'escala? Si no sortia d'allí dins i pujava cap a coberta, s'ofegaria. Tenia l'Ahmad al davant: Ahmad, m'estic ofegant. L'home li va dir que no passava res. Ahmad, si em deixes el telèfon puc telefonar al meu pare. Com deia? De veritat? Se sabia el número? És clar que se sabia el número. Se'l sabia des que era molt petit. Ahmad: m'estic ofegant, aquí no puc respirar. Em deixaràs el mòbil? L'Ahmad li va dir que tranquil, que a Atenes, que allí no hi havia cobertura. Finalment es va començar a sentir el trepig de les escales metàl·liques i la concentració de passatgers es va començar a esponjar.

Al final de cinc trams d'escala hi havia l'aire lliure, el cel. Va ensumar, i li va semblar que l'olor de petroli el perseguia. Va veure les xemeneies allí dalt. En sortia un fum brut que feia tremolar l'aire. Però de seguida es va trobar millor perquè es va distreure amb la sortida precipitada dels nens de la Ikran, que encara no sabia com es deien. Van sortir a coberta, a l'aire lliure, com dos esperitats, rient, empaitant-se, i amb la Ikran i l'Ahmad darrere seu, cridant alguna cosa que devia voler dir que s'estiguessin quiets, quiets d'una vegada, m'heu sentit? Els nens encara es van perseguir una estona entre els seients. L'Ahmad va aturar la nena. Finalment tots dos li van fer cas: inflaven les galtes, bufaven, miraven enlaire mentre l'oncle i la mare, ara l'un, ara l'altre, els deien alguna cosa que devia voler dir que no havien de cridar, que seguessin en un banc, que s'estiguessin tranquils. I els nens devien respondre que es moririen de fàstic, que no els deixaven fer res, i que mirar el mar no tenia cap gràcia.

Tots dos van seure a terra, es van posar a jugar amb una Nintendo i no van trigar gaire a compadir-se d'aquell nen que anava sol i que l'oncle Ahmad havia decidit protegir, de manera que la noia va allargar la mà i el va convidar a jugar amb la maquineta.

El conillet havia de saltar d'illa en illa i fer petar bombolles de sabó, pinyes que queien del cel i cocos que queien de les palmeres. Hi havia escales, rampes, illes que suraven i taurons que saltaven de tant en tant a veure si es menjaven el conillet. En Marc va superar la pantalla de les illes i els cocoters, i el conillet es va ficar en un vaixell pirata, i després a la cova del tresor, i després en un poble del Carib, i després en una presó anglesa. Només va perdre quan va arribar a la pantalla del castell d'Escòcia, que els dos germans no havien arribat a veure mai.

El nen petit, que devia tenir uns cinc anys, estava sorprès, admirat. En Marc li va tornar la màquina a la nena i va fer un gest amb les espatlles, modest, com si hagués estat un cop de sort. La nena devia ser una mica més gran que ell. Es va assenyalar amb el dit i va dir:

–Hani.

–Jo em dic Marc.

–Mazen –va dir el nen.

La Hani va preguntar alguna cosa.

–Et pregunten si vas sol –va traduir l'Ahmad.

–Sí. Però és que jo sóc espanyol.

–Espanyol?

–He caigut al mar...

L'Ahmad va fer un gest perquè li deixés temps per traduir.

En Marc els va explicar la seva aventura, i que havia caigut al mar perquè hi havia moltes onades, i que no havia caigut d'un vaixell de passatgers, sinó d'un veler, i que el veler era del seu pare, i que es deia Súnion, i que el seu pare no era molt ric però sí una mica ric, i tenia un veler, i que era publicitari, i que els publicitaris feien anuncis com els que es veuen a la televisió, anuncis de cotxes i de pizzes i de perfums, i que no vivia amb el seu pare, sinó amb la mare, a Mallorca, i no sabien on era Mallorca? Era una illa molt bonica. I havia tingut por, a l'aigua? Molta por, però potser no tanta. Una mica de por. Havia vist com el Súnion s'allunyava i després es parava, i després ja no l'havia vist més, i s'havia fet de nit, i feia molt de fred i es pensava que es moriria.

–...i vaig anar a parar a la vostra barca. Però jo anava amb el meu pare –va dir en Marc i va traduir l'Ahmad.

–I el teu pare on és? Et deu estar buscant! –va preguntar la Hani i va traduir l'Ahmad. En Mazen i la Hani s'assemblaven molt. Tenien les orelles una mica sortides i els ulls molt grans, els d'en Mazen una mica adormits, els de la Hani més vibrants.

–El trobarà a Atenes, segur –va dir l'Ahmad.

–El nostre pare és al cel –va dir la Hani.

–Al cel?

–Sí, perquè l'han matat a la guerra.

–És veritat? –en Marc es mirava el nen.

El nen va fer que sí amb el cap.

–El van matar i el van enterrar i no el vam veure més –va dir la Hani.

–Mataven molta gent amb bombes que són com un bidó de petroli ple de dinamita i trossos de ferro... –va començar la nena–. I la gent quedava trencada sense braços o sense cap –va traduir, desganat, l'Ahmad.

La seva mare la va interrompre. La devia renyar, perquè li premia el braç amb una mica de ràbia.

–La Ikran no vol que la Hani t'ho expliquin amb tants detalls –va aclarir l'Ahmad.

Aleshores va parlar el nen. L'Ahmad l'anava interrompent per traduir, en veu baixa.

–Va caure una bomba i es va morir –va resumir el nen.

La Hani va veure que la seva mare estava distreta parlant amb unes dones i es va atrevir a continuar:

–Des dels avions llancen unes bombes que quan exploten surten trossos de ferro que ho trenquen tot i petroli perquè es cremi tot –va dir la noia–. Trenquen cases senceres. A prop de casa nostra va caure una casa de sis pisos i totes les del voltant també van quedar malmeses i ja no hi podia viure ningú.

De tant en tant la Ikran procurava seguir la conversa. No se'n podia estar. Amb ella, els nens evitaven el tema.

–El pare se n'havia anat a la guerra –va dir el nen.

–Vivia en una altra ciutat, i en aquesta altra ciutat van llançar moltes moltes bombes i en un hospital es van morir molts nens i molts metges i aquest dia una altra bomba va caure i va matar el pare i molts soldats.

–Ja no tenim pare –va dir la nena. Li van tremolar els llavis i va deixar anar una llàgrima. No va deixar que arribés ni a mitja galta.

–Ja és al Cel –va dir en Mazen–. I no va patir, perquè quan et mors molt de pressa no saps que et mors i no et fa mal ni res.

–Si et mors molt de pressa, no saps que t'has mort i ja ets al Cel. Al·lahu al-àkbar –va dir la Hani.

–Al·là és gran –va dir l'Ahmad.

–Al·lahu al-àkbar –va repetir la Hani.

–Al·lahu al-àkbar –va dir la Ikran, emocionada. Després va somriure i va dir alguna cosa als nens.

–Ara parleu d'una altra cosa –va traduir l'Ahmad.

En Marc va comprendre de sobte que, per als seus pares, ell estava mort. Va ser un moment, una imatge: la cara del seu pare. Un gest de tristesa. El seu pare parlant amb la seva mare. Una abraçada, tots dos amb els ulls tancats.

La idea que el donessin per mort, que el ploressin i que anessin a llançar flors al mar per acomiadar-se'n, també li va fer venir ganes de plorar.

Els tres nens es van veure amb les llàgrimes als ulls i tots tres a la vegada van esclatar a riure entre sanglots.

En Marc es va passar bona part del viatge assegut en un banc, a coberta, a l'ombra. Els peus no li arribaven a terra. Els feia oscil·lar com si estigués en un gronxador. Pensava en la mama: se la imaginava a la terrassa amb l'ordinador a la falda i les carpetes i arxivadors escampats per terra, parlant amb ell, somrient, consultant alguna cosa en una carpeta mentre procurava que l'ordinador no li caigués a terra. Havia comprat confitura de préssec de la que li agradava. Podia preparar-se ell mateix una llesca de pa per esmorzar i prendre's un got de llet? Va, espavila't, amor meu.

Al seu pare sempre l'havia vist d'una manera més difusa, gairebé com un concepte. Era un ésser protector, de veu greu i braços forts. Però ara l'havia abandonat i li feia ràbia. L'havia abandonat a coberta i l'havia abandonat enmig del mar. Potser l'estava buscant, o potser no. No: segur que l'estava buscant, i segur que tots dos es posarien a plorar quan es trobessin, a Atenes. I de pensar-hi els ulls se li tornaven a aigualir.

Va tornar a demanar a l'Ahmad que li deixés el mòbil, i l'home li va tornar a repetir que no tenia cobertura, quantes vegades l'hi havia de dir? Que no fos pesat. Que mirés el mar, que de vegades hi havia dofins. Que jugués amb els nens.

La Hani anava a veure'l de tant en tant. En Marc se sentia com una mascota: la nena sentia curiositat per un nen perdut. Es quedava plantada davant seu amb les cames lleugerament separades per no perdre l'equilibri, perquè el ferri es movia una mica. Somreia, li deia alguna cosa en àrab, i li feia una careta tendra que mai no li havia fet cap nena de l'escola, com si no li fes vergonya ser simpàtica. Agafava la mà d'en Marc i gronxava les dues mans enllaçades, i en Marc pensava que en el seu país les nenes devien ser així, i també se sentia una mica com un gosset, sí, potser era allò: la nena jugava amb ell com amb un gosset, perquè era més gran que ell i era una mica com si jugués a nines.

En Mazen va aparèixer molt content, amb la butxaca plena de xapes. En Mazen ho feia tot de pressa, es precipitava: amb les dues mans va engrapar la butxaca dreta dels pantalons fins al genoll, de manera que es veiés el bony que feien les xapes, i el va agitar perquè fes soroll, i de seguida es va agenollar i va començar a treure-les i a escampar-les per terra, i només de veure les xapes de Coca-Cola en Marc va tenir set, i va fer petar la llengua. També n'hi havia de Fanta, i unes altres de daurades, amb un cap de cavall que tenia una banya i que es deia unicorn, un animal que no existia i que li feia molta ràbia que no existís, i unes altres on deia ΑΛΦΑ, que es llegia Alfa, perquè el seu pare li havia ensenyat a llegir les lletres gregues.

En Mazen va agafar una xapa blanca i en Marc va entendre que aquella xapa era la pilota. Es van posar a jugar, i la Hani de seguida s'hi va afegir. Tan aviat formava part de l'equip d'en Marc com de l'equip d'en Mazen. En Mazen hi tenia molta traça. S'hi pensava molt, i a en Marc li feia gràcia que es concentrés tant, i que se sentís tan satisfet cada vegada que aconseguia apropar la pilota a la porteria contrària. En Marc, mentre premia la xapa que feia de pilota amb la xapa que feia de jugador, pensava en el seu pare, i era com si tingués un forat a la panxa, i de seguida en la seva mare: segur que ja sabia que s'havia perdut al mar, i segur que es pensava que s'havia mort, però com que no s'havia mort era molt trist que plorés, i segur que plorava, i era més trist encara que si s'hagués mort de veritat.

En Mazen ja havia marcat dotze gols, la Hani tres i ell només un, quan va aparèixer l'Ahmad amb tres entrepans de tonyina i enciam. En Marc es va menjar el seu tan de pressa que se li va enganxar una mica de pa de motllo al paladar, i a la Hani li va fer molta gràcia. Ell també va acabar rient. Després la Ikran els va repartir galetes.

–Jo no en puc menjar –va dir en Marc.

–No pots menjar galetes?

–No, perquè sóc al·lèrgic als cacauets i en poden tenir.

15

Mentre tornava cap al centre de la ciutat, l'Ernest va sentir la botzina del ferri i va veure com maniobrava per sortir. Hi havia molta gent a coberta. Moltes dones amb el cap cobert. Molts farcells. Moltes criatures.

Havia de parlar amb la Sara. Potser haurien d'anar a dinar plegats. Per complicada que fos la relació, i encara que ella pensés denunciar-lo, no podia ser que cadascú dinés pel seu compte. Durant la resta del matí no va parar de donar-hi voltes. Seria molt dur, però ho havia de fer. La coneixia prou bé: no canviaria d'opinió, no s'estovaria, no tindria pietat i miraria d'enfonsar-lo encara més en la matèria fosca de la culpa.

Cap a les onze, quan va començar a fer calor, va buscar el refugi d'una església. L'interior era fresc, però era la negació d'un espai religiós. Semblava un magatzem bizantí. Va seure i va mirar de pensar en altres coses. Va recordar l'època remota en què gairebé cada diumenge al matí el seu pare, que també era publicitari però ho combinava amb una veritable passió per la història del art, s'enduia els tres germans amb el Sis-cents i els portava a veure esglésies romàniques. Va recordar l'olor de plàstic escalfat i de benzina, els revolts inacabables, la tortura del mareig i dels vòmits per la finestra o a la cuneta, mentre el pare, impacient, li preguntava si ja estava. Havia arribat a associar el regust del vòmit a la llum escassa de les esglésies romàniques. Però ben aviat va començar a prendre's la visita als edificis com un moment de pau i de retorn a l'equilibri i al benestar després dels revolts de tortura. A l'interior dels temples era com si la veu del seu pare vingués d'un altre món i es fongués amb les voltes de pedra, amb els absis, amb les columnes i els nervis de la nau. Als claustres, el pare enllaçava un capitell amb l'altre i construïa un relat que feia somniar.

El seu pare s'havia comunicat amb els seus fills a través de l'art perquè mai no li havia resultat fàcil parlar-los de la vida, els sentiments, els desitjos i les pors. L'Ernest tampoc en sabia. En lloc de les esglésies i els museus, havia fet servir el mar i la vela. De manera que no el culpava de res. Aquesta mena de coses es devien transmetre de generació en generació. El seu avi també s'havia servit de l'art, dels llibres il·lustrats amb gravats de Gustave Doré o amb els dibuixos de David Roberts sobre l'antic Egipte, per parlar amb el seu fill. Hi havia pares que se servien del futbol, i gràcies al futbol abraçaven els fills, compartien alegries amb els fills, patien i s'emocionaven amb els fills. Ben mirat, el futbol era molt més primari, i potser no disfressava les coses importants de la vida com l'art o la nàutica.

Però ni l'art ni la vela no eren suficients. Eren formes massa indirectes de parlar de les coses importants. Hi havia massa coses que no havien estat dites. L'Ernest, des que el seu pare havia mort, hi tenia de tant en tant converses imaginàries. S'imaginava converses que no havia tingut mai. Ara tampoc les tindria amb el seu fill, que no havia arribat ni a adolescent, que mai no es faria gran i que mai no li parlaria d'amors no correspostos, de pors ni d'il·lusions.

Les converses imaginàries el van portar a pensar en la conversa de veritat que hauria de tenir amb la Sara. Va sentir una Sara imaginària que li deia que ja havia parlat amb el seu advocat de Palma. Li havia recomanat que el denunciés. De manera que s'havia presentat a la comissaria de policia de Samos i havia presentat una denúncia amb l'ajut d'un traductor per a turistes. L'Ernest es concentrava en les espelmes i en els reflexos daurats de les icones i no sabia què dir, i callava, i la Sara imaginària esclatava: no penses dir res? Ets un desgraciat, de veritat que et mereixes que et tanquin, i no et vull veure mai més, mai més, mai més.

I si es relaxava una mica? Allò no eren pensaments. Era un deliri. I si oferia una espelma a alguna d'aquelles icones? L'arquitectura era tan poc afortunada que també les icones en sortien perjudicades. Sota les bigues de ferro, penjats per les parets de ciment emblanquinat d'aquell interior sense ombres ni misteri, els sants i les marededéus eren més profanes que sagrades. I si es concentrava en la campanya de Lucce?

Va sortir de l'església i es va posar a caminar sense rumb. No ho podia ajornar més: havia de trucar a la Sara i quedar amb ella per dinar. Mentrestant, la qüestió era moure's. Caminar l'asserenava una mica. Caminar li facilitava les converses telefòniques. Sempre ho havia fet així. Moltes converses de feina, amb els clients dubtant si una campanya era prou bona per invertir-hi tants diners, les feia caminant.

Primer va parlar amb la Sophie. Va mirar de ser amable. No volia més paraules de compassió, de manera que va procurar que només fos un intercanvi d'informacions: no hi havia cap novetat, seguien buscant en Marc. En Max i la Sophie ja eren a l'aeroport d'Atenes, a punt d'embarcar cap a Barcelona en un vol que feia escala a Viena. Que cuidés en Max, que li digués que seguien buscant en Marc. El nen s'hi va voler posar, hola Ernest, i a l'Ernest se li va trencar la veu, hola Max, tu no et preocupis, que trobarem en Marc.

Va sentir-se alleujat que la Sophie no allargués la conversa. Quan va penjar, va pensar que ja estava, ja s'havia alliberat del neguit que li produïa la presència simultània de la Sara, la Sophie i en Max. Va seguir caminant. Ara havia de telefonar a la Sara. Ho faria quan arribés a aquell arbre. Va arribar a l'arbre. Ho faria quan deixés enrere l'última casa, abans del revolt. Però va passar de llarg la primera platja i encara va trigar una bona estona a trucar.

La veu de la Sara era feble, però a l'Ernest li va semblar que cada paraula queia com un tallant sobre un piló de carnisser. Va dir que és clar que s'havien de veure, i que d'acord, i que sí, a les dues al restaurant Artemis.

L'Ernest hi va arribar a l'hora, i va triar una taula allunyada de la que ocupava un grup molt animat de gent del país. Un quart d'hora més tard la Sara encara no s'hi havia presentat. Que arribés d'una vegada, sisplau. Com més trigués, més desmuntat, més neguitós i amb menys recursos el trobaria.

Vint minuts més tard la cambrera s'hi va apropar amb la llibreta de prendre nota, i l'Ernest li va dir que s'esperaria deu minuts més. La noia va somriure, naturalment, no era cap problema, no passava res.

Ja passaven de dos quarts de tres quan l'Ernest va veure una dona que s'apropava lentament, amb ulleres de sol, aferrada a les corretges de la bossa amb les dues mans, com si l'ajudessin a mantenir-se dempeus. Va trigar uns segons a veure que era la Sara.

Es van fer dos petons formals i incòmodes. L'Ernest la va trobar més menuda i més feble que el dia abans, com si s'hagués fet més petita durant la nit. Després, ja asseguda, va notar que les mans li tremolaven mentre canviava un got de lloc o agafava el tovalló.

Qualsevol persona hauria vist que aquella parella tenia algun problema, però per sort la cambrera s'ocupava tota sola de la dotzena de tauletes del restaurant i estava pendent de deu coses a la vegada. O ho feia veure, per no intimidar-los? Els va saludar, els va deixar una gerra amb aigua i gel, i va esperar que li diguessin què volien, amb el bloc a la mà, mentre mirava cap a les taules de la terrassa, espantava un gat blanc amb el peu i feia un gest a un noi que venia a deixar una síndria gegantina perquè entrés a la cuina.

–Jo no tinc gana –va dir la Sara–. No menjaré res. Demana tu.

–Jo tampoc. Però ens ho partim –va dir l'Ernest.

–No tinc gens de gana.

L'Ernest va demanar tzatziki, peix fregit i una mica de vi, sisplau.

–Has pogut dormir? –va preguntar l'Ernest.

–Jo no. Tu sí?

Respiracions. Parpelles baixes. Ulls ensopits.

De seguida hi va haver una mica de moviment perquè els van portar els plats i una gerra de vi color de palla. La cambrera va tornar a espantar amb el peu el mateix gat blanc, que va fer un gemec de ninot de peluix.

Així que va veure com la Sara es mirava el plat, com canviava la posició de la forquilla i com aixecava el cap amb la mirada perduda, l'Ernest va alimentar una certa esperança que encara fos possible una conversa de consol. Dos pares desesperats que comparteixen una desgràcia. Sense retrets, sense més culpa que la que ell ja començava a assumir pel seu compte.

La mà esquerra de la Sara gratava les estovalles de paper. L'Ernest va pensar que si eren capaços d'agafar-se les mans, s'estalviarien moltes paraules. No suportava el mur invisible que els retrets de la separació havien anat construint entre tots dos. Necessitava que el contacte físic els ajudés a desmuntar-lo. Tenia ganes d'abraçar-la.

Però així que va allargar la mà per damunt la taula, la Sara va enretirar la seva.

–Saps per què ens vam separar, suposo –va dir–. Suposo que en tot aquest temps has pogut entendre per què ens vam separar.

–No sé què vols dir –va dir ell.

–O potser no vas tenir gaire temps de pensar-ho, perquè de seguida vas conèixer la Sophie i te'n devies oblidar.

–No sé què dir-te –va dir. Va buscar alguna manera de continuar però no se'n va sortir. La Sara mai no havia suportat les respostes buides. En les converses serioses sempre li havia exigit que donés la cara, que no mirés cap a una altra banda, que no es quedés sense paraules. Però potser aquesta vegada no l'hi tindria en compte.

–No saps què dir-me.

–Sí, Sara. Sí que sé què dir-te. Però no crec que sigui el moment de repassar per què ens vam separar. Em sembla que ara ens està passant una cosa molt més grossa. I l'hauríem de compartir.

–Precisament per això.

–No t'entenc.

–Fes memòria. Suposo que te'n recordes de l'accident de la piscina. En Marc no havia fet ni dos anys.

–Sara, sisplau. Perquè una amiga teva veiés, una centèsima de segon abans que jo, que el nen havia caigut a l'aigua, no vol dir que jo no ho hagués vist. Una centèsima de segon després, ho reconec, però ho hauria vist. Ara m'has de dir això? Mira, Sara, ja ho sabia. Hi he pensat. He pensat en Burkina Faso, en el teu atac de pànic al desert...

–No era per menys.

–Jo crec que no, però vaja, no em posaré a discutir-ho. Està bé, sí, sóc un irresponsable.

–Tu mateix has dit que hi has pensat.

–Sí, hi he pensat. Hi he pensat. Sóc un irresponsable. És culpa meva. Ja ho has dit: denuncia'm. Sóc culpable.

–Ets patètic, Ernest. Et declares culpable per fer-te la víctima. Perquè et compadeixin. No perquè te'n sentis de veritat. Assumeix la culpa de veritat, Ernest. Suposo que ho veus, que no és mala sort. No és mala sort, Ernest. És la sort que t'has buscat. En Marc es podria haver ofegat fa sis anys. I poc després ens podríem haver mort tots tres aquella nit que ens vam despertar, per casualitat, amb la casa plena de fum perquè t'havies deixat un estofat al foc.

–No es crema una casa perquè et deixis un estofat al foc.

–I un dia, als Alps, amb una tempesta que ningú esquiava, vas fer baixar el nen des de dalt de tot de la glacera i va arribar amb hipotèrmia.

–No exageris. Sisplau, Sara. Estem patint molt tots dos. Em sembla que no...

–Que no què.

–Res.

–No diguis «res». Què és el que no et sembla?

–No res... –es va sentir estúpid–. D'acord. Assumeixo la culpa amb sinceritat. I també assumeixo que et separessis per això.

–Ens vam separar perquè la relació ja se n'havia anat a la merda, Ernest. Però, entre altres coses, se n'havia anat a la merda perquè amb tu em sentia insegura.

–Insegura.

–Insegura perquè dins del taxi descobries que havies perdut les entrades d'un concert del Palau de la Música. Insegura amb els teus oblits. Al Nepal vas perdre el passaport. Un dia et vas oblidar de recollir el nen a l'escola.

–Sara, sisplau. Ja està bé.

–Però no t'oblidaves de les coses perquè no tinguessis memòria, Ernest, sinó perquè passaves de tot, perquè vivies tancat en la teva closca i amb les teves coses. Perquè només t'interessen les teves campanyes, els teus espots, les teves reunions amb gent important. No: molt pitjor. Perquè només t'interesses tu. Jo, jo, jo –va dir, picant-se el pit–. Pel que es veu, segueixes igual, però ara ja no pots perdre res més. Ja ho has perdut tot.

Aquesta vegada l'Ernest sabia que no n'hi hauria prou amb escoltar-la, amb aguantar el xàfec. Li exigia que la mirés als ulls, que assumís plenament les acusacions i que es fes càrrec de les seves conseqüències. Era terrible: la separació havia estat un alliberament, però ara ella tornava a tenir dret a renyar-lo com abans. Era un retorn al pitjor de la seva relació, a aquell desequilibri odiós entre la responsabilitat de la Sara i la immaduresa de criatura consentida de l'Ernest.

–Ja està, Sara. Suposo que pots entendre que no et pugui contestar. No puc justificar-me. Només et puc dir que ho sento i que lamento haver-te decebut tant.

–Decebut del tot.

L'Ernest es va mirar el plat. El peix ja s'havia refredat. Quan va aixecar la mirada, la Sara encara era allí, com un mirall que el reflectia: un monstre de la inconsciència i l'egoisme.

–Però jo també sóc culpable –va dir la Sara–. Per deixar que t'enduguessis el nen a Grècia. Jo també.

Es van mirar tots dos amb duresa fins que l'Ernest va tancar els ulls i va bufar. Després es va deixar la mirada perduda sobre el plat de peix. Va agafar un seitó i el va llançar cap al gat albí, que tenia les orelles i el nas d'un rosa intens i jeia a l'ombra d'un gerani. El gat va aixecar el cap i amb una pota va prendre possessió del seitó. Amb el cap de costat, en una posició forçada, va començar a devorar-lo i a mastegar-lo amb una força que a l'Ernest li va semblar innecessària, com si es tractés d'un tros de fusta.

S'hi van apropar dos gats més, un de lleonat i el tercer de color gris amb el cap negre. Un quart gat, d'una estranya barreja de ros i negre, amb la panxa d'un color brut, grogós, s'ho mirava des de sota d'una taula veïna. L'Ernest va veure que tenia un ull mig tancat.

–Suposo que no en saps res més, del nen.

–No. He trucat a l'hospital, he tornat a parlar amb la policia d'aquí...

–Jo també he parlat amb la policia. Diuen que ja ens avisaran, que és com no dir res. I després he aconseguit parlar amb l'ambaixador a Atenes. Molta comprensió, molt amables, però sempre el mateix: que ja han parlat amb la policia i ja se n'estan ocupant –va dir la Sara. I era com si les paraules li fessin mal.– L'ambaixada m'ha posat en contacte amb Frontex, que són...

–Els guardacostes...

–...sí. També hi he parlat. I la policia d'aquí de Samos també hi ha parlat. Tots diuen el mateix: que rastregen el mar contínuament, i que tots estan molt coordinats perquè hi ha tots aquests naufragis dels emigrants...

–Estan fent tot el que es pot fer....

–Però hauries d'haver trucat des del primer moment, Ernest...

–Sara: l'estan buscant des del primer moment.

–Potser no el busquen on l'han de buscar. Potser no és al mar, Ernest. Potser no s'ha ofegat. Imagina't que l'ha recollit una barca de pesca. Jo que sé, Ernest: una barca turca, i que el nen està desorientat, la hipotèrmia pot provocar lesions cerebrals, el nen potser no pot ni parlar i l'han portat en algun hospital i ningú no sap qui és...

–Sara... Sí, és possible, però...

–Fes alguna cosa, Ernest. Fem alguna cosa!

La Sara sanglotava en silenci. S'eixugava les llàgrimes amb el mocador que duia al coll. L'Ernest no sabia on mirar. El gat de color gris es va ficar sota la taula i la Sara el va fer fora d'un cop de peu. L'Ernest va mirar d'allunyar-lo llançant un parell de seitons més enllà dels geranis que marcaven els límits de la terrassa.

–Fora, gat dels collons! –va dir.

El gat albí va plantar una pota sobre un dels peixos. El gat lleonat va arribar, parsimoniós, i es va començar a menjar l'altre.

–No el trobaran. No el trobaran –va dir la Sara.

–Hòstia, Sara, quina putada.

La Sara va fer un sí amb el cap que es va convertir en una oscil·lació molt breu i repetida, com si anés amb el ritme del cor.

–Set anys. Un nen de set anys. Un nen que sempre estava content.

L'Ernest va fer servir el tovalló com a mocador. Després va mirar discretament cap a les altres taules. La gent era discreta. Es va treure les ulleres de sol i es va fregar els ulls amb els palmells. Després va veure que la Sara es mirava els gats.

Amb les llàgrimes als ulls costava de veure que el gat ros i negre, el de l'ull mig tancat, s'havia apropat al gat albí i li plantava cara. Encara hi havia un seitó a terra. Tots dos es miraven fixament i feien uns miols més tristos que agressius mentre mantenien els nassos gairebé a frec.

El gat albí va aixecar una poteta amenaçadora, amb les urpes enfora. El de l'ull mig tancat doblegava les potes, fregava el terra amb la panxa, abaixava el cap.

La Sara va cridar.

El gat albí s'havia abraonat sobre el gat escanyolit, el gat que semblava tacat, el de la parpella inflada. Rodolaven per terra bellugant les cues, amb els caps arrapats l'un contra l'altre. L'albí mossegava l'orella negra i groga de l'altre. No miolaven, no cridaven. Només uns gemecs breus i la polseguera de les cues entre les fulles seques dels geranis.

–Ernest, sisplau, fes alguna cosa!

No va caldre. La noia del restaurant s'hi va apropar i va aconseguir separar-los fent espetegar un drap de cuina. El gat albí es va allunyar. Passes llargues, calmoses, mentre mirava enrere. Finalment es va aturar i es va quedar mirant amb una arrogància de lleó.

El gat brut, el desnerit, es va apropar a la taula. La Sara va veure amb horror que tenia l'orella esquinçada. N'hi penjava un bocí, vençut per un quall de sang de la grandària d'un cigró. Al coll, s'endevinava la sang de la mossegada. Tenia la respiració agitada.

–Que fills de puta! No el deixen menjar! –va gemegar la Sara. I, encara plorant, va deixar dos seitons més al costat del gat ferit.

L'animal es va mirar els peixos amb resignació, com si ja sabés que no serien per a ell. El gat gris va travessar la taula per sota i el va fer fora.

–Me'n vull anar. Me'n vull anar d'aquí –va dir la Sara.

L'Ernest es va treure la cartera i va fer un gest a la cambrera per pagar, però la Sara ja s'havia aixecat, disposada a anar-se'n. Ell gairebé va saltar de la cadira, com si l'empenyés l'instint, i la va aturar per abraçar-la, disposat a esbandir de cop tots els retrets. I aquest cop sí, ella el va abraçar i va tremolar una bona estona entre els seus braços mentre es feia silenci a les taules veïnes, el gat albí fugia i s'enfilava en una barca perquè la cadira de l'Ernest li havia caigut al damunt, i la mestressa, amb la nota a la mà, esperava el moment adequat per lliurar-la als clients.

–Digue'm que el trobarem, Ernest.

–El trobarem.

–Digue'm que el trobarem viu. Digue-m'ho.

–Sí, Sara, sí.

–Perdona'm.

–No ens hem de perdonar res. Ja està. Compartim això, Sara, compartim-ho.

Quan les converses van tornar a les taules veïnes, la cambrera va gosar portar-los el compte.

–Gràcies –va dir l'Ernest.

I la noia els va dedicar un somriure reconfortant, còmplice, com si hagués viscut la reconciliació d'una parella d'enamorats.

16

Cada dia baixem a l'infern

El testimoni d'un voluntari que participa en el rescat dels emigrants que naufraguen a les costes de Samos.

Illa de Samos. Grècia. Crònica de Maria Figueiredo.

Avís de mal temps. De fet, els transports de turistes entre les illes s'han cancel·lat. Però el mal temps no atura les màfies que cobren per abandonar els emigrants a la seva sort, en embarcacions precàries que sovint s'han de pilotar ells mateixos fins a les costes gregues. Quan fa mal temps, a més, els preus del viatge baixen, tot i que les embarcacions gasten més benzina quan fa mala mar. D'aquesta manera les màfies eviten que se'ls acumulin viatgers durant els dies de bonança.

Ahir a la nit dinou persones, entre les quals quatre bebès i vuit nens, van perdre la vida quan la seva embarcació va naufragar prop de les costes d'Icària. Aquest ha estat un dels episodis més dramàtics dels darrers dies. Però l'arribada d'embarcacions no s'atura, i el drama continua.

Aquest matí hem pogut seguir de prop l'actuació d'un grup de socorristes de Sevilla que han rescatat trenta-dues persones després que la seva embarcació, ja mig desinflada, naufragués a prop de Samos. No hi ha hagut cap víctima.

Un dels voluntaris, Jaime Villalba, ens ho explicava així: «Quan arribes al lloc de l'accident és com si baixessis a l'infern. Et quedes paralitzat, no saps per on començar, perquè tothom vol que el rescatis. Hi ha tot de braços, tot de mans que et busquen, i veus que la vida d'aquesta gent depèn de tu, que tu decideixes qui se salva i qui es mor. Quan vam arribar, la llanxa en què viatjaven amb prou feines podia sostenir unes quantes persones a bord, i gairebé tothom ja era a l'aigua, amb criatures i tot, agafats com podien. Les armilles de salvament que porten no els fan cap servei. És una vergonya. Fins i tot en això els estafen. Els venen unes armilles que no poden aguantar una persona amb el cap fora l'aigua, que és el mínim que se li pot demanar a una armilla. Per sort, aquest cop no hem tingut cap víctima».

Nosaltres ho hem vist des de la platja. Han anat portant els nàufrags, els han anat reunint a la platja, i només en un cas han hagut de recórrer a la reanimació i a les bombones d'oxigen. Jaime Villalba i el seu equip treballen a Lesbos gràcies al micromecenatge. Disposen de dues llanxes amb una capacitat per a unes quinze persones, i d'una moto d'aigua per a actuacions puntuals. «Aquí», ens diu, «només funcionen les ONG. Uns anglesos, un grup d'Irlanda i els companys catalans de Proactiva. Els vaixells de Frontex fan de policia, però no tenen capacitat per al rescat. Ni estan pensats per a això, ni fan res per ajudar-nos. Només s'ho miren».

Frontex és l'Agència Europea per a la Gestió de la Cooperació Operativa de les Fronteres Exteriors dels Estats membres de la Unió Europea, i disposa d'un vaixell a la zona. Avui l'hem vist al port. Va amb bandera noruega. Hem intentat entrevistar algun dels seus tripulants, però no han accedit que pugéssim a bord i ens han dit que tenen instruccions de no concedir entrevistes.

«Els de Frontex no fan res, però els helicòpters de la policia encara són pitjors», ens segueix explicant Jaime Villalba. «Només s'ho miren des de l'aire, i emprenyen més que cap altra cosa. Ens atabalen amb el soroll: què cony miren? Com s'ofega la gent?».

El rescat d'aquest matí ha sortit bé, però Jaime Villalba ens recorda que ahir hi va haver molts morts. «I més que n'hi haurà, perquè això va a més. Hi ha dies que veiem arribar a Samos fins a una dotzena d'embarcacions. Però això és només en la zona on som. Hi ha hagut dies amb seixanta i setanta arribades. Més de dues mil persones en un sol dia.

Abans d'acomiadar-se, Jaime Villalba insisteix que no deixem de dir que treballen aquí gràcies al mecenatge, i que tots els ajuts que puguin rebre «serviran per salvar vides de persones que ara passen per un drama que molts europeus, molts espanyols, i també molts portuguesos» –em diu amb un somriure amable–, «han viscut no fa pas tants anys».

Al migdia, després d'escriure la crònica i d'enviar-la al diari, la Maria va tancar l'ordinador i va sortir al balconet de la seva habitació a fer-se una cigarreta. Li va semblar que ho estava aconseguint. Les emocions del matí l'havien allunyat del fantasma d'en João Mendes. La crònica la rebria ell mateix, però sense cap comentari. Només una línia breu on deia:

> Aquí la tens. 3.700 espais. Retalleu si no hi cap. La foto de la noia amb la bombona d'oxigen és la que ens agrada més.

Professionalitat. Distància. Fredor. Potser, malgrat tot, aconseguiria fer una bona feina. No suportava la idea que, si l'havien enviada a Grècia, era a canvi de callar. No suportava la idea de ser la protegida d'un fill de puta.

17

Durant el viatge en Marc li va preguntar quatre vegades a l'Ahmad si el seu mòbil ja tenia cobertura. Quan el ferri va entrar al port del Pireu l'Ahmad li va oferir el telèfon.

–Segur que et saps el número del teu pare? –va preguntar l'Ahmad.

–Sí.

–Doncs va, truca-li, que ara tinc cobertura.

En Marc va marcar el número.

Li va tornar a sortir la mateixa veu, una noia que deia paraules molt llargues que semblaven castellanes però no s'entenien.

–Des d'aquest mòbil no deus poder trucar a un mòbil espanyol –va dir l'Ahmad–. Però no pateixis. Us trobareu a Atenes.

–Això és Atenes?

El Pireu? Què era el Pireu? No era Atenes encara? En Marc no va tenir temps de decebre's i d'entristir-se, perquè tothom començava a baixar cap a la bodega per sortir del ferri, i més aviat estava atabalat. Entre tanta gent i des de la seva alçada no acabava de veure res, només embalums, farcells, sacs de dormir, bosses, maletes, el vestit negre i les vambes esportives que calçava la dona que anava davant seu, i que li anaven grans; el caminar vacil·lant de la nena de cap rinxolat que l'acompanyava; la mirada fosca i brillant d'un home colrat pel sol que es girava un moment; malucs que oscil·laven, decantats pel pes dels equipatges, peus amb sabates polsoses, i molts peus de nens petits, sabatetes de color de rosa, pantalons de criatura inflats pels bolquers, i una altra vegada l'olor de petroli i de rovell de la bodega, i de cop un espetec de llum i de calor, un ofec de gent i de pols mentre avançava pel moll cap a no sabia on. Tornava a tenir ganes de vomitar a causa de la pudor de la bodega i del fum dels cotxes que desembarcaven.

–No, no és Atenes encara. Però és molt a prop. Hem d'agafar un autobús –li va dir l'Ahmad.

–Em vindrà a buscar aquí, el meu pare?

–Tu tranquil, Marc, tu tranquil.

Tot era gent, i polseguera, i una claror intensa que picava als ulls, i la sensació que les coses passaven i no hi havia res a fer, com si des que havia caigut al mar se l'hagués emportat un corrent tossut que l'arrossegava sense remei. On es podia agafar? Potser a la mà de l'Ahmad, perquè era millor aferrar-se a aquella branca d'un arbre que surava que no pas perdre's definitivament entre les ones de la multitud.

Va pujar a l'autocar sense saber on anaven, però també sense pensar-hi massa. A l'autobús hi havia seients, així no s'enganxaria als cossos suats. Hi havia aire condicionat, i de cop podia respirar tranquil. Cadascú tenia el seu lloc, ja no hi havia tant desordre, i ben aviat retrobaria el seu pare. A més, la Ikran va seure al seu costat, i estava contenta, i somreia cada vegada que es miraven sense dir-se res, i això li feia pensar que tot estava bé i que no havia de patir per res.

Només de tant en tant recordava els seus pares i sentia un forat fred a la panxa. De vegades era com si hi tingués un globus i de cop se li desinflés. Altres vegades era com si s'acabés d'empassar de cop un got d'orxata gelada.

L'autocar es va posar en marxa. Edificis d'oficines, fàbriques, tallers mecànics, cotxes sota un sol implacable i un cel blanc que li recordava la llum enlluernadora del dentista. Un paisatge blanquinós i ple de cotxes, amb algun baladre escarransit de flors blanques sobre el blanc brut d'una benzinera. Va deixar de mirar per la finestra, es va girar, i la Hani el va rebre amb un somriure.

La nena va tancar els punys i va anar obrint els dits mentre li deia els números en àrab: *wàhed, itnein, telata, arbaa, khamsa, sitta.* Però en Marc no tenia gaire interès a aprendre-se'ls. Estava massa ocupat amb aquella sensació de tristesa a la panxa i amb l'esforç que havia de fer per aguantar-se les ganes de plorar. Repetia d'esma *telata, arbaa,* però no pensava memoritzar aquelles paraules estranyes. Se'n sortia prou bé, i aconseguia mantenir la serenitat. Però així que l'autobús va començar a córrer per carrers més urbans, amb cases habitades i gent a les voreres, es va tornar a imaginar que es retrobava amb el seu pare i va notar que les llàgrimes li inundaven els ulls sense que hi hagués res a fer.

Se les va eixugar discretament i va pensar que ningú no

se n'havia adonat. La Hani se'l va mirar i va somriure com sempre.

–Ara trobaré el meu pare? –va preguntar-li a l'Ahmad així que van baixar de l'autobús.

–Tu no et preocupis, Marc. Tu tranquil –li va repetir l'Ahmad. Aleshores l'home i la seva cunyada van començar a parlar: de primer en veu baixa, com si no volguessin que ningú els sentís. Després amb frases breus i gairebé a crits. Cada vegada més enfadats. I de tant en tant se'l miraven, i en Marc mirava d'entendre alguna cosa. Si «sitta» s'assemblava a «sis» devia ser perquè l'àrab no era tan estrany, potser si parava atenció entendria alguna cosa. Però no va entendre res. Li va quedar una idea vaga que parlaven d'ell, que discutien sobre ell, però l'autocar s'havia aturat i la gent començava a baixar.

Van entrar en un edifici de sostre alt ple de pantalles amb noms i horaris. Hi havia cues llarguíssimes davant de les finestretes. Moltes dones amb mocadors al cap, moltes dones de negre de cap a peus, molts homes abrigats tot i la calor. L'Ahmad va tornar a parlar amb la Ikran. Després es va reunir amb un grup d'homes. La Ikran, els seus dos fills i en Marc es van haver d'esperar més de dues hores asseguts als graons d'una escala d'accés al petit parc que hi havia davant de l'estació.

En Marc ja havia entès que aquell edifici, que ara els quedava a l'altra banda d'un riu sorollós de cotxes i camions, era l'estació de tren, però la Hani l'hi va explicar amb gestos i sorollets infantils de màquina de tren, i ell va sentir la vergonya que sempre sentia quan el tractaven com si fos més petit que no era.

Al parc hi van anar arribant més dones amb criatures, dones amb mocadors al cap, algunes amb texans, d'altres amb vestits folgats fins als peus, i sempre carregades amb farcells, amb maletes i amb paquets embolicats amb plàstics. Finalment van començar a arribar els homes, malhumorats, maleint; parlaven entre ells mirant cap a terra, cap al cel, cap enlloc; parlaven pel mòbil, es consultaven coses, tornaven a maleir.

L'Ahmad li va explicar ben poca cosa: que ja no hi havia lloc als trens, que haurien d'esperar fins l'endemà, i que dormirien en un parc, allí a la vora, perquè feia molt bon temps. La Ikran va recollir les coses.

–I el meu pare? Quan trobaré el meu pare?

–Encara no –va dir l'Ahmad.

Mentre avançaven amb un grup de famílies carregades de criatures pels carrers d'Atenes, hi havia un silenci estrany. Fins i tot en Mazen i la Hani estaven enutjats i caminaven amb el cap de costat, les galtes una mica inflades, i fent les passes lentes i pesades en senyal que ho feien a disgust i per obligació.

Van entrar en un parc amb avingudes amples i zones de gespa i arbrat a banda i banda. Hi havia tendes de campanya i grups d'homes reunits a sota els arbres.

–Dormirem aquí –li va dir l'Ahmad amb un somriure de mentida.

La Ikran rondinava, i en Marc va entendre que es queixava que l'herba estava humida: la tocava amb totes dues mans i després es fregava els palmells. La devien haver regat de feia poc. En Mazen no pensava en aquesta mena de coses: un nen d'una altra família duia una pilota i s'havia posat a jugar amb ell.

En Marc va veure dos nois que repartien ampolles d'aigua entre la gent acampada. L'Ahmad va desaparèixer i va tornar amb quatre mantes grises com les que duien a l'esquena, enrotllades, els soldats de les pel·lícules de guerra. La idea de dormir al parc l'entristia. No era por. Era la mateixa mena de tristesa que havia tingut feia poc en unes colònies d'estiu. S'havia sentit sol malgrat els crits d'alegria i els jocs dels altres. Sol enmig del xivarri i les bromes de l'hora de sopar. I la soledat encara s'havia fet més dolorosa quan la monitora més simpàtica de totes, l'Eva, li havia preguntat què li passava, i li havia fregat les espatlles, i li havia remenat els cabells, i s'havia posat a jugar amb ell a picar les mans: ara ell les mans a sota i ella a sobre, a veure si aconseguia picar-les-hi. Ara les mans d'ella a sota i les d'ell a sobre, perquè havia fallat.

Es feia fosc, l'Ahmad havia tornat a desaparèixer, en Marc tenia gana i les cares que li feia la Hani encara l'entristien més. La nena es feia càrrec de la seva soledat i no acabava de trobar recursos per compadir-lo sense paraules.

La Ikran havia descalçat en Mazen i li buidava les vambes de sorra. La Hani s'ho mirava. En Marc es va allunyar. De primer, discretament, a veure si li deien alguna cosa. Després, més decidit: no se n'havien adonat. Buscaria un policia. Els pares sempre li havien dit que, si mai es perdia, havia d'esperar-se a l'últim lloc on havien estat junts. O buscar un policia.

Sempre hi havia policies passejant pels parcs. Sempre hi havia policies a la porta de les estacions de tren.

Davant d'una tenda una família cuinava amb un fogonet. Dos nens se'l van quedar mirant: se li endevinava la tristesa? Va apressar el pas.

En entrar al parc no havien trigat tant a trobar les tendes de campanya com ara a trobar la sortida. Es devia haver equivocat. Es va girar i va mirar de memoritzar els arbres i els bancs per si havia de refer el camí. Finalment va anar a parar a una avinguda més ampla. Hi havia una estàtua amb un soldat dalt d'un cavall. En entrar no l'havia vist. Segur que no havien entrat per allí, però d'aquell carrer ple d'autocars de turistes sí que se'n recordava.

Cap a on era l'estació? Va caminar una bona estona sense canviar de direcció per por de perdre's. Respirava amb ansietat, es notava el cor accelerat com després d'una cursa, i veia els cotxes, els edificis i la gent massa de pressa, atabalat, sense aturar-se en res, només amb l'obsessió de veure un uniforme blau, una gorra, un policia.

A estones corria. Va fer tot el carrer dels autocars. Allí al fons hi havia l'estació. Es feia fosc, i ara l'avinguda era una riuada de llums i de reflexos, i hi havia motos que feien un soroll esquerdat, botzines que feien el mateix soroll de ferralla que el molinet de cafè de la seva mare, i en Marc estava cada vegada més atabalat, més excitat, i ja no podia més d'esperar que el semàfor es posés verd, devia estar espatllat, o potser és que no s'hi posaria mai, de manera que es va decidir a passar en vermell, ara que no venia ningú.

Va arribar fins a la vorera mitgera. Per l'esquerra venien un cotxe, encara lluny, i un autobús que avançava a poc a poc, de manera que també podia passar, i ja saltava a l'asfalt, ja corria, ja buscava algun uniforme a l'altra banda del carrer.

Durant una fracció de segon, així que va veure el cotxe blau que l'autobús havia estat ocultant, en Marc va pensar que ja estava, que s'havia precipitat, que sempre anava atabalat pel món. El cotxe va frenar, va grinyolar i ell ja volava, queia, rodolava sobre l'asfalt calent. Des de terra, sentia d'una manera estranya, distant i apagada, les corredisses i les veus de la gent al seu voltant. Va veure tot de cares angoixades damunt seu i va rescatar un sentiment de culpa que li havien posat en algun racó de l'ànima. Sovint, quan alguna cosa no li sortia bé, i es queixava, li deien que el seu problema era que feia les coses massa de pressa.

–Et precipites, Marc –li deia el professor perquè no havia resolt bé unes divisions.

–És que vols fer-ho tot massa de pressa –li deia la seva mare perquè havia abocat mig paquet d'arròs per terra quan intentava passar-lo d'un paquet de paper que s'havia rebentat a un pot de vidre.

Era un eixelebrat. Un atabalat. Els dos adjectius el perseguien des de molt petit. Li semblaven tan antics, perquè la seva àvia els repetia sovint, com injustos, perquè si era neguitós de mena, també sabia ser pacient i jugava a escacs a un nivell poc habitual entre les criatures. I cada vegada que, d'una manera o altra, evocava els adjectius que li havien penjat, se sentia desvalgut i miserable.

De manera que va demanar perdó. Va veure que no tenia res, només un cop al maluc i una pelada al genoll, i va començar a dir *sorry, sorry, sorry*, i va fugir d'allí tan de pressa com va poder. Darrere seu, hi deixava un soroll de botzines i de crits de conductors que es barallaven, perquè a causa de la frenada del cotxe blau, tres cotxes més havien topat entre ells.

Just arribar a l'altra banda de l'avinguda, va topar de cara amb un agent de la policia que corria cap al lloc de l'accident. En Marc es va tornar a atabalar. Li havia de dir alguna cosa? Passava per la dreta? Per l'esquerra? El tenia tan a prop que va percebre l'olor d'uniforme i de betum de botes. I va decidir que no era el millor moment per dirli *I'm Spanish* i esperar que l'entengués i se n'ocupés, encara el culparien de l'accident que havia provocat.

Des d'aquell moment, més que buscar un policia, el que volia era fugir-ne. A més, estava avergonyit de ser un eixelebrat. Estava avergonyit de ser com era i de tenir les coses tan poc clares. Tenia ganes d'amagar-se en alguna banda i esperar una bona estona a veure si s'asserenava.

Va entrar a l'estació, ja no sabia si amb la idea de buscar refugi o de buscar un policia, i mentre es perdia en els seus dubtes li va començar a tremolar la barbeta i se li van aigualir els ulls. S'hi va estar una estona, caminant sense rumb, perdut entre la gent i les maletes i les cues i l'olor de tren i d'electricitat. Va veure les pantalles amb els horaris de les sortides i les destinacions deformades per les llàgrimes, va sortir per una altra porta per evitar tornar a passar pel lloc de l'accident, i es va posar a córrer per arribar al parc abans que es fes de nit del tot.

El seguien? Havia tingut aquesta impressió altres vegades, aquell mateix any, des que un dia havia baixat al parc, a prop de casa seva, i dos nois li havien pres el monopatí que li havien portat els Reis. Li havia durat ben poc, només unes quantes setmanes. Els nois ja havien passat dues vegades a prop seu i s'havien quedat mirant què feia, com saltava un graó, com assajava un salt que no li acabava de sortir. El tercer cop li havien demanat que els deixés la fusta, a veure com era, quin model, quines rodes, quins coixinets. Havia dubtat, perquè no els coneixia de res i no li semblaven del barri, però havia accedit que un d'ells el provés. Li van dir que moltes gràcies, que se'l quedaven, que ell ja se'n compraria un altre i fes el favor de no posar-se a plorar com una nena. Al parc ja no hi quedava gairebé ningú. Va mirar enllà: només una dona amb un cotxet de criatura i una parella d'enamorats que jeien a l'herba. Els lladres corrien cap a la sortida.

Pocs dies després, mentre tornava cap a casa un dimecres, que era l'únic dia que la seva mare no el venia a buscar i havia de fer tot sol un trajecte de deu minuts a peu, va tenir la impressió que el seguia un home. Va travessar el carrer, es va posar a córrer, i no va parar fins a arribar a la fleca on solia comprar-se un bocí de pastís de poma. Hi va entrar bleixant i li van preguntar què li passava, però no va gosar dir-ho, perquè dubtava que fos veritat, potser s'ho havia imaginat, potser només era la por. Quan va sortir de la fleca, va buscar l'home amb la mirada i, només després d'haver-se assegurat que havia desaparegut, va seguir cap a casa. Per si havia de córrer una altra vegada, no va començar a menjar-se el pastís de poma fins que va ser a la porteria.

Però ara sí que el seguien. N'estava segur. Dos homes que fins aleshores s'estaven aturats a tocar d'un quiosc de refrescos es van posar en marxa així que va passar pel costat, i el seguien de ben a prop. La vorera estava deserta i en Marc sentia les passes dels homes darrere seu. El cor li anava de pressa, però no havia de tenir por. No duia res de valor. Segur que eren imaginacions seves. La seva mare li havia dit que allò no li tornaria a passar mai més, que no s'amoïnés, que no s'espantés més del compte. Només calia vigilar una mica, ser prudent.

De pressa, de pressa: només es veia els peus, l'asfalt esquerdat de la vorera, els canvis de color, les taques negres dels xiclets enganxats.

I de sobte una estrebada, que s'aturés, quiet, alguna cosa més que no va entendre, perquè parlaven en anglès.

–I don't understand, no lo entiendo.

–¿Español? Hola amigo.

Un dels homes tenia la cara estreta, de peix, amb un nas com una quilla, i anava vestit de gris i amb camisa blava. L'altre duia roba més elegant, un rellotge daurat, ulleres de sol i rínxols amb brillantina, *hola qué tal, cómo estás tu my friend.*

Go, go, amigo, el del rellotge daurat ja se l'enduia agafat pel braç. En Marc va pensar que potser eren policies. *Policia? Police?* El del rellotge va fer cara d'estranyesa, però l'altre ja li deia *no police, no police* mentre dibuixava un somriure diminut, d'esquirol, en aquella cara estreta.

El van fer baixar de la vorera i van travessar el carrer. El cor se li havia disparat encara més, i una altra vegada aquell forat, aquell vertigen a la panxa. Els dits de l'home del rellotge daurat li premien el braç amb força, massa força. Però hi havia una cosa més terrible, una cosa que feia por de veritat: la manassa seca, com si fos de fusta tallada a cops de destral, amb què l'home de la cara estreta l'agafava pel clatell. Li feia mal! Que no ho veia? Em fas mal, em fas mal!

Van girar per la primera cantonada. El del rellotge daurat li va dir alguna cosa, a crits, al de la cara estreta, que de seguida va afluixar la mà. L'home del rellotge va fer el mateix: *ahora amigos me and you.* Va fer un gest de posar-se alguna cosa a la boca i va somriure. Menjar? En Marc va fer que no amb el cap, però de seguida van passar per davant d'un local on feien döners de xai, i l'home de la cara estreta va fer un gest que s'aturessin i va demanar-ne un.

For you, my friend. Aquella pita doblegada i plena de verdures brillants i de carn sucosa que li oferia l'home de la cara estreta no podia estar enverinada, no hi havia cap perill, i tenia molta gana. *Amigo, good!* En Marc va sentir l'escalfor de la pita a través del tovalló de paper. Va obrir la boca i va fer una mossegada.

–Are you lost? ¿Perdido, amigo? No problema, vamos, amigo, vamos.

18

La Sara va dedicar tota la tarda a perseguir algun responsable de la recerca del seu fill. Va trucar fins a sis cops, va parlar amb tres persones diferents, va aconseguir que li donessin el nom del capità Sfakianakis, i encara va haver de trucar tres vegades més perquè una agent que parlava un bon anglès li anunciés que el capità els rebria a les vuit del vespre.

Sfakianakis, un home prim i escanyolit, de nou important, i amb una orella més sortida que l'altra, els va rebre en un despatx pintat d'un color verd de pastilla de sabó antiga. Hi havia un aparell d'aire condicionat que feia més soroll que fred.

L'home els va advertir que seria franc. Els va dir que només comptaven amb una patrullera guardacostes, i que no estava ni tan sols preparada per a operacions de salvament. L'Ernest va preguntar per l'helicòpter, i el capità va respondre que ara treballava més al nord, a Lesbos, on hi havia hagut molts naufragis durant els últims dies de temporal. Ho sabien? En pocs dies havien arribat a Lesbos més de quatre mil persones. Sirians, afganesos, gent que fugia de l'Iraq i del Kurdistan. I passaven de dos mil els que havien arribat a Lesbos només en quatre dies, i aquests eren només els que s'havien salvat, perquè havien tret del mar més de cent cadàvers. Les famílies ja els havien identificat. Era terrible. Estaven desbordats. Qui els ajudava? Només els tocava als grecs, ocupar-se de tanta desgràcia?

La Sara exigia explicacions concretes: li podia dir què estaven fent exactament? Si no estaven fent res perquè no podien fer res, també ho volia saber. Feien alguna cosa? L'exèrcit no podia actuar? Els havien telefonat de l'ambaixada d'Espanya?

L'Ernest li demanava calma: segur que feien el que podien.

–Fan el que poden? No fan res, Ernest! Estem perdent el temps!

L'Sfakianakis es va burxar l'orella amb l'ungla del dit petit mentre feia una ganyota amb els llavis i se li marcaven encara més les arrugues asimètriques del front. Després va amagar la mà sota la taula, segurament per desfer-se d'un cigronet de cera de color de moniato, i finalment va reunir totes dues mans a sota la barbeta.

Senyora: és un gran drama, i la policia no hi pot fer res. No estaven preparats, i ho lamentava molt. Era el primer a lamentar-ho. Buscarien el seu fill, és clar que el buscarien. La patrullera sempre era al mar, i també hi havia centenars de voluntaris treballant amb llanxes. I també hi havia els pescadors, i les embarcacions esportives. La policia rebia trucades de tothom: si veien algú al mar el rescatarien, naturalment. I ells ho sabrien. No sabia fins a quin punt la gent del país s'havia abocat a col·laborar. Però no podia fer-se il·lusions, ho sentia de veritat, era millor així, que ho sabés, que ho assumís, ho lamentava moltíssim.

Hi havia gaires desapareguts? Doncs, sí. No li podia donar xifres exactes, però entre Lesbos i Samos acumulaven més de cent vint denúncies des de principis d'estiu. Cossos que encara no havien trobat i que segurament ja no trobarien mai més, el mar era el mar.

A l'hora del comiat l'Sfakianakis va agafar la mà de la Sara amb totes dues mans mentre premia els llavis, feia oscil·lar el cap, i la mirava amb la intensitat pròpia del condol.

La Sara va voler tornar a l'hotel per mirar de dormir. L'Ernest necessitava caminar.

Al vespre l'Ernest va baixar una altra vegada al port. Va deixar enrere les terrasses de la riba, que eren plenes de turistes, i es va perdre pel laberint de carrers fins que en una placeta sense cap gràcia va trobar un local tronat on hi havia un home panxut que sopava tot sol i quatre vells jugant a cartes.

Va seure en un racó des d'on podia veure el mar i la bellugadissa dels reflexos de les bombetes sobre l'aigua. Una dona amb cara de fastigueig va sortir de la foscor a preguntar-li què volia. Va demanar un aiguardent i una mica d'aigua, i mentre s'esperava va respondre amb un gest del cap a la mirada tafanera dels vells jugadors. Després es va girar. Els altres clients li quedaven al darrere. De seguida li van portar l'aiguardent i una gerreta d'aigua.

De vegades l'emoció era com una onada profunda que es veia venir de lluny. Sense cresta, lenta però inevitable. Hi havia temps per preparar-se i deixar que passés, que li fregués l'ànima sense enfonsar-lo. Però ara, no sabia per què, l'emoció ja era allí, de sobte, estimulada potser per la tristesa dels llums fluorescents i el sorollet de l'aire condicionat. Ningú no el veia. No calia que oposés més resistència.

L'aiguardent tenia un cert gust de tovallola bruta. El va aigualir una mica, i en va fer un bon glop. Es va mocar amb dos tovallons de paper. Merda de tovallonets transparents i relliscosos, semblava mentida que s'haguessin escampat per tots els bars del món. En va agafar un altre i se'l va mirar amb compassió abans d'arrugar-lo.

Li va sonar el mòbil. Era la Sophie. Hi havia cap novetat? Cap ni una. Encara era a Samos? Sí, era millor que s'estigués allí. Què deia la policia? Poca cosa. I la Sophie: que sabés que es feia càrrec del que estava patint, que no deixava de pensar en ell i en en Marc, i que els estimava molt.

Hi va haver un silenci llarg, i després la Sophie va canviar de to i li va dir que al matí en Max havia ensopegat amb la catifa de l'entrada, havia topat contra la cadira d'en Gaudí i li havia caigut una dent.

–Digue-li alguna cosa, que ha plorat molt i ara diu que no se'n vol anar a dormir fins que no hagi parlat amb tu.

–Hola, Ernest –va dir en Max.

–Hola, Max! Saps? La dent que t'ha caigut et tornarà a sortir, perquè les dents tenen dues vides –va dir. I la idea de les dues vides es va quedar surant en alguna banda. La veu li va tremolar. Però de seguida es va animar mentre li deia que posés la dent a sota el coixí, que vindria l'angelet i li portaria un regal, i que dormís bé, i que somniés amb coses boniques, i que estigués content, i que en Marc i ell tornarien de seguida a Barcelona i farien junts el vaixell de Lego que havien deixat a mig fer. No va pensar ni a demanar-li que s'hi tornés a posar la Sophie. Ja no podia parlar. Es van dir adéu, adéu Ernest, adéu Max, que dormis bé.

Aleshores va entrar un home amb el posat dubtós i la mirada una mica buida del qui s'ha deixat alguna cosa i torna a buscar-la. Però no buscava res. Va seure a la taula veïna i va demanar una Fanta de taronja. Li van portar el refresc, i després d'omplir el got i de beure-se'l, es va girar cap a l'Ernest i se'l va quedar mirant amb ulls de vedell. Era un home cepat, colrat pel sol, de cabells densos i rinxolats i patilles llargues, que començaven a blanquejar.

–Fi ay mushkila?

L'Ernest es va disculpar en anglès: no entenia l'àrab.

–Perdoni. M'ha semblat que era... un refugiat. L'he vist preocupat... –va dir l'home, amb un anglès farcit d'erres vibrants.

–No passa res. Però sí: estic preocupat.

–Algun problema?

–Un problema gros. No: no és un problema. Perquè els problemes poden tenir solució, i això no. Això segur que no en té.

Mai no havia plorat davant d'un desconegut, i també era nova aquella mirada de compassió, el retorn del seu dolor vist des del rostre d'un altre. El nouvingut li respectava l'espai, el temps, el silenci. Però esperava. I ell també esperava, buscava la manera de superar l'onada de l'emoció i poder continuar:

–He perdut el meu fill. Al mar.

L'home va deixar els llavis mig badats. Es va aixecar, va anar fins a la seva taula i es va recolzar en una cadira:

–Li fa res que...

L'Ernest va fer que sí amb el cap. L'home va recuperar la Fanta i el got de l'altra taula i va seure.

–Al mar?

–Sí. Anàvem amb un veler. Ha caigut a l'aigua. Un accident. Ja fa tres. No, quatre dies. I no l'hem trobat.

Els jugadors van anar fent saltar les cartes sobre la taula. Picaven fort. Després hi va haver un esclat de comentaris animats. L'home de la Fanta va tornar a omplir el seu got i es va quedar mirant com es desfeien les bombolles.

–Vol que li digui una cosa? –Va aixecar la mirada de sobte, amb una tristesa que li feia penjar una mica les galtes.– Jo sé què és, això. Perquè he perdut la meva filla. La meva Zaza.

L'Ernest se'l mirava molt seriós, però gairebé ni el veia. Més que perduda, la mirada de l'Ernest era perplexa, tot i que s'esforçava a no revelar les emocions, que eren una barreja de refús i d'interès. Reconeixia aquests sentiments amb un punt de vergonya: aquell desconegut, amb la seva Zaza perduda al mar, havia vist una escletxa en la seva desgràcia i mirava de compartir el dolor. D'aquesta manera el sirià, o l'iraquià, o el que fos, s'havia posat al seu nivell. L'home feia ballar una mica sobre la taula, aguantant-la pel coll, l'ampolla de Fanta que ja havia buidat. Sostinguda per la seva manassa de fuster o de paleta, semblava ridícula, petitíssima. Era un pobre home. Segur que la seva desgràcia era més gran encara que la seva, perquè devia haver perdut la casa, i els amics, i la feina, i el país, a més a més de la filla. Però no tenia cap dret a esperar que el compadís. Què havien de fer? Posar-se a plorar junts? Mecàgon la puta, merda.

–Al mar, també? –va dir, ja sense pensar-s'ho, com si fos algú altre qui parlés, perquè ell s'havia quedat tancat a la closca, penedit d'haver-li confessat la seva desgràcia.

–Al mar. També vam caure a l'aigua. Va ser una desgràcia. Més de cent persones en una llanxa que només sortir de la costa turca ja feia aigua. Però vam fer tota la travessa. Però el noi que ens portava no sabia on anava. Vam anar a parar a sota d'un espadat, un lloc ple d'esculls, era impossible baixar a la costa. I tothom estava molt neguitós, morts de fred i de por. La llanxa va fregar els esculls. Es va rebentar. La gent va començar a caure a l'aigua. Ens van ajudar uns nois. A mi em van treure de l'aigua com van poder. Quan van treure la nena, em penso que encara era viva. Es va morir en braços de sa mare. Es van ofegar catorze persones. Catorze persones, es van ofegar. Tres criatures. La meva Zaza.

La mestressa havia sortit a retirar el plat de l'home que sopava. L'Ernest li va ensenyar el seu got buit i l'ampolla de Fanta mentre feia un gest amb el cap.

–No és just que se't mori un fill –va continuar l'home–. Abans ens toca morir-nos a nosaltres. Sempre hauria de ser així.

–És un dolor molt... –no va poder continuar l'Ernest.

–Hem de ser forts. Sigui fort, amic meu. Té més fills?

L'Ernest es va tornar a mocar amb tres, quatre, cinc tovallons de paper. La mestressa va aparèixer amb una altra Fanta de taronja i va deixar l'ampolla d'aiguardent damunt la taula.

–Sí. Bé: no. Tinc un altre nen que és de la meva companya. Sí. Més petit. –L'Ernest es va omplir el got. Se'l va quedar mirant. Se'n va beure la meitat, va fer una ganyota de disgust i hi va afegir aigua.

–Nosaltres en tenim dos més que són aquí, amb nosaltres, gràcies a Al·là. La Zaza, pobreta, només tenia un any i mig.

Només va caldre que aquell home parpellegés perquè les llàgrimes li rodolessin galta avall. Només quatre llagrimots i res més, i ja estirava quatre, cinc tovallons amb els seus dits com dàtils, i ja es mocava. L'Ernest començava a treure el cap de la closca. Era estrany, però hi havia alguna cosa molt profunda, d'una humanitat primària, ancestral, en el fet de compartir el dolor i els tovallonets de paper amb un desconegut. Tots dos en una illa estrangera i més o menys a la mateixa distància dels seus països respectius, compartint una mateixa pena en aquell bar tronat, com si tots dos fossin una mateixa cosa, i deixant una escampadissa de tovallons rebregats sobre la taula.

–I el seu fill? –va continuar l'home.

–Què.

–Quants anys...

–En té set. En tenia set –va corregir l'Ernest.

L'home li va posar una manassa al braç i va trigar una bona estona a retirar-la.

–És molt dur.

–Molt dur.

–Molt.

–Molt –va dir l'Ernest. I va buidar el got d'aiguardent. Se li va acudir que compartir el dol amb un desconegut pot arribar a ser d'una estranya autenticitat. Era un dol més primari, gairebé animal. Com la gana, la set o el sexe.

L'home va allargar una manassa per sobre la taula i l'hi va posar a l'espatlla. Van plorar una estona en silenci. Els jugadors havien deixat de picar a taula, de repartir cartes, de comentar les jugades. La mestressa se'ls mirava des d'un racó.

–L'han enterrat aquí? –va dir l'home mentre alliberava l'espatlla de l'Ernest i s'omplia el got de Fanta.

–Oh, no: no l'hem trobat. Encara és al mar...

–Al mar.

–Al mar –va dir l'Ernest. I es va tornar a omplir el got.– Almenys vostès han vist la seva nena. Saben on és...

–No és cap consol...

–Sí. Això és important, sap? –va dir l'Ernest–. Necessito veure el meu fill. Em sembla que si el veus, que si el tens, ja saps que tot s'ha acabat. És com si tanquessis la seva història, la seva vida. Com un llibre. I després el tens allí. Després ja és a la memòria. Però si no el tens, si no l'has recuperat, si s'ha quedat al mar, aleshores...

L'home esperava la conclusió, que no arribava. Era com si tots dos s'haguessin quedat atrapats amb la idea del nen al mar.

–...aleshores és terrible –va seguir l'Ernest–. De vegades penso que està patint. No puc tancar el llibre.

–La nostra Zaza, no l'hem enterrada encara –va dir l'home. Va jugar una mica amb l'ampolla i finalment en va omplir el seu got. L'aire condicionat descansava i els vells jugaven en silenci. Se sentien les bombolletes de la Fanta:– No sabem què fer. Sap? El govern grec ens paga el viatge de tornada, perquè se'ns ha mort la nena. Però de què ens serveix? On hem d'anar, si no tenim casa? Vivíem a Homs. Al final no en quedarà res, d'Homs. Res. Ni una casa on s'hi pugui viure.

–Síria...

–Sí. Som de Síria. Ni tenim diners, ni podem tornar. Per a nosaltres és molt perillós. Ens matarien. Hem d'enterrar-la aquí. Lluny de casa i dels seus.

Van abaixar els caps. Es van mirar els gots. Després l'home va mirar enllà, cap al carrer, cap a les llumetes dels restaurants de la riba, cap al mar, i l'Ernest va pensar que els gestos també s'havien sincronitzat. Ell també va mirar enllà, i tots dos es van mirar alhora, i va ser un instant, una fracció de segon abans de coincidir tots dos a estirar més tovallons de l'expenedor d'alumini per eixugar-se les llàgrimes, quina cosa més absurda aquella merda de tovallons que relliscaven i que no eixugaven gens, i quines mans tenia aquell paio, potser havia anat a la guerra, potser les durícies eren de la metralladora, potser n'havia matat uns quants, i què cony estava pensant, era un bon home, era un gran home, ell mai s'hauria posat a parlar amb un home com aquell, i resultava que era un gran home, i la seva companyia l'ajudava.

Va fer un bon glop d'aiguardent, i abans de buidar el got ja se'l tornava a omplir. Després va allargar la mà:

–Ernest –va dir.

–Ayan.

Van encaixar.

–I els nens? Amb sa mare? –va preguntar l'Ernest.

–Sí. Som a les tendes de Nacions Unides, al port.

–Ah.

–Veurem què fem... I després, suposo que cap al nord. Cap a Hongria. I cap a Alemanya –va dir amb les celles aixecades, amb una resignació commovedora–. I el seu nen petit?

–Amb la seva mare, també. A Barcelona, Espanya. Era aquí amb mi, a l'illa. Però millor que se n'anés –va dir.

L'home no va dir Barcelona, Barça, Messi, Neymar i Suárez, com deia tanta gent quan deies Barcelona. O era que en un funeral no es pot parlar de futbol? Va fer un glopet. Va aigualir una mica l'aiguardent.

–Mmmm –va fer l'Ayan.

–Ara ha vingut la mare de... bé, és una mica complicat. El meu fill petit és d'una mare...

–...i el fill gran d'una altra mare. Sí, ja ho he entès.

–Amb la meva primera dona tot és una mica... difícil. Sap? M'ha arribat a dir que li he esguerrat la vida. Que li he matat el fill.

–Deu estar molt afectada. És comprensible.

–Comprensible... Escolti: vostè és una persona excel·lent. Excel·lent és la paraula –l'Ernest va buidar el got i el va tornar a omplir.

–Jo no...

–Vostè és una persona excel·lent, una persona que sap escoltar, i una persona que sap entendre els altres. Potser sí que hauria de ser més comprensiu amb la meva primera dona. La Sara. Es diu Sara.

–Sempre hem de ser comprensius.

–Jo vull ser comprensiu, sap? M'agradaria ser comprensiu.

–Per què diu que és culpa de vostè?

–No ho sé. La veritat és que no sé per què ho diu. Si jo en tinc la culpa, ella també. Per no ser-hi. Si ella hagués estat allí, a la barca, el nen no hauria caigut al mar. Però no hi era perquè estem divorciats, merda, li asseguro que no va ser culpa meva. El divorci, vull dir. No va ser culpa meva. Va ser culpa seva. Perquè no m'era fidel. L'hi dic així perquè en anglès no sé com ho diuen, vull dir quina expressió fan servir. Nosaltres en diem «posar banyes», banyes, com una vaca, com un cérvol, ja m'entén. Posar banyes vol dir fer el salt a algú, anar amb algú altre, fer l'amor amb algú altre –l'Ernest va aixecar el got i el va tornar a deixar a la taula–. Oh, perdoni, estic dient ximpleries. M'agradaria ser comprensiu.

–No passa res. Em sembla que tenim dret a dir ximpleries. No ho creu?

–Vostè és un savi, Haydin.

–Ayan –en pronunciar el seu nom l'home va ensenyar una funda d'or.

–Ayan. Perdoni. Sí: vostè és un savi. Vostè em podria ensenyar a ser comprensiu.

L'Ayan es va estar una bona estona mirant cap al carrer. L'Ernest es va tornar a queixar de la seva primera dona, però ell mateix perdia el fil del discurs, s'embarbussava i veia que, si es complicava la vida amb algun raonament, era incapaç d'acabar-lo, de manera que no va saber explicar gaire millor que abans de qui havia estat culpa el seu divorci i de qui era culpa que en Marc hagués caigut a l'aigua.

–Per què ha de buscar un culpable? No ho faci. No busqui un culpable.

–No el busco. Sóc culpable.

–Sap? De vegades jo també penso que en tinc la culpa, que ens podríem haver quedat, que no calia posar els nens en perill fent un viatge com aquest. I si no sóc jo, el culpable, ho és Baixar al-Àssad, el dictador. Però si el faig culpable, ell hi guanya. I si em faig culpable a mi, també. I no ens hem d'enfonsar, no senyor. Una cosa és el dolor, i com enyoro la meva filla, la més petita, tan maca, que encara no parlava, però que corria amb una alegria, i reia tant, sempre contenta, tan feliç amb els seus germans, i una altra és clavar-se punyals a un mateix. No ho faci, amic meu. Vostè no en té la culpa. Mala sort. Li pot donar la culpa al mar, si vol.

–El mar no és ningú –va repetir l'Ernest. I va buidar el got.

La humitat, i una il·luminació escassa, emboiraven una mica la plaça, i l'aire li va semblar ranci, estantís, com si s'hi concentressin les emanacions nocturnes dels veïns. Potser era un lloc lleig, i l'empedrat de la plaça semblava respirar, i les escletxes negres que separaven les llambordes tremolejaven, però hi havia un banc de fusta que ja li estava bé, no necessitava res més, es quedaria a dormir allí mateix, perquè ara no hi havia dolor, les cames li pesaven i tenia molta son.

L'Ayan va haver d'insistir que li digués el nom de l'hotel on s'estava, i a l'Ernest li va fer gràcia el joc: a veure si ho endevinava. No: no se'n recordava, de veritat. Com es deia? Suposava que com tots: Olímpia, Aegean, alguna cosa així, a Grècia tots els hotels es diuen Olímpia o Atena. No duia cap targeta de l'hotel? Suposava que sí. On? Al final l'home va aconseguir que l'Ernest, amb un cos oscil·lant i unes mans maldestres, remenés la cartera i hi trobés la targeta que obria la porta de l'habitació.

L'Ayan l'ajudava a caminar. Anaven pel mig del carrer, perquè les voreres eren massa estretes per a tots dos, i l'Ernest formava una mateixa cosa amb la nit, amb els núvols esqueixats que deixaven veure la lluna allí dalt, amb la humanitat autèntica d'aquell savi que el sostenia amb les seves manasses perquè al món ens havíem d'ajudar els uns als altres, i el dolor era universal, i la coincidència de dos homes que han perdut un fill havia de ser una revelació, havia de voler dir alguna cosa, segur que sí.

–No li sembla, Haydin?

L'Ayan ja no va corregir-lo. A l'hotel, l'Ernest va saludar el recepcionista amb alegria i amb llàgrimes als ulls. Després va deixar que l'Ayan l'ajudés a pujar els dos trams d'escala, que el conduís fins a la porta de l'habitació, que obrís la porta i que l'arrossegués fins al llit després de deixar la targeta al seu lloc, rere la porta.

L'Ernest li va dir gràcies, moltes gràcies, vostè és excel·lent, i va veure com l'Ayan aixecava la mà en senyal de comiat.

L'home va baixar les escales amb passes feixugues, i va sortir al carrer per tornar a enfilar de nou la seva vida, el seu viatge cap a un destí incert.

19

Felicitats per l'article d'ahir. Em
sembla que ja tens el to. I encara
pots anar més lluny. Més drama. Més
detalls. Més veritat. Per al suplement de
diumenge, si pots, 6.500 espais.

Ho intentaré.

Així m'agrades.
Així m'agrada, vull dir.
Ha estat un lapsus.

No ha estat un lapsus.

Què vols dir?

Prou, sisplau.

Un sacerdot ortodox de Califòrnia, a Samos

Alexis Russell acull refugiats al jardí de casa seva.

Illa de Samos. Grècia. Crònica de Maria Figueiredo.

Entre la gent que col·labora ajudant els refugiats, hem conegut tot un personatge. Es diu George però es fa dir Alexis Russell, i la seva història és molt singular. Va néixer a Califòrnia, on va estudiar filosofia i on va viure fins als vint-i-set anys. Després es va instal·lar a Noruega, on va conèixer una noia grega. Es van casar, va adoptar la religió ortodoxa i es va fer sacerdot ortodox. De manera que aquest home de barba pèl-roja emblanquinada i cabells recollits en una cua, va amb sotana negra, du l'skofia al cap i una creu de fusta al pit. Deu passar dels seixanta anys, és vidu i camina amb dificultat a causa de l'accident de cotxe en què, ara fa tres anys, va perdre la vida la seva dona. Ara viu a Samos i ha convertit el jardí de casa seva en un petit refugi per als emigrants. Hi té fins a una vintena de tendes plantades, sempre plenes de sirians i afganesos que s'hi estan una mitjana de quinze dies.

L'Alexis ens ha posat al corrent de les màfies que, des de Turquia, s'ocupen d'organitzar els viatges per mar, i, gràcies al testimoni d'alguns dels refugiats que s'estaran al jardí de casa seva, n'hem sabut més detalls. Alan Al-Hussein, que viatja amb la seva dona i dues criatures, ens fa saber que va perdre dos amics en el naufragi d'una zòdiac. «La nostra zòdiac i la del meu amic van sortir alhora, anàvem pràcticament junts. Però ells anaven més carregats que nosaltres. Potser eren seixanta, i a partir de trenta persones, embarcar-se en una d'aquestes llanxes és una temeritat», ens explica. I se li enaigüen els ulls abans de continuar: «Nosaltres érem a la vora de cinquanta. Abans de sortir em vaig queixar i em van dir que si no pujava perdia la pasta. Et buiden les motxilles perquè no portis tant de pes, i carreguen la benzina justa per anar plens i tornar buits. Si hi ha corrents o fa més mala mar del compte, no arribes. Nosaltres vam tenir sort. Ells van naufragar a mig camí. Se'ls va omplir la llanxa d'aigua. I no hi podíem fer res. Els teníem a poc menys de cent metres i no hi podíem fer res. Si ho haguéssim intentat també ens hauríem ofegat. No saps el que és veure que no pots fer res i que ja són a l'aigua, desesperats. S'agafaven com podien a la zòdiac mig desinflada i ens cridaven. Encara sento els crits. Els va ajudar una barca de pesca, però hi van morir set persones. No me n'oblidaré mentre visqui. Per això, quan vam arribar, vam denunciar el nostre traficant. No el vam deixar tornar. La policia grega el va detenir. Espero que el castiguin».

A l'Omar Kalaji, un company seu que s'està al camp de refugiats i que ha vingut a visitar l'Alan, no li fa res comentar el que va pagar pel viatge: 1000 € per barba. «A la meva llanxa hi viatjaven cinquanta-cinc persones, quan a Internet pots veure que una zòdiac d'aquestes dimensions és per a un màxim de trenta. De manera que per cinquanta minuts de viatge, les màfies arriben a cobrar 55.000 €».

«On es mouen fortunes és a la ciutat de Bodrum, a la costa turca», ens comenta l'Alexis. «El transport de persones pot ser un negoci de més de 300 milions d'euros. Pel que sembla, en aquesta població els contactes entre els emigrants i les màfies els fan els taxistes. Cada organització de transportistes, format per unes set o vuit persones, envia una mitjana de quatre o cinc llanxes al dia cap a Grècia. Aquest agost passat un grup d'aquests devia fer més d'un milió d'euros. El negoci és rodó, perquè les màfies es fan fabricar llanxes barates i compren motors tronats, de segona mà. Els nois que piloten aquestes barques ho fan perquè els hi obliguen. Se la juguen, perquè poden acabar ofegats o en una presó grega, però si no s'arrisquen, no participen en el negoci».

«També hi ha llanxes», ens diu l'Omar, «que arriben sense pilot. Agafen un dels passatgers, li diuen que Grècia és cap allí, que són aquelles muntanyes que es veuen allí baix, i que ja arribaran. Heu de pensar que nosaltres fem aquest viatge desesperats. Venim de la guerra. Venim d'una cosa que no es pot explicar. Venim de patir tortures. Venim de veure com ens maten els germans o els fills. Casa nostra, a Saraqeb, és un munt de runa. Vols veure'n fotografies? En tinc unes quantes. Vols veure el meu germà mort? I els meus nebots? Dos nens, cinc i set anys. Una bomba. Tots tres morts. La mare era fora. S'ha quedat a Síria, encara. Per mi que es tornarà boja».

Ens mostra el mòbil, i dubto de si hem de veure o no les fotografies. Per sort, es torna a guardar el mòbil sense ensenyar-nos-les. Les llàgrimes li rodolen per les galtes mentre continua: «Ho entens? Venim de veure que a un germà li tallen el cap o que a la nostra dona la violen. Venim d'això. De manera que només pensem a fugir i fugir i fugir. Si estàs mort, els diners no serveixen per a res. Les màfies ho saben. I per això paguem. Paguem el que sigui. O el que podem pagar».

En una altra de les tendes plantades al jardí de casa l'Alexis, retrobem un noi que vam conèixer ahir, a la platja, just quan acabava d'arribar. Es diu Kadin i el vam veure plorar d'emoció així que va posar els peus a la platja. «Sí, vaig plorar d'alegria, perquè crec que ara tot serà molt més fàcil. La meva il·lusió és poder treballar de mecànic a Alemanya. Mentre era en un campament de Turquia vaig començar a estudiar l'alemany», ens diu. I de seguida ens explica l'experiència del seu viatge: «No us penseu que només hi fan negoci els turcs», ens diu. «Jo vaig arribar amb un transport organitzat per gent de Síria. Fugitius, com nosaltres, que s'han instal·lat a Turquia i ara fan negoci amb els seus compatriotes. Així mateix. És la guerra. És la vida. Sirians que s'aprofiten de sirians. I també hi ha grecs que fan el seu negoci».

Ahir mateix, ens recorda en Kadin, vam veure com actuen els espavilats que van a les platges a recollir les armilles, les embarcacions i els motors que abandonen. De vegades les patrulleres gregues arriben a temps de confiscar les llanxes i els motors. Però els rapinyaires de la costa estan preparats des de bon matí amb les seves camionetes, armats amb tornavisos i claus angleses per desmuntar tot el que puguin aprofitar.

«Penseu que una de cada tres llanxes no torna, perquè arriben sense ningú que se'n faci càrrec, o perquè arriba rebentada. I saps per què arriben rebentades? Doncs perquè corre la brama que les patrulleres gregues només recullen els nàufrags, de manera que hi ha emigrants que, quan veuen una patrullera, rebenten ells mateixos la zòdiac. Al camp del port hi més d'un afganès que ho ha vist amb els seus propis ulls. Sigui com sigui, els dies bons, aquesta mena de drapaires de les platges recullen entre vint i trenta embarcacions. Els motors, per vells que siguin, encara valen els seus diners».

«Però no critiquis gaire els grecs, Kadin», protesta amicalment l'Omar, «perquè el nostre amic Alexis és mig grec i ens ajuda. I a l'illa hi ha molta gent que va a portar menjar als qui s'estan a baix al port. I mantes. I roba. I hi ha altres cases que acullen emigrants».

«És la guerra. És la vida», repeteix en Kadin. I conclou, resignat: «Així és l'espècie humana». I l'Alexis Russell ens treu una llimonada i un vi blanc fresc, i ens fa brindar pel futur, per la pau, i perquè en Kadin pugui fer de mecànic a Berlín.

20

Feia dies que en Marc no menjava res tan bo.

–Döner bueno –va dir l'home de la cara de peix.

I de sobte un cop de colze i un crit, i la pita que ja se li escapava de les mans.

Era l'Ahmad, suat, cansat de córrer, amb els ulls enfonsats sota unes celles que feien por i un front més arrugat que mai. Va empentar l'home de la cara estreta, va amenaçar amb el puny l'home del rellotge daurat, i va seguir cridant mentre els dos homes se n'anaven carrer enllà, sense cap pressa, escopint i fent cares de menyspreu cada vegada que es giraven.

La pita, les verdures, la salsa i la carn de xai eren a terra, entre un rastre de caca de gos i la taca negra d'un xiclet, escampades com un vòmit trepitjat. I en Marc tenia molta gana.

Ara era l'Ahmad qui li premia el braç: on s'havia ficat? L'havia estat buscant pertot arreu! On volia anar? Al nen li tremolaven les cames, mai no havia tingut aquella sensació, com si fes equilibris damunt d'un cilindre que rodolava. Només tenia consciència de les cames que cedien, dels genolls que ballaven i de la mà de l'Ahmad que li estrenyia el braç. Entenia les preguntes que li feia l'Ahmad, però era incapaç de respondre, com si les paraules no tinguessin cap sentit. L'Ahmad li feia una i altra vegada la mateixa pregunta i ell tenia la vaga esperança que se'n cansaria.

De sobte, per primera vegada en molt de temps, va tornar a percebre la mateixa por espessa que, de més petit, el perseguia pel corredor des del moment en què, quan el cridaven a sopar, es decidia a tancar el llum de l'habitació dels jocs i corria cap al menjador. Aleshores apareixia el monstre de la foscor i corria darrere seu: un remolí de fum negre que allargava els braços i obria una boca tova i profunda per empassar-se'l abans que arribés a la llum, a l'altre extrem del corredor, al territori segur de la claror familiar, a la taula parada on hi havia una alegria de gots i coberts brillants, i la mare, i el pare, i l'olor de sopa.

Hi havia un moment, a mig passadís, en què ja havia deixat enrere les portes mig badades de les habitacions, amb les seves foscors amenaçadores a dins, i arribava al rebedor, on hi havia un moble blanc amb una col·lecció de siurells mallorquins. Aquelles figuretes blanques, que representaven homes i dones amb barrets d'ala ampla, cavallers, conillets o coloms, pintats de blanc i amb pinzellades vermelles i verdes, aturaven el remolí de foscor, indicaven la imminent arribada al territori segur. Quan hi arribava no gosava mirar enrere, per por de trobar-se el fum terrible allí mateix, però ja sabia que estava salvat.

Ara, en canvi, no sabia si s'havia alliberat del terror, si havia arribat o no al moble dels siurells, ni si l'Ahmad era el seu salvador o era encara la foscor, el monstre engolidor que l'havia empaitat tants vespres, i de qui mai no havia parlat amb ningú. Només sabia que li tremolaven les cames i que li feia molta pena aquell döner esbudellat, escampat per terra.

–On pensaves anar? No has vist que aquests homes se t'enduien? Saps què et podria haver passat? On anaves? –va insistir l'Ahmad.

En Marc va dir que volia anar a la policia. I va ser com si ho digués algú altre, perquè immediatament es va enfadar amb ell mateix per haver-ho dit. No tenia remei: quan li preguntaven alguna cosa no podia evitar de dir la veritat.

L'Ahmad va mirar enllà, cap al fons del carrer per on havien desaparegut els dos homes. Ara l'agafava per tots dos braços i el sacsejava lleument mentre el mirava amb intensitat. A la policia? Però per què a la policia, Marc? La policia no l'entendria. Si anava a la policia només aconseguiria que el tanquessin vés a saber quants dies fins que descobrissin qui era. Li faria gràcia que el tanquessin? Li faria gràcia anar en un campament amb tanques electrificades ple de negres de l'Àfrica?

El nen va dir que no. I que ho sentia molt. I que estava molt. I l'Ahmad: molt què. El nen ja no podia ni plorar. Li passava una cosa estranya: era com si no fos allí. Com si ja hagués renunciat a decidir, a fer res. Ho sentia molt. Estava molt. Estava molt què? Estava molt. Estava què?

–No ho sé, no ho sé –va dir el nen.

Van tornar a passar per sota de l'estàtua del senyor dalt del cavall. Retallat contra el cel violeta i grogós de la nit, aquell home de pedra feia por. Com l'Ahmad, que ara el tornava a sacsejar i li preguntava per què havia sortit del parc. Que no ho sabia, que això era molt perillós? Entre els refugiats hi havia molts nens, i no seria el primer que desapareixia. Sí, no era broma. Hi havia màfies que segrestaven els nens i ja no apareixen mai més. Sabia què volia dir, màfies? Les màfies eren gent dolenta, gent organitzada, vés a saber què en fan, dels nens. Potser et donen en adopció, i encara que no vulguis t'has d'aguantar, i acabes vivint en un país on no vols viure amb uns pares que no vols. Ho sabia? Ho entenia? Potser es posen a vendre droga pels carrers, i la policia t'acaba agafant i vas a parar en un reformatori. Sí: hi havia moltes màfies perquè molts nens havien perdut els seus pares a la guerra i viatjaven sols. Per això hi havia tanta gent dolenta que agafava aquests nens i els feien desaparèixer. No ho sabia?

En Marc va dir que sí, i que ho sentia molt i que no ho faria més, però ara volia que l'Ahmad callés, i l'home no parava, li estrenyia el braç, el sacsejava, i li deia que també agafaven nens per prendre'ls els òrgans, el cor, el fetge, per fer trasplantaments. Sabia què era un trasplantament? El nen tremolava, perquè ho sabia. Perquè potser sí, que el món era així. Fins aleshores havia viscut en un món molt on tot era més fàcil, amb la seva mare, a l'escola, amb els amics, als carrers de Palma, i allò era tota una altra cosa, un món perillós que feia més por que el núvol fosc que el perseguia pel corredor quan era petit.

Van seguir caminant, i pel camí l'Ahmad va canviar de cara: se li va il·luminar i es va tornar simpàtic, va somriure, i li va fregar els cabells amb les puntes dels dits. Tenia gana? El nen va dir que sí, i l'Ahmad li va dir que ara mateix li compraria un altre döner de xai, amb una pita ben plena de verdures, ceba i tomàquet i amb salsa picant, ja ho veuria, més bona que la que li havien comprat aquells homes dolents.

Se la va menjar camí del parc, i l'Ahmad se'l mirava de tant en tant i feia que sí amb el cap: bona, oi que sí?

La Hani, en Mazen i en Marc jeien a la gespa, sobre un plàstic transparent que els havien deixat els refugiats kurds d'una tenda veïna, i embolcallats en les seves mantes de soldat. Tots tres miraven enlaire. El cel d'Atenes era un sostre ataronjat i boirós que reflectia les llums de la ciutat. La Ikran i l'Ahmad s'havien instal·lat una mica més lluny, a cobert d'un tendal que s'havien fet amb un plàstic blau lligat entre dues pedres i la branca baixa d'un arbre.

Hi havia un cel estrany en un lloc estrany, i l'única cosa que a en Marc li semblava real era la mirada de la Hani, al seu costat. La veia de cua d'ull mentre mirava enlaire: dos ulls intensos que no deixaven de mirar-se'l.

En Mazen, que jeia més enllà de la Hani, es devia sentir una mica arraconat, perquè de tant en tant en Marc veia com s'incorporava i allargava el coll a veure què feien la seva germana i el nen estranger. Després es devia adormir: la manta li tapava el cap.

Si la Hani se'l mirava d'aquella manera, ell també ho podia fer. La mateixa mirada que l'incomodava quan l'endevinava de cua d'ull, li feia companyia si l'acceptava sense vergonya. Amb els ulls ja acostumats a la mica de claror, en Marc veia tot just els llavis de la Hani, una línia brillant al nas i un reflex esmorteït als ulls. Els cabells eren una taca negra, però se li dibuixaven algunes línies de plata, precises com el tall d'un ganivet esmolat. Al front, sobre la cella dreta, hi tenia el clotet diminut d'un senyal de la verola. Ara somreia i apareixien dues dents. Ara tancava els llavis, empassava saliva, i hi havia un silenci contingut, com si hagués de passar alguna cosa. Però no passava res, només de tant en tant el parpelleig de la nena, un moviment dels llavis, i la respiració gairebé compartida, les cares a tocar.

La mà de la Hani va aparèixer entre les arrugues de la manta militar, va avançar, i amb un dit li va tocar la punta del nas.

–Marhabaan –va dir.

En Marc va fer el mateix. Li va prémer la punta del nas com si comprovés la blanor d'una magdalena.

–Marhabaan –va repetir.

Estaven tan a prop que la Hani semblava que tingués un sol ull. Van jugar a tancar i obrir aquest únic ull. Es van agafar les mans. A Palma, mai no hauria agafat d'aquella manera les mans d'una nena. Ni hauria jugat a obrir i tancar els ulls.

La Hani li va tornar a tocar la punta del nas. Després va tancar els ulls i es va adormir.

En Marc es va quedar pensant en les màfies, en gent molt fosca, capaç d'endur-se un nen per treure-li el fetge, o els ulls. Potser el tindrien tancat en un lloc fosc, i hi hauria una finestreta alta, i s'enfilaria per mirar què es veia, i tot seria neu, un paisatge nevat, un lloc sense ningú, un desert fred.

Qui el sacsejava? Qui el despertava? La mare? Ja eren quarts de vuit i havia d'anar a l'escola? Va obrir els ulls i va trigar una estona a veure la Ikran, aquella senyora que duia un mocador al cap i que no sabia ben bé qui era. Li feia un gest que va entendre de seguida: amb un dit es tocava els llavis.

–Xxxxt.

Duia el mòbil de l'Ahmad a la mà. Li feia gestos perquè es llevés. L'estirava perquè s'aixequés.

La Ikran va tornar a repetir el gest de silenci. En Marc arrossegava la manta. Es van allunyar d'on dormien l'Ahmad i els dos nens. Va encendre la pantalla del mòbil. Li va donar. Ara només calia teclejar el número del pare. El nen ho va fer. Abans que l'aparell comencés a trucar, la Ikran va aixecar una mà: que s'esperés. Li va agafar el telèfon i, davant seu, va teclejar el prefix d'Espanya davant del número que havia marcat el nen. Va dir alguna paraula que no s'entenia, però de seguida va somriure i va fer que sí amb el cap: ara sí, que truqués, que parlés amb el seu pare.

El telèfon va començar a sonar. Va sonar fins a dotze cops. I finalment va sentir una veu, aquesta vegada en castellà, que deia que el telèfon mòbil marcat estava apagat o fora de cobertura.

En Marc va comprovar el número. Va tornar a trucar i es va repetir el missatge. Es van esperar una estona i van trucar per tercera vegada, sense èxit. Després va teclejar el telèfon de la mare, amb el prefix davant. Tampoc hi va haver resposta. En Marc volia parlar amb la seva mare, però també tenia son. No podia pensar. No podia repetir la trucada. Només volia dormir. S'adormia. La Ikran va acompanyar-lo fins al seu lloc a la gespa i el va tapar amb la manta.

L'endemà no es van moure del parc. L'Ahmad gairebé no va deixar que els nens sortissin de sota del tendal de plàstic blau. De tant en tant desapareixia, i quan tornava se'l veia enfurismat, i parlava sol, i discutia amb la Ikran en veu baixa.

–Quan ens n'anirem, Ahmad? –va gosar preguntar en Marc.

–De seguida.

En Marc i la Hani s'entretenien amb els seus jocs sense paraules, o s'endormiscaven d'avorriment. Al vespre, en Marc se sentia estrany, com si s'estigués tornant de suro i el món que l'envoltava no fos de veritat.

El segon dia, l'Ahmad va despertar els tres nens quan tot just clarejava: havia aconseguit lloc en un tren que sortia cap a Budapest a les set del matí. Que recollissin de pressa les coses. Que no es deixessin res. La Hani es queixava que les sabates estaven humides. En Mazen deia que tenia gana. La Ikran discutia amb l'Ahmad, i en Marc tornava a tenir la impressió que parlaven d'ell, que discutien sobre ell.

–Què passa? –va gosar preguntar.

–No res, Marc. No sé què li passa, a la Ikran. Té ganes de discutir.

–Però on anem, amb el tren?

–Cap al nord.

–Quin nord?

–Cap al nord. Cap a la frontera. Cap a Alemanya.

–I quan trobaré el meu pare?

–Més endavant, Marc.

La Ikran va dir alguna cosa, a crits, gairebé plorant. L'Ahmad li va agafar el braç amb força. La dona se'n va desempallegar i es va posar a recollir les seves coses disgustada, amb gestos bruscos. Va llançar la manta contra la soca d'un arbre i es va posar les sabates amb una ganyota d'incomoditat, gairebé de dolor.

–Per què més endavant? –va protestar en Marc.

–Què vols fer, Marc? Quedar-te aquí a buscar-lo? On el buscaràs?

–A la policia.

–A la policia, sense papers? Sense passaport? Només tenim aquest paper que diu que ets el meu fill, Marc. Què els diràs?

–Que sóc espanyol.

–Molt bé. Doncs vés a la policia i digues que ets espanyol. Ja veuràs el que et passarà.

–Què em passarà?

–Doncs que et tancaran, ja t'ho he dit mil cops, i potser sí que buscaran el teu pare, però mentre no el trobin no t'ho passaràs gaire bé. Tu vols que et tanquin? O potser es pensen que ets de l'Afganistan i et tornen. O es pensen que ets de Síria i t'envien a un camp de concentració de Turquia.

–Jo sóc espanyol! És clar que s'ho creuran si parlo espanyol.

–Va, doncs prova-ho. Nosaltres ens n'anem.

Quan va veure que se n'anaven, no s'ho podia creure. No es va moure de lloc fins que ja havien fet una vintena de metres. Aleshores la Hani es va girar i li va fer un gest. Vine.

I en Marc va córrer darrere seu.

A l'andana de l'estació hi va retrobar l'olor rància, d'orins fermentats, peus suats i roba humida, que feien, de bon matí, els caixers automàtics on havia dormit algú. De vegades, a Palma, camí de l'escola, la seva mare s'aturava en algun banc a treure diners. Així que rebia l'impacte de la ferum humana, mirava de tapar-se el nas i d'aguantar-se la respiració. De vegades, si la gestió de la mare s'allargava, sortia al carrer i s'esperava a fora. Però ara ell mateix formava part d'aquella allau humana que envaïa les andanes, i la seva alçada no li deixava treure el cap per damunt de les pudors i la polseguera dels peus que s'arrossegaven.

Durant un instant, a mig pujar l'escala del vagó, va poder veure des de dalt la riuada de gent. Hi havia crits, baralles, empentes. La gent assaltava el tren. Entraven als vagons per les finestres. S'ajudaven els uns als altres, s'empenyien i hi entaforaven com podien els seus farcells i les seves maletes. Des de l'andana, l'Ahmad cridava alguna cosa. La Ikran empenyia els nens perquè acabessin d'entrar. En Marc s'ofegava. L'aixafaven, el trepitjaven, ara tenia un colze al nas i ara una maleta al clatell. Va pensar que no ho aguantaria. Li faltava l'aire. Només es va animar quan va veure que en Mazen era al seu costat, arrapat als seus pantalons, amb cara de por.

–No passa res, Mazen! –va somriure.

Va venir la policia. Hi va haver crits, empentes, negociacions. En Marc preguntava què passa. Els altaveus de l'estació parlaven en àrab i en anglès. L'Ahmad, de tant en tant, li deia tu tranquil, i li explicava alguna cosa: hi havia massa gent al tren. La policia volia que la gent baixés. No se sabia si el tren es posaria en marxa.

La policia feia baixar del tren la gent que s'havia penjat de les finestres o que s'estava dreta als estreps. Alguns passatgers es van decidir a baixar a l'andana. El tren es va moure i de seguida es va tornar a aturar. La policia insistia. Finalment, amb la promesa que hi hauria un tren especial amb la mateixa destinació, els vagons es van començar a buidar. I després de mitja hora de calor, d'ofecs i de desmais, el comboi es va posar en marxa.

En Marc va pensar que la Hani no havia viatjat mai amb tren. Anaven premuts contra les portes de la plataforma, però la nena mirava per les finestres amb avidesa. Seguia amb la mirada els edificis que passaven, els anuncis, els rètols dels magatzems. De tant en tant es girava i somreia, com si volgués compartir un viatge meravellós, deia alguna cosa en àrab que en Marc repetia, i esclafia a riure abans de tornar a concentrar-se en el paisatge àrid i caòtic, sota una llum feridora, dels ravals d'Atenes.

L'interès de la nena pel món no s'acabava aquí. Quan li va semblar que ja no hi havia les empentes i els ofecs de la primera mitja hora, i que cada maleta, cada farcell i cada persona ocupava més o menys un tros d'espai fix, va agafar la mà d'en Marc i el va arrossegar tren enllà, pels corredors i les plataformes, sense fer cas de l'Ahmad, que des del seu racó de la plataforma els repetia, a crits, que tornessin al seu lloc, que no empipessin la gent.

La Hani i en Marc van convertir les plataformes, amb la gent atapeïda i les muntanyes de maletes i farcells, i els vagons plens de gent que s'estrenyia als seients i de criatures que ocupaven fins i tot les prestatgeries de les maletes, en un territori d'aventura. Es tractava d'aconseguir avançar, d'escapolir-se entre un grup d'homes de pell colrada, ulls enfonsats i barba de cinc dies, que feien un tap entre dos vagons. Calia enfilar-se als braços dels seients per vèncer, amb una cama a cada costat, l'obstacle d'una dona que donava el pit a una criatura, passar per damunt d'un home que dormia o saltar per sobre de tres nens que jugaven al tres en ratlla amb un cartó i unes peles de mandarina. I a vegades avançaven de quatre grapes per poder passar entre el bosc de cames de la gent de les plataformes i no quedar atrapats entre panxes, culs i malucs.

Hi havia homes que feien por. Homes foscos, amb cares amargues, amb els ulls com olives negres enfonsades en conques blavoses o grises. Homes amb el nas tort i el cap pelat. Hi havia també molts nois amb pentinats humits, amb brillantina, amb tupès d'una altra època. Hi havia homes sense una cama o un braç. Hi havia ferits, amb el braç penjat d'un cabestrell. Hi havia dones grasses amb cares com panets crus. Hi havia grups de dones cobertes amb túniques i vels negres i dones sense cara que només mostraven una mà amb una polsera d'or i dos ullets silenciosos per una obertura llarga i estreta. Hi havia criatures amb el cul a l'aire. Dones que preparaven entrepans, homes que repartien el te d'un termos en gotets de plàstic, nois que fumaven amb mig cos fora de la finestra.

Era divertit. Era emocionant. Era inquietant. Feia una mica de por, però si la Hani no en tenia, ell tampoc n'havia de tenir, i la nena més aviat semblava entusiasmada amb l'exploració: li brillaven els ulls i li mostrava el seu somriure blanc cada cop que es girava, i aleshores li estrenyia la mà amb més força perquè seguís endavant, tren enllà, fins a recórrer vint-i-dos vagons, arribar a la màquina, i poder veure, a través d'una finestreta bruta, el maquinista, les vies, les oliveres, els camps i l'horitzó allí al final.

Al migdia, després de menjar-se dos talls de meló escalfat al forn humà de la plataforma, en Mazen va vomitar. Li van canviar la camisa. Amb la bruta, l'Ahmad va acabar de recollir el vòmit. Després en va fer una bola. En Marc la seguia amb la mirada. Ell també tenia ganes de vomitar. Aquella pudor li feia venir una salivera estranya, espessa. Va veure com l'Ahmad obria la porta del lavabo, amb el terra inundat d'orins, i llençava la camisa per la finestra.

En Mazen no parava de queixar-se. Feia mala cara. Respirava de pressa. La Ikran li posava una mà al front i feia una cara angoixada. Al nen, els ulls se li havien apagat i semblaven gots de vidre fet malbé.

Durant més de tres hores el tren va avançar tan a poc a poc que l'aire dels vagons s'escalfava i els vidres regalimaven d'humitat condensada. La Ikran va donar una ampolla d'aigua a la Hani perquè en beguessin. Però després de beure, tenia gràcia remullar-se, prémer l'ampolla i fer-ne sortir l'aigua disparada. I encara hi havia una altra ampolla d'aigua, que en Marc i la Hani també van buidar alegrement sense que la Ikran se n'adonés.

Els nens van veure que la Ikran buscava la segona ampolla. On era l'aigua? La mare de la Hani va parlar amb el seu cunyat, i la Hani de seguida va tenir els ulls foscos i les arrugues al front de l'Ahmad davant seu, i crits, i una bufetada, i en Marc va notar una mirada que semblava una empenta. La Hani es va posar una mà a la galta, però no va plorar. D'amagat, li va adreçar un somriure al seu amic.

El tren s'escalfava com un forn. No quedava ni una gota d'aigua. Els nens tenien la boca seca. En Mazen gemegava, deia que tenia mal de panxa. Mal de panxa i ganes d'anar al lavabo. Plorava i es queixava. Una caca líquida i grogosa li va començar a sortir pels camals dels pantalons curts. En Marc va veure com li relliscava per les cuixes i se li ficava a les vambes, que li anaven balderes. I la Ikran va desfer un dels farcells que duia per eixugar-lo amb una peça de roba.

Per un moment en Marc va viure la sensació de la caca calenta a les cames com si li passés a ell mateix, i es va sentir alleujat, com si es despertés d'un malson, quan va veure que no, que era en Mazen i no ell qui havia de suportar la caca entre les cames i caminar amb la caca a les plantes dels peus. I potser a la Hani li passava alguna cosa semblant, perquè va buscar un altre lloc a la plataforma, lluny de l'horror de la caca, perquè en Marc li acabés d'explicar com s'amagava el dit polze per fer veure que l'ungla i el capciró se separaven de la resta del dit.

El sol encara queia, implacable, sobre els camps, quan el tren es va aturar en una estació de poble i va córrer la notícia que no continuaria el viatge. Ningú no sabia per què, i en Marc encara menys. En Marc havia aconseguit un cordill i proposava a la Hani que juguessin a plegar el cordill. La seva mare en deia jugar al bressol de la Mare de Déu. Hi tenia molta traça, la mare. La Hani també en sabia, feia que sí, i agafava el cordill i se'l passava entre els dits.

Una vegada més, l'Ahmad i la Ikran cridaven. Quan cridava, la Ikran bellugava molt les mans. I després es tornava a posar bé el mocador que li cobria el cap. En Marc va pensar que, aquesta vegada, parlaven del nen, d'en Mazen, que no es trobava gens bé. Havia tornat a vomitar. Feia uns ulls ensopits. Les parpelles li queien. Devia tenir febre. Els cabells se li enganxaven al front.

Havien obert les portes, i molta gent baixava del tren per respirar aire pur i estirar una mica les cames pel camí de vora la via. En Marc va pensar que la Ikran i l'Ahmad també discutien si baixaven o no. I si el tren es posava en marxa i els deixava allí enmig?

Finalment l'Ahmad va agafar el nen malalt a coll i els va fer un gest perquè el seguissin.

–Baixarem del tren, Marc, perquè en Mazen no es troba bé i aquí fa massa calor.

–On som? –va preguntar en Marc.

–Ja ho veus. Enlloc.

–Però quan arribarem.

–A la frontera? No se sap.

–Quina frontera?

–No preguntis tant, Marc. No preguntis tant.

–I el meu pare?

–Aviat.

La gent buscava l'ombra dels arbres, al costat de l'edifici de l'estació. S'havia format una cua per remullar-se en una font. Hi havia moltes famílies assegudes a l'ombra, amb la mirada perduda, com si ja fes molts dies que s'esperaven. Mentre la Hani i en Marc feien cua per remullar-se el cap, la nena insistia a jugar a plegar el cordill. De seguida se'ls van complicar la figures. La Hani va fer un dels seus somriures amples i va proposar que juguessin a picar de mans. La nena cantava una cançó en àrab. En Marc la imitava. Hi havia moltes hacs aspirades, moltes eles i moltes emes.

Es van remullar. Van compartir unes coques amb una família que viatjava amb quatre criatures. Van remenar un formiguer que hi havia al final de l'andana. Van escriure els seus noms en cal·ligrafia àrab i en lletres romanes fregant amb una pedra una llosa de pissarra negra que van trobar a la via.

I quan ja havien perdut el sentit del temps i de l'espai, i no tenien ni gana ni calor, i només pensaven a descobrir, a endevinar què volien dir les paraules i els gestos, i repetien de tant en tant una paraula de l'altre, va venir l'Ahmad i els va dir, en àrab i en castellà, que no s'allunyessin gaire, perquè de seguida se n'anirien. I que no se n'anirien junts. S'haurien de dir adéu, perquè la Hani i el seu germà continuarien el viatge en un camió.

–I jo? –va dir en Marc.

–Tu i jo anem cap a trobar el teu pare –va dir l'Ahmad.

–Per què no hi anem tots junts? –va preguntar en Marc.

–Perquè no podem. En Mazen està malalt i és millor que els nens i sa mare no continuïn amb el tren. Els he trobat un camió que els portarà cap a la frontera. Però no puc pagar el teu viatge i el meu. I si no paguem, no ens porten. Però tu no t'amoïnis. Ja els tornarem a trobar, Marc, tu tranquil.

21

L'Ernest es va despertar passades les nou del matí amb regust d'aiguardent i amb la sensació que el cervell se li havia inflat com un airbag i li fregava dolorosament les parets del crani. Com que esperava notícies per terribles que fossin, va consultar el mòbil, i el cor li va fer un sotrac en veure-hi l'entrada d'un telèfon desconegut. Va escalfar la veu pronunciant as i os i dient hola, i va contestar la trucada.

Va respondre l'Ahmad, en àrab. L'Ernest va dir, en anglès, que no l'entenia. L'Ahmad va respondre, també en anglès, que per qui demanava. L'Ernest li va dir que no ho sabia, que havia rebut una trucada des d'aquell número la nit abans. L'Ahmad li va dir que no, que ell no havia trucat i que es devia tractar d'un error.

L'Ernest, amb mal de cap i amb un equilibri precari que el va fer topar contra l'armari, va aconseguir arribar fins a la dutxa i obrir l'aixeta. Quina trucada més rara, més inquietant.

L'única alternativa a l'espera angoixada i la incertesa de les trucades era la visita a l'hospital. L'hospital era un espai real, amb armaris refrigerats per als cadàvers. Per a l'Ernest, era el lloc de trobada amb la mort. Si trobaven el nen, potser la policia trigaria a avisar-lo, però el nen seria allí des d'hores abans.

Protegit de la claror i de l'absurditat del món per les ulleres fosques, va pujar per tercera vegada a l'hospital. Després d'empènyer la porta giratòria es va haver d'enfrontar a la vintena de metres de marbre blanc que el separaven del mostrador i de la mateixa noia de cara menuda i ulls tristos del dia abans. No va caldre que li digués res. Aquesta vegada la noia no va tenir cap objecció. Va fer que no amb el cap i li va dir que no hi havia cap novetat. Més encara: no tenien ningú al dipòsit. A l'Ernest li tremolava la mà dreta sobre el taulell. La noia ho devia veure. Va adoptar aquella mirada que la feia tan trista, com si es mirés el món per la finestra enreixada d'un soterrani. L'Ernest es va treure les ulleres fosques per agrair-li la informació i demanar-li que li truquessin si hi havia cap novetat. La noia es va anotar el telèfon, però li va dir que no depenia d'ella. Se la veia commoguda. L'Ernest va picar amb els dits sobre el taulell i després els va fer lliscar suaument, mentre li agraïa l'interès, i que tingués un bon dia.

Va sortir a la claror feridora del matí i es va trobar caminant cap enlloc. El món era un caos de cotxes mal aparcats, d'atzavares i baladres, gats escanyolits i rètols de supermercat: tot era lleig, descolorit, enfarinat per un excés de llum, com una pintura dolenta, i els geranis dels balcons li eren tan indiferents com els pals dels velers. La gent anava d'una banda a l'altra, tots ocupats en les seves coses, a comprar, a vendre, a reparar, a canviar, a avisar, a informar-se, a veure algú, a portar alguna cosa o a rebre-la. La gent feia coses perquè se sentia empesa pel corrent d'una història personal, la vida, les relacions amb els altres, algun objectiu més o menys definit, alguna il·lusió. Però ell s'hauria pogut quedar allí aturat per sempre més. Es va descobrir llegint, sense entendre res, el menú escrit a la pissarra d'un restaurant. I quan, més avall, va prendre consciència que s'havia aturat i s'estava mirant, des de feia estona, un gat descolorit que jeia dalt d'una tàpia, va tenir la sensació que el temps avançava a sotragades i que l'espai se li havia fet discontinu, perquè no hauria sabut reconstruir, de cap manera, per quins carrers havia arribat fins allí i què havia vist pel camí.

Seguint el fil de l'angoixa i les ganes de fugir, va entrar en una agència de lloguer de cotxes. Va demanar el més econòmic, perquè la idea de permetre's una mica de confort o de luxe li semblava absurda. Mentre signava el contracte va percebre un punt de desconfiança en la mirada, per damunt de les ulleres, de la mestressa d'aquell petit negoci. Era una dona gran amb els llavis pintats d'un color rosa pàl·lid que se li escapava cap al bigoti per les arruguetes del llavi de dalt. Aquella dona, acostumada a tractar amb turistes, devia trobar estrany que un client fos tan taciturn, posés tan poc entusiasme a comentar què li semblava l'illa, i no sabés ni quins pobles pensava visitar ni quants dies es quedaria a Samos. Quan se'n va adonar, es va esforçar a fer un parell de preguntes sobre les millors platges i la situació de les benzineres, va mostrar un gran interès pel mapa de l'illa que li va oferir la dona, i se'n va acomiadar amb la representació d'un somriure més o menys convincent.

Es va decidir a travessar l'illa en direcció al sud. No es tractava d'anar enlloc, sinó de viure la il·lusió de la fugida. Conduir per l'autopista no li havia agradat mai, però perdre's sense rumb per petites carreteres comarcals li semblava alliberador, potser perquè hauria volgut fer una vida semblant, sense objectius gaire concrets, sense compromisos amb el temps ni amb la gent que t'espera. Centrar l'atenció en la carretera i el paisatge era una manera d'omplir el temps i d'apaivagar els pensaments obsessius.

Quan va arribar al sud es va decidir a seguir la costa cap a llevant. Així circularia per la banda del mar i podria agafar algun dels trencalls que baixaven a les platges. Va deixar enrere una zona turística, de platges llargues, i de seguida es va endinsar en un tram de carretera ple de revolts que resseguien el perfil de les petites valls i torrents secs que anaven a parar al mar.

Hi havia revolts penjats sobre els esculls, allí baix, i barrancs sense gairebé cap protecció. Era ben fàcil accelerar, saltar al buit, i enfonsar-se al mar amb el cotxe. Potser era això el que havia pensat la dona de l'agència de lloguer: aquell turista solitari, tan desencantat amb l'illa de Samos, li llogava el cotxe per precipitar-se per un barranc.

En aquella banda de l'illa el vent bufava fort, de llevant. Les oliveres s'agitaven i es tornaven platejades, i el mar era ple de crestes blanques.

Al final d'un revolt va veure una dotzena de cotxes aturats, i la gent recolzada al mur de protecció, mirant cap avall. Un accident? Un suïcida com el que s'imaginava la dona de l'agència? Va alentir la marxa. Al mar, a uns cent metres de la costa, hi havia una llanxa inflable que semblava anar a la deriva, plena de gent a vessar. Més lluny, es veia una segona llanxa.

Va parar el cotxe i es va afegir al grup de tafaners que feien fotos amb els mòbils. Li hauria anat bé tenir uns binocles, però podia veure perfectament que la primera de les llanxes havia embarcat molta aigua i avançava a la deriva cap a un indret costerut i ple d'esculls.

El vent anava a ràfegues: de tant en tant portava cap a la carretera els crits dels nàufrags, o venia de llevant carregat només amb la remor de les ones i del vent que feia dansar les oliveres. Els crits el van sacsejar i el van commoure. Va saltar la tanca de protecció de la carretera i va mirar de baixar cap a les roques. Allí baix, una mica més a la dreta, hi havia tres nois amb les armilles posades. Devien ser d'algun grup de voluntaris. Ara ho veia: una zòdiac de color vermell acabava de treure la proa per darrere dels esculls i es dirigia cap a l'embarcació en dificultats.

No era gens fàcil baixar per aquella banda, i encara menys en les seves condicions, però ara ja estava fet, li hauria costat encara més tornar enrere. De tant en tant s'aturava i mirava cap a la llanxa, que ja feia aigua pertot arreu. Hi havia gent que ja era al mar, potser amb la intenció d'anar arrossegant l'embarcació cap a la costa. Però era un suïcidi, perquè la roca d'aquell tram de costa era tota ella feta de crestes que tallaven com ganivets, i les ones espetegaven amb força.

No va poder seguir baixant. Des d'on era calia fer un salt de més de quatre metres, i la roca era massa cantelluda per arriscar-se a caure malament. No havia tingut vertigen des que era un adolescent i, en companyia d'una colla d'amics, s'havia aventurat a enfilar-se per l'escala interior de la xemeneia d'una fàbrica tèxtil abandonada del seu poble. Aleshores, com ara, havia pres consciència de l'altura de sobte, li havien començat a tremolar les cames, i havia sentit la mateixa por estranya que venia de l'estómac i que el xuclava perquè es precipités cap al buit.

Amb les cames tremolant i el cor disparat, va veure com els voluntaris començaven a embarcar nàufrags a la seva zòdiac per alleugerir una mica l'embarcació dels emigrants. Set o vuit persones, algunes amb criatures, van passar d'una barca a l'altra, i li van tornar a arribar els crits, els xiscles d'horror. Calia que s'asserenés, que aturés aquell ball de turmells i genolls, però no podia evitar de seguir atent al que passava a la barca, atret per l'horror i amb el desig impossible de ser-hi prou a prop per poder allargar els braços i agafar alguna criatura, i portar-la cap a terra, i salvar-la, i embolcallar-la amb una tovallola seca.

Va seure en un petit relleix. Era un perill seguir dret amb aquella tremolor a les cames. Va tancar els ulls, va respirar i va mirar d'asserenar-se i assumir que no estava en condicions de participar en aquell salvament.

Va trigar molta estona a pujar. No va mirar enrere ni una sola vegada. Un cop a dalt, va buscar un camí més fàcil per baixar fins a la cala on el grup de voluntaris ja estava ajudant els nàufrags a baixar de la llanxa.

Així que va trepitjar la sorra de la platja, va tenir la impressió d'assistir a una cerimònia sagrada a la qual ningú no l'havia convidat. Entre les mantes tèrmiques daurades i platejades que espurnejaven al sol, les famílies donaven gràcies a Déu amb les mans esteses cap al cel, i per tota la platja hi havia una escampadissa d'armilles de salvament. Era la cerimònia del retorn a la vida, i cada armilla vermella, a la sorra i al trencant de les ones, era la placenta sangonosa d'un naixement. No sabia exactament quina mena d'emocions l'estava envaint, i quina mena de sentiments estava reprimint, però l'arribada d'aquella gent a la platja, els llavis tremolosos de tantes criatures i els plors d'alguns dels rescatats li produïen una mena de fascinació paralitzadora, com si no pogués ser. Sofria la mateixa mena de paràlisi que havia patit feia una estona, quan baixava el barranc.

Ja no es va moure d'aquell racó de la platja, vora els esculls. No podia avançar. Aclaparat, es va deixar caure de genolls a la sorra. Hi havia una litúrgia sagrada, i ell se sentia com si hagués trepitjat uns límits que només eren permesos als oficiants i als fidels. Era massa a prop del mar, de la por, del naufragi. Era massa a prop de nens de l'edat del seu fill que s'havien salvat, i que ara ploraven i abraçaven els seus pares. Era massa a prop dels pares que ho agraïen al cel. Era massa a prop del vent, del mar, del dolor. Era massa a prop de la mort del seu fill.

La resta del dia se'l va passar dins del cotxe, fent la volta a l'illa. Només es va aturar en una benzinera per omplir el dipòsit i comprar una ampolla d'aigua. Va estar a punt d'atropellar un gat. Va fer molts quilòmetres. Una papallona se li va esclafar al parabrisa. De tant en tant bevia aigua. Va veure una serp travessant la carretera. No va dinar. Va mirar de distreure's pensant en l'espot que havia de fer per a la màscara de fang negre del Mar Negre. Lucce, la llum. Un espot lluminós? Focus? Estrelles del cinema? De la foscor a la llum? Del negre al blanc? A la merda la publicitat.

Al vespre va tornar el cotxe i va baixar cap al port esportiu a menjar alguna cosa. Va triar un dels restaurants més plens. Tenia ganes de veure gent i d'escoltar converses. De seure i observar la vida dels altres.

Li van portar la carta, però amb prou feines la va començar a llegir. Dues taules més enllà hi havia un grup força nombrós de nois i noies que estaven ajuntant taules i movent cadires de lloc. Eren els nois del matí? Segur que sí. N'hi havia tres o quatre que encara duien les samarretes taronges que els identificaven. Nois i noies alts i forts, atlètics, admirablement sans, de dents brillants i ben posades. Nois amb braços peluts, de pèl rinxolat, daurat, i noies sense sostenidors, de pits perfectes, amb els mugrons marcats sota la samarreta de l'ONG. L'Ernest es va sentir gran i esgotat davant de tanta força, de tanta vida, de tants somriures. Era enveja, perquè mai no havia tingut un cos com aquells. Enveja per l'alegria, la vitalitat, la broma que eren capaços de fer després de la tragèdia que vivien cada dia. Enveja perquè es tocaven, s'empenyien, s'escoltaven, es reien les gràcies, es passaven les cerveses, es convidaven a seure. Enveja perquè ell ja feia temps que no formava part d'un grup tan incondicional com aquell, de gent que s'estimava sense complicacions. Sí, era això: envejava que vinguessin a Grècia a ajudar els altres, empesos pels millors ideals, i que a més a més celebressin la vida d'aquella manera. Segur que ploraven quan recuperaven criatures mig ofegades del mar, i segur que després feien l'amor amb una gran alegria. Nois i noies joves que salvaven els sirians i els afganesos d'anar a parar contra les roques, i que se salvaven a ells mateixos, fugint de les ciutats i de les oficines on devien treballar sense saber per què. Segur que a l'hotel on s'estaven hi havia cua a les dutxes, i nois i noies devien anar mig nus pels corredors, i hi havia rialles, i bromes, i algú que llevava la tovallola d'algú altre, i es perseguien, i es besaven. O potser es dutxaven per treure's la sal del dia, nus, en una d'aquelles dutxes que tenen alguns hotelets al jardí, cossos bruns i aigua a la claror del capvespre, com plata fosa a les cuixes i als cabells, i feien escumera fregant-se el pubis, i quan tancaven els ulls per llevar-se el sabó dels cabells els brillaven els llavis, i l'aigua esquitxava i feia gotetes com de mercuri, i després s'assecaven els uns als altres amb tovalloles d'hotel, blanques i flonges, i s'estaven una bona estona embolcallats com capolls de cucs de seda, aprofitant una taca de sol, els peus junts sobre els rajols de terra cuita, parlant dels salvaments del dia, de la gana que devien tenir, o del plaer d'una dutxa com aquella a l'aire lliure, amb les oliveres que s'enfilaven muntanya amunt i el mar allí baix.

Un noi i una noia van brindar amb les ampolles de cervesa. No ho va poder evitar: se'ls va imaginar al llit, ell amb el seu cul musculat, amb un clot ben esculpit a cada natja, i ella tan flexible, amb la mirada desperta i càlida després d'un dia intens. La noia va fer un glop. El noi va brindar amb dos nois més. L'Ernest els va seguir observant. Sí, tenien encara molta energia per consumir, i tota la força de l'aventura al mar. Compartien uns ideals i es tenien els uns als altres. Reien, se sorprenien del que deia l'un i del que deia l'altre. S'escoltaven. Eren amics, i l'Ernest els envejava: quant temps feia que no participava en un sopar com aquell? Quan s'havia començat a dissoldre el seu grup d'amics de tota la vida? Ara, amb l'excusa de la feina, la família i els nens, la gent es trobava dos cops a l'any.

Va fullejar la carta però de seguida va tornar a aixecar la mirada per assegurar-se que l'alegria i les ganes de viure encara eren allí, en aquella taula sorollosa en un extrem de la qual hi havia una gran animació. De què parlaven? De què reien? De tant en tant entenia alguna paraula en italià, en anglès. Però de seguida va descobrir que també n'hi havia uns quants, a l'altre cap de taula, que parlaven entre ells en espanyol. Aleshores es va decidir a aixecar-se i a preguntar-los si eren, com pensava, els nois que havia vist al matí en aquella platja del sud, els oficiants de la cerimònia del retorn a la vida.

Li havia semblat que tots eren joves, però la noia que va respondre va deixar de sobte de tenir els trenta anys que aparentava d'esquena, amb la seva cabellera rinxolada, i es va convertir en una dona madura, amb arruguetes als ulls, que en devia tenir quaranta. Li va dir que sí, que al matí eren a la platja, i de seguida li va presentar tothom: els de taronja eren bombers de Sevilla, els de blau de Nàpols, i aquell parell de nois que somreien a l'altre extrem de la taula eren de Copenhaguen. Al seu costat, una fotògrafa i una redactora d'un diari portuguès, *Diário de Notí-*

cias: la Valéria Fernandes i la Maria Figueiredo. I ell? Anava sol? L'Ernest va dir que sí i ella, amb una naturalitat sense prevencions, ja li proposava que agafés el plat i els coberts, que només faltaria, que li feien lloc a taula, que riurien, que no podia ser que sopés tot sol, amb ells s'ho passaria molt bé, tenien ganes de riure perquè després d'un dia com aquell era el millor que es podia fer.

Es deia Diana, i l'Ernest hi va veure una intermediària perfecta entre la seva soledat madura i l'efervescència dels cossos d'aquella taula on, sense la presència d'ella, hauria resultat un intrús. Ara s'hi podia sentir còmode i deixar-se estabornir una mica per les ximpleries, les rialles, les cerveses alçades i les bromes, i mirar de tornar a la vida després de tants dies de mort i desolació.

La Diana li va fer lloc al seu costat i va demanar als seus companys que es miressin una llista de feines que havia preparat. Devia ser la cap del grup. Mentre els seus companys es dedicaven a assignar a cadascú la seva feina per l'endemà, la Diana el va ajudar a canviar de taula els plats i els coberts, la garrafeta de vi i la panera. De veritat que havia vingut a Samos tot sol? L'Ernest va decidir que no explicaria res. No tenia cap sentit vessar el seu drama damunt d'aquella taula, perquè buscava una pausa, un parèntesi en el seu sofriment d'un pare que havia perdut un fill. De manera que va dir que sí, que tot sol, i es va inventar el personatge d'un turista solitari, un home separat que només buscava temps per pensar, potser disposat a canviar de vida. Un home que es dedicava a fer campanyes publicitàries i començava a estar-ne tip, massa anys dedicats a les pizzes congelades, al menjar per a gossos, a les vacances en els grans complexos hotelers de València i Santo Domingo i als productes per fregar terres i netejar vàters.

Van seure. Va parlar de les pel·lícules que feia i la Diana li va preguntar si feia cinema. No, no: només espots de televisió. Publicitat. Li agradava el cinema, però havia dedicat tots els seus esforços a fer pel·lícules de vint segons per vendre cotxes i perfums. Els publicitaris, dels espots en deien pel·lícules. Havia estat una feina divertida, però últimament pensava que hi havia alguna cosa que no funcionava, alguna peça de la maquinària que fallava, perquè ja no n'estava content. Però no, no volia parlar de la seva vida i de les seves misèries. Oh, no! Que li expliquessin què feien, com els anava, a quanta gent salvaven cada dia, quina era la situació als camps de refugiats. A ells sí que se'ls veia contents; potser ajudar els altres era una manera d'omplir la vida de sentit.

–Quizás sí, pero nunca había llorado tanto como desde que estoy aquí –va dir la Diana.

Hi havia dies molt difícils, molt durs, va dir una noia. Dues setmanes enrere, va comentar un noi, havien tret de l'aigua una mare abraçada a una criatura, tots dos ofegats. No es podia imaginar el que se sentia quan veies desgràcies com aquestes, la pena, la ràbia de no poder fer res.

L'Ernest no s'havia d'esforçar gaire per fer-li veure que ho entenia perfectament.

Se't regira l'estómac, va seguir una altra noia. No pots dormir. Hi havia dies de molta feina, vuit o deu embarcacions que arribaven totes alhora, i més de la meitat anaven a parar als esculls i era una desgràcia.

L'Ernest només feia que sí amb el cap. Per sort, no hi havia pauses, no esperaven d'ell cap comentari. Els comentaris d'un encadenaven amb els d'un altre: tenien gent a la costa, mirant amb binocles, des que es feia de dia; era increïble que la policia grega no fes acte de presència, passaven de tot, ningú no s'ocupava d'aquella pobra gent; pitjor encara, perquè corrien rumors que la policia informava els feixistes. Sí: aquells desgraciats que sortien de bon matí cap a les costes turques per rebentar les llanxes dels emigrants que sortien de matinada. Això passava? I tant que passava, però per sort eren pocs, quatre desgraciats. En general els grecs s'estaven portant molt bé amb els refugiats i amb les ONG, a l'hotel els feien un bon preu, tothom col·laborava, i els pagesos feien preus especials per a la gent del camp de refugiats del port. Bona gent, els grecs.

Sí: tothom ajudava, li va dir la Diana. Hi havia alguna cosa meravellosa en aquells ulls grisos que guspirejaven. Potser la mirada franca, sense reserves. Així que havia vingut a Grècia per canviar de vida? L'Ernest va dir que potser sí, però de seguida se'n va penedir. Aquella dona aconseguia que se sentís com si ell, un home enfonsat, desorientat i sense cap horitzó de felicitat, fos algú a qui realment valgués la pena de conèixer. Ell, en canvi, responia des del temor, i de cap manera hauria pogut confessar-li el que li passava pel cap en aquells moments: una lamentable, confusa i incomprensible barreja de desesperació i de desig. No li havia mirat només els ulls grisos. Ara eren massa a prop l'un de l'altre, però quan s'havien bellugat entre les dues taules li havia mirat el coll, els malucs, els pits, i era molt atractiva, sorprenentment atractiva encara que dugués una samarreta taronja impresa amb unes lletres negres horribles i unes malles negres sense cap gràcia. Però què li passava? Es pensava que ja havia lligat només perquè la Diana era una d'aquestes persones que saben mirar amb intensitat? Estava malalt. I si la noia ho feia només per explorar l'ànima dels altres?

–Aquest matí t'he vist a la platja –va dir de sobte la Diana.

L'havia reconegut? Com podia ser, si s'havia quedat en un racó de la platja, mirant-s'ho tot des de lluny? En algun moment se li havien apropat alguns d'aquells nois de samarretes taronges per recollir del mar dues o tres armilles i afegir-les al munt que havien fet sobre la sorra. Potser la Diana també s'hi havia apropat. I l'havia vist quan s'estava de genolls, com si estigués a missa?

Era l'hora de les postres i la noia que seia al costat de l'Ernest s'havia aixecat i seguia amb interès un joc de mans amb monedes que feien a l'altre extrem de la taula. Hi va haver un oh general, i un dels nois danesos va començar un altre joc, aquesta vegada amb un got i un tovalló. La Diana i ell s'havien quedat sols a l'altre extrem de la taula.

–T'he reconegut així que t'he vist –va seguir la Diana–. Per aquesta samarreta de ratlles, una mica Picasso. I perquè m'has semblat un tipus estrany, i no t'enfadis: estaves de genolls sobre la sorra, com al·lucinat.

–Estava al·lucinat. És complicat...

–Què és complicat?

–Tot.

–Què vols dir? –l'interrogaven els ulls grisos. Al fons de les ninetes hi havia molta vida, i els llavis semblaven voler tastar la resposta, com si hagués de ser molt important. L'Ernest no la volia decebre.

–Els nens...

–Sí, hi havia molts nens.

–...la llanxa, aquesta gent, vosaltres ajudant-los a baixar de la barca, a arribar a terra, i com us ho agraïen, i la gent plorant. De cop... –va fer una pausa i va fer el primer glop de vi de la nit.

–De cop què.

–No sé... –va dir.

–No saps què?

L'Ernest va deixar que, per un moment, la Diana li veiés els ulls. Fins que va veure que els ulls grisos ja ho havien entès. Aleshores va abaixar la mirada. Ella el va seguir mirant i li va posar una mà al genoll.

–...com t'ho puc explicar –va continuar l'Ernest–. Suposo que m'ha remogut alguna cosa. Dos homes que s'abraçaven plorant, els nens, les armilles escampades pertot arreu. No ho sé. Alguna cosa.

–Ens hi hem hagut d'acostumar –va dir ella.

–Els nens. M'ha emocionat. Però ja està, ja està –va dir l'Ernest.

El noi danès acabava de fer desaparèixer el got i hi havia aplaudiments. Un dels sevillans va començar a explicar un acudit i, ja d'entrada, reien amb la traducció que un dels portuguesos feia per als danesos. L'Ernest els va veure entusiasmats. Tothom coincidia que era un acudit intraduïble. Va respirar. Va deixar anar l'aire amb una lleu tremolor. Va veure que la Diana intentava llegir-li alguna cosa als ulls.

–Està bé, que t'emocionis –va dir–. No passa res. Ja t'he dit que jo també he plorat molt. Però no amb un dia com el d'avui. Avui ha estat una alegria. Cap ofegat, cap hipotèrmia, només una mica de nervis, una dona que es pensava que li preníem el nen quan l'hem ajudada a baixar de la llanxa, i res més. Tot bé. Avui, dic. Perquè hi ha dies que sí que són per plorar.

Ella encara no li havia tret la mà de sobre el genoll.

Després de sopar la Diana i l'Ernest van fer un volt pel port, cap a l'escullera. De lluny encara se sentien els crits d'alegria dels companys de la Diana, que seguien al restaurant.

La Diana era una d'aquestes persones que et segueixen amb la mirada mentre camines i parles. De vegades, en els moments de silenci, l'Ernest mirava cap endavant, o cap al mar, cap a les ones negres plenes de reflexos, endevinava la mirada inquieta dels ulls grisos a la seva dreta i se sentia massa observat. Van parlar de Grècia, de la crisi econòmica i el deute, d'Alexis Tsipras, d'Espanya i de Rajoy, de Jordi Pujol i dels seus fills, de Podemos, del PSOE d'Andalusia, de la independència de Catalunya, de la guerra de Síria, de l'ISIS, d'Angela Merkel, i també de les tardes de Sevilla, els capvespres al Puente de Triana i al Parque de María Luisa, el *pescadito frito*, el camp de refugiats del port i la qualitat de l'oli d'oliva de Grècia, i era evident que, quan no estaven gens d'acord, es divertien exagerant les posicions de cadascú per tal que les diferències resultessin còmiques i els apropessin en lloc de separar-los.

De manera que quan van ser davant dels apartaments on s'estava la Diana, i ella li va preguntar *y ahora qué quieres hacer,* tots dos es van posar a riure i ella li va agafar la mà i el va conduir per un laberint de patis interiors amb una vegetació exuberant de baladres immensos, llimoners i figueres amb els troncs pintats de blanc, i el va convidar a passar a una habitació pintada de blau i tan plena de coixins blancs que semblava el cel.

Per què li agradava tant mirar-lo als ulls? Li mirava els ulls mentre li descordava la camisa. Li mirava els ulls mentre ell buscava la manera d'alliberar la tanca dels sostenidors. Li mirava els ulls, seriosa, mentre ell li posava les dues mans per dins dels pantalons i li agafava les natges. Què buscava? Què li volia descobrir? La Diana va dir que li agradava endevinar en què estava pensant. I en què estava pensant? Ella li descordava els pantalons, li agafava el sexe, es mossegava els llavis i el seguia mirant als ulls des dels seus ulls grisos amb gotetes d'argent viu al fons: Estàs pensant que t'agrada molt fer l'amor, que t'agraden els meus pits i que tens moltes ganes de fer l'amor amb mi.

Potser era suggestió, però l'Ernest estava convençut que la barreja de desig i de dolor li estava provocant l'erecció més duradora que recordava haver tingut des de feia molt temps. No s'havia d'esforçar gens a ajornar l'orgasme i mantenir un plaer amable i sense tensions, encara que la tingués al damunt, saltant suaument i jugant amb la pressió de la vulva al voltant del membre. I gràcies al mateix estrany equilibri entre el plaer i el dolor (estava gairebé segur que era això), també podia ajornar les ganes de plorar que l'envaïen mentre li pessigava suaument els mugrons, una pena immensa que li permetia estar ben segur que no s'escorreria sense remei encara que ella li demanés que ho fessin drets, *ven, sí, me encanta*, amb el cos bru sobre la paret blava, *bésame*, amb les cuixes estrenyent-lo ben fort i els peus tebis als clotets dels ronyons, *qué guarro, qué bueno*, i encara que seguissin amb ella de quatre grapes i ell al darrere, dret sobre els rajols frescos. No s'escorreria mentre no volgués, encara que li mengés el cony fins a fer-la gemegar de plaer, *más despacio, me encanta*, encara que es capgiressin fins que ella tingués un primer orgasme, encara que ella se li tornés a posar a sobre i insistís, *córrete ya, córrete ya*.

Ho sabia: sabia que després es quedaria mirant el sostre i se sentiria culpable d'haver trencat el dol, d'haver barrejat sexe i dolor, d'haver estat capaç de fer l'amor i recordar alhora les ones, les armilles, els ofegats, la llum que declinava, i finalment la nit sense en Marc, i ara se li trencava l'ànima de pensar que havia estat capaç de fer l'amor sense deixar del tot de pensar en ell, perquè en Marc no l'abandonava mai, no l'abandonaria mai més, sempre allí dient bon dia papa i remenant el Colacao, o movent les fitxes dels escacs amb una seguretat impròpia d'un nen de set anys, o explicant algun dels seus acudits, molt més innocents que el que havia sentit feia unes hores, un senyor se'n va al metge i el metge li diu que la cosa és greu, i el malalt pregunta quant em queda, i el metge li diu que cinc. Cinc què? Cinc, quatre, tres, dos, un.

Un acudit sobre la mort.

Ell mirant el sostre i la Diana feta una boleta al seu costat, com si tingués fred.

I aleshores va veure que aquell cos menut sotragueja-va, que les costelles li tremolaven, i que feia un gemec apagat. Era un riure contingut?

O estava plorant?

A poc a poc, suaument, li va buscar els ulls amb el capciró dels dits.

Plorava.

–Estàs plorant? Què et passa?

–Res.

L'Ernest no va insistir. Podien ser mil coses. Hi havia gent que plorava de felicitat. Però seria ridícul que fos això. Fos el que fos, l'Ernest no estava en les millors condicions per fer-se'n càrrec. Potser es tractava d'una obscura història personal. Potser havia fingit els orgasmes, potser se sentia profundament infeliç o potser estava una mica boja. O potser era una qüestió de sensibilitat, i també era capaç de plorar quan florien les xicrandes o quan un préssec tenia gust de préssec, vés a saber. Li va fer un petó tendre a la comissura dels llavis. Sabia que quan et contesten que no passa res, t'has d'esperar. O calia insistir? Si no deia res, seria com si no el preocupés aquell plor silenciós? Era conscient que no es bellugava gens bé entre aquesta mena de dubtes.

La Diana no va trigar gaire a girar-se, a inflar les galtes per deixar anar l'aire i a quedar-se mirant, com ell, la volta del sostre, on hi havia tres estrelletes daurades pintades.

–¡Una mierda!

–¿Qué es una mierda?

–Estoy colgada. Muy colgada.

–...

–Oh, qué putada... Lo siento –es va tapar la cara amb les mans i es va incorporar bruscament, com si hagués d'anar a alguna banda. Ara parlava sense mirar-se'l. Mirant més aviat enlaire, cap enlloc, com si parlés amb Déu.– Ei, ho sento. M'ho he passat molt bé, però estic feta una merda, tio, estic fatal. Perdona... No sé per què t'ho explico.

–Si no vols, no...

–No té res a veure amb tu –va dir–. Estic penjada d'un imbècil. Mai m'hauria pensat que a mi em podia passar una cosa així. Merda.

–Una cosa com què?

–Que em deixin plantada i em faci tant de mal. Mal és poc. És com si em clavessin un ganivet a la panxa i es divertissin remenant-me els budells –va dibuixar tres, quatre cercles amb el puny tancat sobre la panxa–. Faig l'amor amb tu i no puc deixar de pensar en... Ostres, perdona... no sé per què t'ho explico. Suposo que és de molt mal gust. Hem estat bé.

–Sí, hem estat bé. Tranquil·la.

–Doncs no he parat de... Ho sento: d'imaginar-me com follen ells. El meu paio i la meva millor amiga.

–Amb la teva millor amiga...

–Sí. Que típic, no? Doncs resulta que aquestes coses passen, i m'ha passat a mi, la molt filla de puta. I la putada és que només l'odio a ella. A ell no l'odio, idiota de mi. –Es va quedar mirant el sostre amb la boca oberta, i de sobte va deixar anar un crit de ràbia i va començar a picar amb el puny sobre el matalàs mentre parlava seguint el ritme dels cops:– Per què, per què, ¿por qué coño no me dejan tranquila? Per què m'han de seguir fins aquí? Per què s'han de ficar en aquesta habitació i se m'han d'aparèixer quan follo amb tu?

–Diana...

–...i ficar-se al llit amb nosaltres!

–Di...

–Pitjor encara: posar-se entre nosaltres, perquè els he tingut tota l'estona aquí, aquí al costat, cardant alegrement... Aquí enganxats al meu costat...

–Diana, sisplau...

L'Ernest no podia ni abraçar-la ni compadir-la. Va sentir que l'envaïa una onada d'estranyesa, com si s'hagués pres una droga que el fes dubtar de la realitat. La Diana, els llençols, les parets i la finestra eren fets de la mateixa matèria que els somnis. Semblava impossible que aquella dona que sanglotava al seu costat fos la mateixa que, pocs minuts abans, estava fent l'amor amb entusiasme. Però també semblava mentida que ell mateix, només cinc dies després que el seu fill desaparegués entre les ones, estigués allí, nu en aquella habitació amb aspecte de cel·la de monja, que ara feia olor de sexe i de suor, en companyia d'una dona també nua que havia conegut feia només tres hores, i que ara plorava sense consol perquè l'havien deixada.

–Hòstia puta –va xiuxiuejar l'Ernest. Ho va repetir, encara més fluix, inaudible. Es va aixecar i va anar cap a la finestra. Va obrir una mica la cortina. Va veure els baladres blancs. Immòbils. Com ell. Una nit quieta. Va passar un gat blanc amb els ulls vermells. Es va girar. La Diana s'havia tornat a incorporar. S'agafava les cames amb els braços i recolzava el cap sobre els genolls. L'Ernest va pensar què diria. Com ho diria. Va pensar en una frase curta i definitiva. Alguna cosa així com fa una setmana navegava amb el meu fill i va caure a l'aigua. I no l'hem trobat.

Però no va dir res.

–Ho sento, Diana, però no sé què dir-te. I tampoc puc explicar-te per què collons no sé què dir-te –se li va trencar la veu.

–¡Pues qué bien! ¿No sabes qué decirme? ¡Oh! ¡Estoy loca! ¿Qué coño hago yo en la cama con un tío al que le explico algo mío, algo de verdad, algo que me duele, y no sabe qué decirme?

L'Ernest no va respondre. Es va vestir, va dir un adéu gairebé inaudible i va sortir de l'habitació.

22

Una selfie amb els nens sirians

El drama dels nens emigrants que viatgen sols.

Illa de Samos. Grècia. Crònica de Maria Figueiredo.

En aquesta illa sempre fa vent, i el mar pot ser traïdor, però avui no hem tingut notícia de cap desgràcia, tot i que hem estat testimonis de l'arribada de fins a vint embarcacions. Vuit d'aquestes llanxes precàries que fan servir les màfies del transport clandestí han arribat a una de les platges que sovintegen els turistes anglesos i alemanys. Ajaguts a les hamaques, vermells com llagostins, alguns sota una ombrel·la de palla mentre xuclaven un te fred, contemplaven l'espectacle de l'arribada dels fugitius de la guerra. Davant seu, a l'escenari d'aquest drama, ja a la sorra o encara al trencant de les ones, els sirians celebraven l'arribada, aixecaven les criatures enlaire, s'abraçaven plorant o queien de genolls vençuts per l'emoció i el cansament.

Alguns turistes, potser els més avesats a l'arribada dels emigrants, s'hi apropaven i es feien selfies amb ells: nois i noies joves, amb les seves dents perfectes i els seus cossos de gimnàs, somreien a càmera amb un rerefons de dones cobertes amb el vel, de gent carregada amb farcells i maletes, de nois que s'alliberaven de l'armilla i d'homes que duien abrics sota el sol del migdia.

Ens ha cridat especialment l'atenció una noia rossa, amb un biquini blanc, que es feia una selfie amb cinc nens al costat que se la miraven amb una barreja de timidesa i fascinació.

Avui les embarcacions arribaven més plenes de criatures que altres vegades. I moltes d'aquestes criatures viatgen soles. Ja al camp de refugiats de Samos, i després de les identificacions, se'ns ha informat que 22 dels 341 menors arribats avui a l'illa viatgen sols i no tenen cap adult proper que se'n faci responsable. Al mateix campament hem conegut Aikaterini Vardalos, la responsable a Samos d'una ONG dedicada a la protecció dels emigrants menors que viatgen sols. Aikaterini ens ha explicat que, des de Metadrasi (que podríem traduir per Després de l'acció), procuren fer de tutors d'aquests nens, sempre sota el control de la Fiscalia, i facilitar-los el reagrupament familiar. Cal evitar, ha insistit l'activista grega, que aquests menors segueixin el viatge pel seu compte. Perquè és fàcil que les noies, però també els nois, caiguin en mans de màfies, i que, a canvi de facilitar-los diners i transport, els facin entrar en el món de la prostitució, de la delinqüència o de la venda de drogues. Els diuen: «Vine amb mi, i no et preocupis pels diners. Et pago el menjar i el viatge. Tu tranquil, que ja m'ho tornaràs quan puguis. I d'aquesta manera cauen al pou i ja no en poden sortir».

El fet és que moltes d'aquestes criatures tutelades, a

causa de la lentitud dels tràmits per al reagrupament familiar, o perquè no tenen cap parent directe a Europa que els pugui reclamar, perden la paciència i s'acaben escapant dels seus tutors temporals per continuar sols el viatge. Ens diu que, possiblement, passen de 10.000 els menors que, si bé van ser registrats a l'entrar a Europa, han desaparegut de tot control i no se sap on són. La majoria d'aquests menors potser acaben fent papers, i a mitjà termini s'acaben integrant als països d'acollida, però és evident que són molts els qui sobreviuen en condicions de marginació, integrant grups de delinqüència juvenil o prostituint-se.

L'Aikaterini ens ha esgarrifat amb el seu relat. «Se sospita», ha dit, «que moltes d'aquestes criatures, especialment els menors de dotze anys, són adoptades de forma il·legal. Però hi ha un temor més terrible encara: el comerç d'òrgans».

Com que les polítiques d'acollida donen una certa prioritat als menors, de tal manera que és més fàcil passar les fronteres per a una família amb nens que no pas per a un adult que viatgi sol, alguns emigrants fan passar com a fills seus els menors que viatgen sols. «Quan arriben al seu destí, però, aquesta mena de simbiosi deixa de tenir cap sentit, i els menors són abandonats a la seva sort».

L'Aikaterini també ens explica alguna història feliç. Fa dos mesos va acollir temporalment un nen sirià de nou anys que viatjava sol. «La setmana passada els seus pares i les seves dues germanes van arribar en llanxa i el van poder abraçar. El nen es va transformar, va revifar, va florir. No havia vist mai ningú tan feliç», ens diu.

Una hora després d'haver enviat la seva crònica, la Maria va rebre un missatge d'en João Mendes.

Bona feina!

Però ara us proposem un canvi d'escenari.
Pujareu cap a Idomeni, a la frontera
de Grècia amb Macedònia. Us envio per
email avió Samos-Atenes. Des d'allí podeu
pujar en tren fins a Tessalònica.
Reservem cotxe de lloguer a l'aeroport
i habitació a l'hotel Vergina, a Evzoni.
És on van tots els periodistes.
Confirmeu ok.

Ok.

La Maria va llegir-se dos cops el missatge a la recerca d'algun indici d'assetjament. «Reservem habitació» li va semblar una manera sospitosa d'expressar-se. Què volia dir? Que ell també hi seria? Era capaç de presentar-se a Grècia? No li va fer cap gràcia. La paraula «habitació» resultava inquietant. Però després ja no parlava en plural. No: segur que aquesta vegada el missatge d'en João Mendes era només professional.

23

No calia saber l'àrab per entendre que la Hani deia que no, que no pensava anar-se'n amb un camió sense el nen rosset, el seu amic Marc. El va abraçar ben fort perquè no els poguessin separar. El nen va sentir que s'ofegava i va mirar d'alliberar-se dels seus braços mentre ella repetia que no i que no.

L'Ahmad els va dir que de seguida tornaria a buscar-los. El camió que duria la Hani, la Ikran i en Mazen fins a l'altra banda de la frontera encara trigaria una mica a recollir-los. Tenien una estona per jugar.

L'idioma comú de la Hani i en Marc era un àrab reduït a poc més de mitja dotzena de substantius i verbs com ara *té, mira, anem, mà, tu, jo, menjar* i *beure,* però lluny de ser un obstacle, aquell vocabulari mínim els estimulava a divertir-se mirant de completar-lo amb gestos i ganyotes, com en una pel·lícula muda, i a llegir les mirades, el moviment de les celles i els gestos de les mans.

Comunicar-se d'aquella manera era un joc, i era emocionant encertar el que pensava l'altre. La comunicació prenia valor per ella mateixa, com si fos un poema de paraules precioses. S'imitaven els gestos i les carotes. Feien cares d'estranyesa quan no s'entenien i d'admiració i sorpresa quan comprenien el que volia dir l'altre. Es miraven l'un a l'altre tan seriosos com podien, a veure qui era el primer que no es podia aguantar el riure.

Però hi havia una cosa que resultava especialment nova i sorprenent per a en Marc, encara que no en fos del tot conscient: la Hani envaïa el seu espai, buscava una proximitat que, per al nen, resultava estranya. L'incomodava i li agradava a la vegada. La nena tenia les mans suaus, amb els dits molt flexibles i tendres, i feia una olor de cabells una mica embafadora que es barrejava amb la de la colònia amb què la Ikran ruixava els seus fills, i a ell mateix, per refrescar-los una mica, pressionant una ampolleta de plàstic de color rosa pàl·lid. No sabia què pensar, però cap altra nena li havia fet balancejar els braços mentre li tenia agafades les mans d'aquella manera, ni cap altra nena l'estrenyia amb aquella energia. La Hani devia tenir onze o dotze anys, i tenia uns pits incipients, com les puntes d'una llimona. Notar-los, quan la noia l'abraçava com si abracés una nina, doblegant l'esquena enrere fins a aixecar-lo del tot, li produïa una mena d'emoció que no hauria pogut explicar, perquè li hauria fet vergonya. Fos el que fos, era una cosa nova, d'una intimitat que el feia sentir-se especial.

S'havien anat allunyant de l'andana i havien anat fins als topalls rovellats de tres vies mortes. La nena li va fer un gest: que es quedés allí. En Marc va fer dues passes i la nena va repetir el gest. En efecte, l'havia entès: no s'havia de moure d'allí. La Hani va travessar les vies i es va començar a endinsar entre els matolls d'espígol i romaní. Es va girar, es va aturar, i va córrer una altra vegada fins on era en Marc. Li va agafar les espatlles i va fer que es girés, que mirés cap a l'estació, cap a les andanes plenes de gent. Li va advertir alguna cosa amb el puny tancat davant del nas i l'índex aixecat, va somriure, i va desaparèixer.

En Marc va trigar una bona estona a girar-se, però finalment ho va fer. La nena estava ajupida darrere d'uns matolls. El va veure i va cridar. Gesticulava, agitava les mans, feia com si l'empentés, des de lluny: que tornés a girar-se, que no mirés. El nen li va fer cas. Quan va tornar, en Marc li va veure algunes gotetes brillants a les vambes. Va somriure. La nena el va tornar a abraçar i el va tornar a aixecar.

En Marc no parava de gratar-se el cap, i la Hani s'hi havia fixat. Ara que el tenia al davant, li va remenar els cabells, li va agafar el cap amb les dues mans i li va dir que es quedés quiet d'una vegada. I de seguida: que segués allí mateix.

Van seure a l'ombra escassa d'una petita caseta que hi havia darrere dels topalls de les vies, i la Hani no parava de repetir una paraula mentre li remenava els cabells. En Marc de seguida la va entendre.

Fent pinça amb els seus dits suaus, la nena va arrossegar alguna cosa pels cabells, fins a les puntes. Ja estava: que mirés. Allí, a tocar de l'ungla bruta, hi havia un poll que encara bellugava les potetes. En Marc va tancar els ulls mentre la Hani seguia buscant i cantava una cançó. Allò també era nou, i agradable, una cosa tan tendra com els contes que li explicava la mare abans de dormir.

La nena li va mostrar els primers polls. Després ja no. Els aixafava amb les ungles i els anava deixant damunt d'un bocí de rajola blanca, preparats per a l'enterrament. Els endreçava en grups de cinc per poder-los comptar amb facilitat.

Quan l'Ahmad va venir a buscar-los, n'hi havia prop de cinquanta. L'Ahmad va fer una puntada de peu al bocí de rajola. Estava empipat. En Marc no sabia si a causa dels polls o d'alguna altra cosa. Va seguir-los. L'Ahmad arrossegava la nena, que deia que no i que no.

Van anar cap a l'andana. La Ikran retenia en Mazen i la Hani mentre l'Ahmad i en Marc tornaven a pujar al tren. En Marc va veure com un home gras, amb un bigoti gris i la closca brillant de suor, feia gestos a la Ikran i als nens perquè el seguissin.

–És l'home del camió que els portarà a l'altra banda de la frontera –li va explicar l'Ahmad–. Ens tornarem a trobar al primer poble.

En Marc va veure que en Mazen ja no mirava cap al tren. Com si se n'hagués anat. S'agafava a les faldilles de la seva mare. Potser demanava que l'agafessin a coll. La Hani, en canvi, se'l mirava amb tanta pena que el feia sentir-se culpable, com si fos ell qui hagués decidit que se n'anava amb tren. En Marc només havia tingut aquella mena d'emoció en una ocasió, quan s'havien separat els seus pares. Un vespre li van dir que els pares s'estimaven molt però que no podien viure junts perquè es barallaven una mica, i que a partir d'aleshores viurien separats però l'estimarien igual. Dos dies després la mare se l'havia endut a Mallorca, i en Marc havia tingut la impressió que ja no veuria més el seu pare. No era igual, però era la mateixa mena de tristesa, un buit al cor, com si la sang es refredés una mica i tot fes pena: com si fes pena berenar, fer els deures o dutxar-se. Com si fes pena anar a l'escola i veure els amics. Tenia ganes de plorar mentre xutava una pilota al parc i tenia ganes de plorar mentre feia sumes i restes.

Però ara, més que tristesa, sentia ràbia. Potser perquè pensava que aquesta separació la podia evitar. Per això, així que es van tancar les portes del tren i van separar-los els regalims de brutícia del vidre, en Marc es va posar a cridar Hani, Hani com un boig, i quan l'Ahmad li va estrènyer el braç amb força i li va dir que deixés de cridar, en Marc va clavar-li una puntada de peu, i una altra, i una altra, i va seguir cridant Hani, Hani, fins molt després que el tren hagués deixat enrere l'andana.

Mentre en Marc mirava com passaven els pals per la finestra, i com pujaven i baixaven els cables, i com corrien els arbres i els pobles, l'Ahmad mirava de tranquil·litzar-lo, però ara en Marc ja no es creia que la Hani i ell tornessin a retrobar-se. Ja no es creia que allí on anaven els esperés el seu pare. Ja no es creia res. La separació de la Hani l'havia despertat, l'havia fet tornar a la realitat. Amb prou feines escoltava el que li deia l'Ahmad. Havia retornat a la consciència terrible que havia caigut al mar, que no sabia on era ni on anava, i que els seus pares el devien estar buscant desesperadament.

En tres ocasions en Marc va veure com la relativa tranquil·litat del vagó on eren, ple de gent cansada que procurava dormir, es trencava a causa de l'arribada d'algú que venia d'un altre vagó amb alguna notícia. Devia ser una notícia important, perquè de seguida s'escampava per tot el vagó. La tercera vegada que va entrar algú a dir alguna cosa, ho va fer a crits, perquè el sentís tothom, i hi va haver un silenci estrany, interromput només pel sotragueig del tren. I després van començar els comentaris, algun crit de queixa, les cares d'enuig, els plors i les cares de ràbia.

–Què passa? Què diuen? –li va preguntar a l'Ahmad.

–Que potser la frontera està tancada. Aquests dies l'han tancat, l'han obert, i ara diuen que torna a estar tancada.

–Quina frontera?

–La de Grècia amb Macedònia.

–I si està tancada, què?

–Doncs que no es pot passar.

En Marc ja ho havia decidit. No li faria cas. Només baixar del tren, correria i correria fins que trobés algú amb uniforme, un agent de la policia que l'escoltés. Li diria que era espanyol, que havia caigut al mar, que buscava el seu pare.

Però no s'esperava que el tren s'aturés enmig dels camps, ni que hi hagués aquell desconcert entre la gent, tothom baixant del tren sense saber on era, tothom llegint notícies o missatges al mòbil, tothom preguntant als altres per què s'havien aturat allí. No hi havia ni estació, ni cap poble a la vista, només la via que seguia cap al nord, i l'única informació venia del maquinista i el seu ajudant, que els deien que tenien ordres d'aturar el tren allí, que no els deixaven seguir més amunt i que el poble d'Idomeni era només uns deu quilòmetres més lluny.

La multitud, més d'un miler de persones, es va posar en marxa per les vies. L'Ahmad arrossegava una maleta. En Marc carregava un farcell de roba més gran que ell. Allí no hi havia policia, no hi havia ningú a qui recórrer. Ja trobaria el moment adequat. Ara calia seguir endavant. Mirava d'adaptar el ritme de les seves passes amb les de la dona que anava davant seu: unes sandàlies, uns peus que a penes mostraven dos talons blancs sota el vestit negre que la cobria de dalt a baix. Devia tenir molta calor, aquella dona. Ell en tenia molta i només duia una samarreta i uns pantalons curts.

Tres hores després arribaven a l'estació d'Idomeni, però en Marc amb prou feines podia entendre on era i, en certa manera, se'n desentenia. Era un lloc estrany. Hi havia una estació de tren, però no es veia cap poble. I estava ple de tendes de campanya plantades a les andanes i damunt mateix de les vies.

Més enllà, lluny, sobre els camps, hi havia una tanca metàl·lica que brillava, però en Marc no sabia si eren dins o fora d'aquella tanca, i tampoc no gosava preguntar-ho. I menys a l'Ahmad.

–Allò és la frontera –va dir l'Ahmad–. Ho veus? Fa pocs dies que han construït aquesta tanca.

En Marc tampoc sabia per què hi havia tanta gent a les andanes, gairebé tot homes amb cares d'enfadat que cridaven coses que no entenia, agitaven banderes que no sabia d'on eren i alçaven cartons amb lletres pintades on es podia llegir OPEN THE BORDER. No sabia què esperava, tanta gent, en aquella estació sense trens, amb deu o dotze vies sobre les quals hi havia centenars, milers de tendes de campanya plantades. La gent dormia sobre les vies? Una tenda de campanya podia aturar un tren? No els passarien per sobre?

Entre el final de les andanes i la tanca metàl·lica de la frontera, uns tres-cents metres més enllà, hi havia un cordó de policia, un centenar d'agents amb els seus uniformes negres i els seus cascs negres i les seves viseres fumades i uns escuts negres on deia POLICIA. Però no semblava el millor moment per córrer cap a ells i dir-los *I'm Spanish.*

–No et separis de mi –li va dir l'Ahmad.

El miler llarg de persones que havien arribat amb ells, primer amb tren i després a peu per les vies, carregats de maletes i criatures, s'havia anat aturant al final de les andanes. Uns nois amb armilles grogues els donaven instruccions, els dirigien cap a diferents punts del campament. L'Ahmad i en Marc es van afegir a una corrua de centenars de persones. Van avançar entre els camps fins a una estesa enorme de tendes de campanya que a en Marc li va semblar que arribava fins a l'horitzó. Milers de tendes de colors i milers de columnes de fum que es decantaven cap a les muntanyes, perquè era l'hora de dinar i la gent cuinava. Tendes petites, com la que el seu pare li muntava, a l'estiu, al costat de la piscina, i tendes familiars, algunes de molt grans. Tendes que formaven carrers i carrerons, amb reguerots a la part central per escórrer la pluja. Tendes organitzades al voltant d'un espai erm que devia fer de placeta i on jugaven les criatures més petites, sobre cartons estesos. Una ciutat de tendes que feia olor de llenya i de carbó. I més enllà, pavellons blancs, també de lona, com els que ja coneixia, semblants als del camp de Samos. Sí: potser allí hi hauria voluntaris que parlessin castellà o que fossin capaços d'entendre *I'm Spanish*. O allí, en aquella altra carpa on deia Médecins Sans Frontières.

–Queda't aquí. Pots jugar a futbol amb aquells nens –li va dir l'Ahmad–. En aquella carpa ens donaran una tenda. Sobretot, no et moguis d'aquí perquè ens perdrem.

En Marc va mirar al seu voltant. On s'acabaven les tendes hi havia un prat amb una vintena de nois que jugaven a futbol. Va seguir l'Ahmad amb la mirada. S'havia afegit a la cua que feia la gent davant d'una de les grans tendes de lona blanca. En Marc no pensava quedar-se allí esperant. La cua de l'Ahmad avançava molt a poc a poc. La gent en sortia amb bosses de colors. Devien ser tendes de campanya. Per què l'Ahmad li havia dit que es quedés allí? Potser allí dins hi havia algú a qui pogués dir *I'm Spanish*. Però no importava, perquè segur que ara trobaria el moment de córrer pel campament i de buscar algú a qui pogués dir *I'm Spanish*. *¿Alguien entiende el español? Help me, please.*

Més enllà de les tendes hi havia colles de nens que jugaven a futbol. Jugaven descalços i les xancletes i els jerseis els servien per marcar les porteries, però les pilotes eren noves, i estaven ben inflades. Més enllà dos nens miraven d'aixecar un estel fet de canyes i paper. I més lluny encara, un altre nen en veia volar un a l'extrem d'un fil de cosir i a una altura increïble.

Va tornar enrere. L'Ahmad encara era a la cua. Més

enllà hi havia les vies del tren. Va seguir un camí ample que baixava, travessava les vies, i tornava a pujar per l'altra banda. A dalt, en un dels punts més elevats del campament, des d'on es veia el mar de tendes, un centenar llarg de persones s'esperaven sota el sol davant d'una mena d'armari de fusta amb tot de lleixes plenes de mòbils posats a carregar. Va veure dos nois amb armilles grogues, cabells rossos i cara pigallada. Parlaven, reien, endollaven els mòbils que els donaven. Se'ls va quedar mirant una bona estona. Al costat hi havia la perruqueria del campament, a l'aire lliure. Dues cadires i un mirallet penjat d'un arbre. Dos nois, amb maquinetes elèctriques, tallaven arran els cabells de les criatures. En Marc es va gratar els polls i es va decidir.

–I'm Spanish –va dir. Ho va haver de repetir, perquè no semblava que l'haguessin sentit.– I'm Spanish. Español. Hablo español.

–Sorry? –va fer un dels nois. Tenia una orelles que, amb el sol al darrere, semblaven transparents.

–Spanish –va dir ell.

Els nois van parlar entre ells, però no semblava que l'haguessin entès. Un d'ells acabava d'enllestir el cap d'una criatura, que ja se n'anava corrents. Li va indicar la cadira amb un somriure. En Marc se'l va mirar estranyat. El noi li va mirar els cabells i li va dir alguna cosa. Després li va ensenyar la maquineta. Era simpàtic, el noi: s'expressava molt bé amb gestos: cabells tallats, i prou de gratar-se. Ho entenia?

En Marc va seure a la cadira. Notava com els polls li corrien pel cap. Devien mirar d'amagar-se. Fugien del pas implacable de la maquineta. Els cabells queien a terra. Li va semblar que, de tants polls, es bellugaven sols. Però devia ser el vent.

Va saltar de la cadira una mica confós. Ja no tenia polls, però al mirall hi veia una cara estranya. Les orelles més grosses. El cap molt blanc. No es va agradar. Però si no es mirava al mirall, no es veuria. Va donar les gràcies als nois i se'n va anar corrents. Li feia una mica de vergonya que el veiessin amb el cap pelat.

Una mà li va estrènyer el braç amb força. Va notar una sotragada i va perdre l'equilibri. Es va sentir desmanegat, com un ninot de drap. Es va girar. Va alçar la mirada, espantat.

–Anem! –l'Ahmad li va donar un cop al clatell. Dos. Encara un altre. El nen no es va queixar. No ploraria. No cridaria. El cor li anava de pressa. Els dits de l'Ahmad se li clavaven al braç. Semblaven de fusta. Feien mal. Què li passava?

–On anem?

–A plantar la tenda –va dir l'Ahmad–. Una mica més i no et reconec. T'he dit que m'esperessis. No te m'escapis. M'has sentit? Digues: m'has sentit? Digue'm que no t'escaparàs.

La pressió sobre el braç havia afluixat. L'Ahmad s'havia aturat i se'l mirava com si el volgués cremar amb els ulls.

–No m'escaparé.

–Vols que se t'enduguin i et tanquin?

Els dits es tornaven a estrènyer al voltant del braç. Les urpes d'un monstre. Els ulls de la por.

–No.

–No tens papers, nen. Si t'agafen t'ho passaràs malament, creu-me. I ara, anem.

L'Ahmad duia una bossa amb una tenda de campanya i dos sacs de dormir. Va escollir una d'aquelles placetes amb tot de tendes al voltant. Va buscar dues pedres per clavar les piquetes. En Marc va haver d'ajudar-lo. Ara l'odiava. Picava amb tanta ràbia les piquetes, que es va picar un dit. Però no va voler plorar. No ploraria més. S'escaparia d'allí.

Un cop plantada la tenda, l'Ahmad se'l va endur a fer una cua perquè els donessin menjar. Al final de la cua hi havia una camioneta que feia de cuina. Es veien les cassoles que fumejaven. Dues noies japoneses omplien recipients de plàstic amb un cullerot. Una sopa groga on nedaven uns fideus blancs i gruixuts. A la cua, la gent callava. En Marc es distreia mirant el vol dels estels.

–Si tornes a fer el que has fet, se t'enduran, Marc.

El nen no va contestar.

–Aquí no estem tancats. Ens donen menjar. Hi ha un hospital i tot. Aquí estem bé. Si et tanquen en un camp de refugiats veuràs el que és bo: són com els camps de concentració de la guerra. Has vist pel·lícules de guerra? –deia l'Ahmad, neguitós–. Passa, corre, camina.

–Vull que em deixis el mòbil per trucar al meu pare.

–Des del meu mòbil no es pot trucar a un número d'Espanya.

–Doncs quan em portaràs amb el meu pare?

–Està bé –tots dos van interrompre la marxa–. Escolta: Després aniré a parlar amb la policia. Però hi aniré jo sol, m'entens? Perquè no se't quedin. Els diré que busquin el teu pare. Els diré com t'has perdut, què ha passat, i que el busquin. La policia ja deu saber que t'has perdut. Com es diu el teu pare?

–Ernest.

–I de cognom? Mira: després demanem un bolígraf i un paper i ho apuntem tot.

Van menjar en silenci, a l'ombra escassa d'un tamariu polsós. La seva mare feia un menjar semblant. Curri de pollastre. Aquest, a més, tenia fideus. Picava una mica. Era bo.

En Marc tenia ganes d'anar al lavabo. Els lavabos eren cabines de plàstic, altes i estretes, arrenglerades a tocar del talús que baixava cap a les vies. Allí n'hi havia més de cinquanta. A l'altre costat de la via n'hi havia més.

El primer que va obrir estava embussat. La tassa era plena i hi suraven grumolls d'excrements grocs i papers bruts. El segon estava més net, però el terra era ple d'orins i la pudor era densa i irrespirable. Va contenir la respiració i va tancar la porta.

Es va sentir molt alleujat, com si pogués pensar amb claredat per primera vegada des que havia caigut a l'aigua.

Quan va sortir a la claror, l'Ahmad encara era allí, esperant. Li va fer ràbia.

–Aquesta nit passada han tancat la frontera –va dir.

–I això què vol dir.

–Ara t'ho explicaré. Anem a veure-ho.

Van travessar les vies. En una banda hi havia una filera de policies, ara amb els cascs trets, que descansaven recolzats en els seus escuts de plàstic. A l'altra, centenars d'homes, però també alguna dona, i moltes criatures, fent onejar banderes i proclames escrites. Van perdre's pel laberint de carrerons, entre les tendes, fins a sortir a la gran esplanada on els nens jugaven a futbol. Més enllà, brillava la tanca de fulles tallants esmolades de la frontera, instal·lada entre puntals metàl·lics.

S'hi van apropar. Hi havia més gent que passejava al llarg de la tanca. De tant en tant hi havia alguna cosa que en penjava, una pell de plàtan, un tros de cartó amb alguna cosa escrita, una manta bruta, coses que la gent havia llançat contra el filat.

–La frontera –va dir l'Ahmad–. Ja no deixen passar.

Van caminar molta estona al costat de la tanca, que era doble, amb un camí de terra enmig. No s'acabava mai. De tant en tant hi havia una torre amb un sostre de plàstic blau ondulat que tenyia del mateix color el soldat que s'hi estava. Al costat d'una d'aquestes torres van veure una tanqueta militar pintada de camuflatge. Quatre soldats parlaven entre ells. Reien i fumaven. Va pensar que no semblaven dolents. El van saludar. Van somriure.

La tanca continuava. L'Ahmad va parlar amb dos nois que venien de més lluny.

–M'han dit que han caminat ben bé dues hores, i la tanca no s'acaba mai –va dir l'Ahmad.

Van refer el camí i van tornar a la tenda.

–M'has dit que em portaries a la policia perquè busquin el meu pare.

–Ara en parlarem. Ara t'explicaré què farem. Tu tranquil. Vine.

Van entrar a la tenda.

–Què farem?

–Sense tu, m'hauria hagut de quedar a Samos, saps?

–Per què?

–Perquè és així. Si vas amb nens tot és més fàcil, ja t'ho vaig dir. Però ara et deixaré que vagis a la policia.

–Jo sol?

–Tu sol.

–On és, la policia?

–Primer m'has de dir que faràs el que et digui.

En Marc va pensar que havia d'escoltar-lo, i que no servia de res fer cara d'enfadat. Però ja no se'l creia. Va apartar els ulls. Li va semblar que així no li podria endevinar el pensament.

–Què he de fer?

–La frontera està tancada, però encara deixen passar un tren al dia, i tothom ha d'anar amb papers. Amb documents. Amb el passaport i tot això. Ho entens?

–Sí.

–Demà al migdia diuen que sortirà un tren. Però només hi deixaran passar els qui viatgin amb nens, amb criatures. Amb nens com tu.

En Marc se'l va quedar mirant.

–Però jo no vull passar. Jo vull veure el meu pare. La meva mare i el meu pare. Jo no sóc el teu fill –va dir. I de seguida se'n va penedir. No volia que l'Ahmad s'enfadés.

–Espera't –va dir l'Ahmad. Va respirar. Va tancar els ulls. Quan els va obrir semblava que s'hagués oblidat del que havia de dir, perquè va trigar una estona a continuar:–Tu m'acompanyaràs només fins a l'estació. Fins que passem els controls. Si ens deixen passar, entrarem a l'estació. Aleshores jo pujaré al tren, i tu ja te'n podràs anar.

–Segur?

–Segur. M'has d'ajudar, Marc. M'ho he passat molt malament, Marc. Al meu país han tirat moltes bombes. Moltes bombes a les cases. Han matat molta gent que estimava, molts amics, familiars. Ho entens, Marc? Molta sang, Marc. He vist molta sang.

L'Ahmad feia por. Feia una cara trista i parlava en veu baixa, però feia por.

–Em faran pujar al tren. Quan em vegin a l'andana es pensaran que m'he despistat –va dir en Marc.

–No es pensaran res. Jo pujo i tu et quedes a l'andana. Allí hi haurà policia, i també hi haurà aquests nois que duen armilles de color groc o de color blau, que són voluntaris. Tu te'n vas cap a un d'aquells nois i els expliques que t'has perdut. Ho entens? Què et sembla? Què els diràs?

–Que m'he perdut. Que sóc espanyol i que m'he perdut.

–I'm lost –va dir l'Ahmad.

–I'm lost. I'm Spanish –va dir el nen–. From Barcelona.

24

A les vuit del matí d'un dia gris, l'Ernest ja era en un revolt de la carretera penjat sobre una platja, al costat d'un dels nois de Bomberos, l'equip de Sevilla que havia conegut el dia abans. El noi observava el mar amb uns binocles. Feia vent, i de tant en tant una ràfega més forta els feia arribar les espurnes d'un mar agitat, d'un gris verdós. Li va saber greu no portar els seus binocles, però els havia deixat al Súnion, a Icària.

Ja no el tornaria a veure mai més, el Súnion.

A dos quarts de nou el mòbil va fer sonar una campaneta. Era un missatge de la Sara. Havia aconseguit una entrevista personal amb l'ambaixador d'Espanya a Atenes. S'estimava més anar-hi sola. Hi aniria l'endemà.

Al cap d'una estona va arribar un segon missatge.

> No té cap sentit que ens estiguem aquí. No puc més. No puc ni passar per la teva habitació a dir-te adéu. Ahir al vespre em vaig acomiadar d'en Marc. Vaig llançar-li unes flors al mar. Fes-ho. Et sentiràs millor. Digue-li adéu.

L'Ernest es va haver de tancar al cotxe una bona estona. Va llegir el missatge moltes vegades. Li semblava que hi havia alguna cosa d'egoista en aquelles glopades de dolor. Com si plorés per ell, més que pel nen. Com si no hagués estat capaç de sentir pena pel nen i per la mare, i només plorés per la culpa, pel desastre que havia provocat, pel mal que feia als altres i per compadir-se a ell mateix, perquè la Sara no havia compartit amb ell la cerimònia, les flors, potser unes paraules, adéu Marc, sempre t'estimarem. Es cagava en la puta, era un miserable, un desgraciat. No compartia, no comprenia, amb prou feines devia ser capaç d'estimar, devia ser això el que li passava.

Quan el noi de Sevilla va començar a brandar la bandera vermella, l'Ernest ja s'havia asserenat una mica, però era una serenor fosca, una tristesa tèrbola com el mar.

Hi havia sis observadors, separats uns cinc-cents metres cadascun al llarg de la costa. Des de cada punt d'observació es podia veure, almenys, un altre dels punts. D'aquesta manera els voluntaris podien controlar gairebé tots els trams d'arribada de les embarcacions i avisar la resta de companys, que s'esperaven a la cala amb les llanxes a punt.

L'Ernest li va demanar els binocles. Semblava una llanxa gran, amb vuitanta o cent persones a bord, i era evident que tenien problemes, perquè anava a la deriva. Va enfocar bé. Ara ho veia: hi havia alguna cosa que s'agitava. Camises, tovalloles. Demanaven auxili.

Van baixar a la cala. Les dues llanxes ja es feien a la mar

per ajudar els nàufrags. L'Ernest va poder veure que la Diana no s'hi havia embarcat, i que tampoc era a la platja. Va preguntar per ella i el noi de la bandera li va dir que aquell matí s'havia quedat a l'hotel perquè no es trobava gens bé.

L'Ernest se sentia fora de lloc. Volia ser allí, ajudant en alguna cosa, encara no sabia com, però no podia deixar d'imaginar-se la Sara a l'escullera, amb un ram de flors senzilles a la mà. Potser les havia collides del marge de la carretera. Hi florien les malves reials, unes tiges altes amb una flor blanca o rosa. O potser havia collit flors més senzilles, petites, blaves.

Es va imaginar les flors sobre l'aigua, les tiges encreuades en un desordre abandonat. El comiat que només tenen els morts.

El noi de la bandera el devia veure incòmode, perquè li va donar conversa, li va dir que es deia Juanfra, li va presentar la resta de l'equip que s'havia quedat a la platja, i de seguida va procurar que se'n sentís part: hi havia molta feina i ningú sobrava. Quan arribessin els primers refugiats ja ho veuria.

–Els primers que ens arriben són els que estan pitjor –va afegir en Juanfra.

Quan la primera llanxa va treure el morro per darrere els esculls i va virar per entrar a la caleta, a la platja es va fer un silenci espès. L'Ernest el va percebre d'una manera primària, de la mateixa manera que els ocells, les bèsties i els animals domèstics perceben l'inici d'un eclipsi de sol i es queden a l'aguait. Tothom quiet. Cares severes. Des de la llanxa que s'apropava, un crit.

–Reanimació! Reanimació!

Es va penedir d'haver baixat. Quan la llanxa encara era a una trentena de metres, ja va endevinar que tres dels tripulants practicaven els moviments inequívocs de les compressions del tòrax d'algun ofegat, i així que va arribar a la platja va veure que es tractava de dos nens de nou o deu anys i d'una criatura que tot just en devia tenir dos. Unes mans agafaven la criatura, unes altres mans la recollien, la deixaven sobre una manta tèrmica, continuaven la reanimació. Però era com un ninot de goma: les mans enlaire, els punys tancats, les cames una mica separades, la mirada perduda, la pell blanca, els llavis morats, una ombra sota els ulls i cap senyal de vida.

El dolor li va tornar a caure al damunt com una llosa. Per què havia baixat a la platja? Per què s'havia hagut d'enfonsar en el dolor dels altres? No en tenia prou amb el seu? Com se li havia acudit baixar allí per veure aquella cara grisa amb uns ulls que no miraven enlloc? Va aguantar com va poder el moment de vertigen en què algú agafava la criatura per les cames i l'aguantava cap per avall, com un xaiet. Va veure com el tornaven a posar sobre la manta, de bocaterrosa, i miraven de canviar-li la posició de la llengua, que potser li obturava la respiració. Va veure la bava que li regalimava, potser una mica d'aigua que no sabia si venia dels pulmons o dels cabells, perquè no gosava apropar-s'hi més, paralitzat com estava per l'angoixa de viure, d'alguna manera, la mort del seu fill.

El reanimarien o ja estava mort sense remei? L'Ernest va volar des de la caleta de Samos fins a la sala de parts on havia nascut en Marc gairebé vuit anys abans. Hi tornava a ser: el metge i la llevadora xiuxiuejaven, es deien alguna cosa, i se'ls veia atabalats, o això li semblava a l'Ernest, que pocs minuts abans d'entrar a la sala havia rigut quan s'havia vist en un mirall amb el casquet, la bata, el tapaboques i les fundes per a les sabates, tot d'un verd piscina descolorit. No gosava preguntar res, però era evident que hi havia algun problema, de manera que va estrènyer la mà de la Sara i la va animar. El ginecòleg connectava un aparell, ara ho veia, una ventosa, segur que l'aplicaria al cap de la criatura. L'Ernest va serrar les dents, va pensar que aguantaria com fos i es va decidir a veure el naixement. De sobte la ventosa va fer un soroll estrany, un espetec. Havia esberlat el crani de la criatura? El ginecòleg va arraconar la ventosa. La llevadora ja li donava un altre estri de tortura. Hi havia un silenci espès, com a la cala. Només els gemecs, la respiració de la Sara.

Recordava que havien agafat en Marc pels peus. Cap per avall, sangonós, amb la pell d'un estrany color de xiclet.

Ara també agafaven pels peus aquella criatura.

Va deixar de mirar.

Sisplau, que visqués, que fos viu, que respirés!

A dalt, per la carretera, passaven els cotxes i no s'adonaven del que passava a baix. A aquelles hores hi havia turistes esmorzant alegrement a les terrasses de Samos. La vida continuava a Atenes, a Barcelona, a Sydney o a qualsevol ciutat del món, i a tot arreu hi havia gent ocupada, atrafegada, concentrada en la seva feina, preocupada per les seves coses, i gent que reia, i gent que plorava. El que passava en aquella caleta de sorra grisa era molt petit. Cada dia naixien i morien centenars de milers de persones.

Però cada dolor té el seu lloc, i en aquella platja n'hi havia molt.

Els voluntaris arrossegaven bombones d'oxigen. Un dels nens ja tenia la màscara posada.

L'Ernest mirava cap al mar. Encara hi era, en Marc? Va sentir la sensació que el mar el cridava, el xuclava, l'atreia com si fos el fons d'un barranc.

Les llanxes havien de tornar a sortir. En l'últim moment un dels tripulants es va haver de quedar en terra perquè se li havien obert els punts de sutura d'una ferida que s'havia fet al canell durant el rescat de quatre dies abans.

–Deixeu-m'hi anar –va dir l'Ernest.

–Saps reanimar?

–Sóc capità de iot. Sí que en sé –va dir.

L'empenyia el vertigen. I la ràbia. Les ganes de vèncer la mort.

Van trigar més de deu minuts a arribar al lloc del naufragi. Allò era molt pitjor que no esperava. La llanxa tot just es mantenia a flor d'aigua i, al voltant, hi havia una escampadissa de cadàvers que suraven, cadascun amb la seva armilla de fira i gairebé tots amb el cap dins de l'aigua, en una demostració evident que la peça protectora no els havia servit per res. Però el pitjor eren els crits, el neguit, la precipitació amb què s'abraonaven sobre les llanxes de rescat i miraven d'agafar-s'hi, i la desesperació amb què els pares demanaven informació sobre les tres criatures que ja havien portat fins a la platja. Els nois de Bomberos no dubtaven a impedir, si calia amb violència, que els nàufrags s'enfilessin a les llanxes. En anglès, però també en un àrab rudimentari o en el castellà espontani que els sortia de l'ànima, els deien que primer calia salvar les criatures, aquell home amb símptomes clars d'hipotèrmia, aquella dona que ja havia perdut el coneixement. A l'embarcació dels nàufrags hi havia gent disposada a posar ordre, a organitzar el rescat, a respectar un ordre, a lliurar en primer lloc les criatures més afectades per les hores passades a l'aigua. Però també n'hi havia que perdien els estreps i s'obrien pas a cops de puny per ser els primers a abandonar l'embarcació mig enfonsada, i els moviments bruscs a bord d'aquella mena de massa de goma mig desinflada agreujaven encara més la situació.

No era un lloc per quedar-se mirant. Calia prendre decisions ràpides. Un dels nois de Bomberos va assenyalar les sis persones que recollirien en aquell viatge. L'Ernest va agafar a pes de braços una dona, ja inconscient, i va rescatar un noi de l'aigua que tenia els llavis blaus i no parava de tremolar. Va arribar la segona llanxa, i l'operació va ser igual de ràpida. No més d'un minut d'abordatge, i ja tornaven totes dues cap a la costa.

Van fer encara quatre viatges més entre la platja i el naufragi fins que els va venir a socórrer una barca de pesca que va aconseguir rescatar prou viatgers perquè l'embarcació, mig desinflada i alleugerida ja de més de la meitat dels passatgers, pogués ser remolcada fins a la platja. L'Ernest es va ocupar de lligar els caps per al remolc. En saltar a la llanxa naufragada va notar que l'aigua embarcada era calenta de tanta gent com s'hi havia remullat, i que en pujava la pudor dels orins i de les femtes de la por.

Durant l'últim viatge d'aquell matí, més d'una hora després de començar el rescat, va sentir una alegria enorme en veure que el noi d'onze o dotze anys de qui s'ocupava, i a qui en un primer moment havia buscat sense èxit el pols de la caròtida, reaccionava al boca a boca, estossegava i mig obria una parpella tremolosa. El va seguir assistint, emocionat, fins que, ja a la platja, se'l van endur de seguida cap a l'equip de reanimació.

No va voler veure l'evolució que seguien els reanimats, però quan va saber que hi havia hagut cinc morts no es va poder estar de preguntar si algun d'ells era el noi de cabells rinxolats que havia reanimat durant el darrer viatge. Sabia que de vegades passava: després de la reanimació, els podia fallar el cor.

–El teu xaval està perfectament. Tranquil –li va dir un dels bombers.

I va pensar que sí, que el seu xaval estava bé, i que era una alegria.

Cap a les cinc de la tarda la Diana i tres companys més es van afegir al grup de salvament. L'Ernest la va saludar amb un somriure. Ella també va respondre amb un gest amable, però no es van dir res.

Així que van arribar, en Juanfra va anunciar que dos companys més, repartits en altres punts de la costa, li acabaven de comunicar que hi havia més de vint llanxes pneumàtiques a la vista. Gairebé totes alhora, aprofitant el bon temps després d'una setmana de vent. Des de les roques, els indicaven els millors trams per desembarcar.

Mitja hora més tard, van començar a arribar a la platja. N'hi havia que, així que arribaven a la cala, es posaven a cridar com bojos.

–Diuen «llibertat, llibertat!» –li va aclarir en Juanfra.

Els més joves es llançaven a l'aigua per arribar nedant fins a la sorra. N'hi havia molts que es deixaven caure de genolls i es posaven a plorar. Les dones i les criatures esperaven que l'embarcació arribés ben a la vora. Els voluntaris els ajudaven a desembarcar. N'hi havia que resaven amb el front a la sorra. D'altres abraçaven els seus companys o conversaven emocionats amb els nois de Bombers. N'hi havia molts que treien els seus mòbils, protegits per unes fundes de plàstic estanques que formaven part del kit de viatge que els proporcionaven els traficants. A l'Ernest el va abraçar un home corpulent, panxut, amb barba de set dies, que en un anglès força correcte li va donar les gràcies per la seva solidaritat, gràcies per ser-hi, gràcies per estar-los esperant, per vetllar per ells, per rebre'ls. Feia més de sis mesos que esperava aquell moment. Les màfies l'havien estafat, l'havien enganyat, li havien robat molts diners. Ara era allí amb la seva dona i els seus dos nens, i tots quatre estaven bé, i havien arribat a Europa, i era l'home més feliç del món, i la seva dona i els seus fills també, i això era gràcies a ell i a tots aquells nois. L'home li va fer tres petons i Ernest va sentir la barba de tres dies i la humitat de les llàgrimes.

Dues de les embarcacions no havien acabat d'entendre els gestos que els feien des de la costa i es precipitaven contra una zona d'esculls i roques a flor d'aigua. Els voluntaris bellugaven els braços, els encreuaven, perill, perill, però ja era massa tard i l'embarcació ja fregava els esculls esmolats que hi havia a l'entrada de la caleta. L'Ernest i sis companys van córrer cap a les roques. Dos companys més van posar en marxa la seva zòdiac per apropar-se a l'embarcació, que ja havia embarrancat entre les roques. Les dones cridaven i les criatures se'ls abraçaven, però per sort hi havia poca profunditat, i tothom va poder abandonar l'embarcació i refugiar-se en un relleix de roca. En un moment, el mar va quedar ple d'armilles taronges i vermelles, de tovalloles i bosses de plàstic.

Va ser més difícil ajudar-los a sortir de la petita plataforma contra la qual anaven a petar les onades que no pas fer-los baixar de la llanxa. Calia pujar grimpant fins a la carretera. L'Ernest va fer el camí tres vegades. Va pujar tres criatures que se li abraçaven al coll. L'última que va pujar era una nena. Devia tenir set anys. El cor li bategava amb força. Pesava el mateix i se li arrapava de la mateixa manera que ho hauria fet en Marc. Però aquella nena tenia els seus pares a la vora. Pujaven darrere seu, emocionats, plorant, feliços perquè havien arribat sans i estalvis a Europa.

Quan van arribar a dalt li van prendre la nena dels braços mentre li feien una mirada d'una gratitud infinita.

En tornar de la costa sud, al vespre, l'Ernest es va fer acompanyar per dos nois de Bomberos a una botiga de nàutica i va encarregar dues grans llanxes de salvament. Li van dir que trigarien vuit dies i els va dir que no podia ser, impossible. No hi havia manera de tenir-les més aviat? Doncs no, senyor. Organitzar un transport per avió seria complicat. El problema era el magatzem, que era al nord, a Tessalònica. I no hi havia cap solució? Els diners no eren problema, els va dir.

–Un helicòpter –va dir l'home de la botiga.

–Doncs un helicòpter –va acceptar l'Ernest–. Que les reculli i les porti aquí demà mateix. És possible?

–Podem mirar-ho.

Aquella nit L'Ernest va somniar que en Marc i ell volaven amb l'helicòpter. Avançaven a frec d'aigua sobre un mar vermell, ple d'armilles abandonades. De sobte es girava i descobria que en Marc ja no hi era.

–On és en Marc? –li preguntava al pilot.

–En Marc no venia amb nosaltres –deia el pilot.

–I les armilles? De qui són?

–Són dels nens que cauen a l'aigua.

Va obrir els ulls en la foscor. Li va semblar que sentia el soroll del seu cor.

25

Al tren, camí de Tessalònica, la Valéria llegia una novel·la policíaca de tapa tova amb les cantonades rebregades. Cada cop que a la Maria li sonava la campaneta del mòbil que anunciava un missatge, la Valéria aixecava la mirada i de seguida retornava al seu llibre. La Maria llegia el missatge i després seguia mirant per la finestra, a veure com passava el món. Van entrar en un túnel i van passar de l'esclat de llum dels camps segats a veure's ella mateixa al vidre, i a veure també com la Valéria deixava la lectura i conservava el punt amb la novel·la oberta sobre un genoll, les cobertes cap amunt. Les mirades es van trobar en el reflex del vidre i la Maria es va tornar a sentir observada per aquells ulls de fotògrafa, d'una intensitat que espantava.

La Valéria va veure com la Maria rebia i llegia uns quants missatges que no va contestar. El darrer devia ser llarg. Ocupava més d'una pantalla. Quan el va acabar de llegir va mirar un moment cap a la finestra, però de seguida es va aixecar, va dir ara vinc, i va desaparèixer corredor enllà.

Quan va tornar, per més que s'esforcés a obrir els ulls i a mostrar un rostre serè, per a la Valéria era evident que la noia havia estat plorant. Va deixar la novel·la al seient, aquest cop tancada, i se la va quedar mirant amb els llavis premuts i els ulls dolços.

–Què et passa, Maria –va dir.

–Res –va dir–. Res.

La Valéria va esperar una estona. La Maria tornava a mirar per la finestra. El tren passava entre talussos. Amb prou feines es veia passar algun arbre i un bocí de cel a dalt. La Valéria va tornar a la lectura, però va trigar una estona a trobar el punt. I no va deixar de fer veure que llegia fins que va ser evident que la Maria no podia contenir el plor i es tornava a aixecar per ocultar-ho.

–Maria. On vas? Què et passa?

La Maria es va deixar caure al seient i va tancar els ulls.

–No puc més.

–No pots més de què, Maria?

–No sé què fer.

–És en João Mendes, no?

La Maria va obrir els ulls.

–Com ho saps? Com...

–Perquè el conec.

–Què vols dir?

–El conec i sé com funciona. A veure, nena: que li agrades al João Mendes, ho sap tothom. Quan una noia del seu equip li agrada, què fa? L'ajuda, la promociona, li encarrega alguna feina important. Si pot ser, una feina que li vagi gran.

–Ho dius per mi? –es va eixugar una llàgrima la Maria. Va respirar, es va posar bé la tira del sostenidor i la samarreta i es va gratar un peu, nerviosa.

–Això ara no importa, Maria. Segurament ets més bona del que et penses. Ja t'ho dic ara: ets bona. Has de treure més partit del que ets. Ho pots fer molt millor. Però d'això ja en parlarem després. Tornem al senyor Mendes. El conec bé, és clar que el conec –va dir la Valéria. Va fer una pausa perquè van passar un túnel, però aquesta vegada no van mirar cap a la finestra.– Una vegada t'ha promocionat, ja estàs a les seves mans. Aleshores et crea inseguretat, et fa dubtar, i d'aquesta manera et fa petita. Vol que vegis que el necessites. Vol que et sentis protegida. No és això, el que t'està fent?

–No ben bé –va dir la Maria.

–Hi ha una segona fase. En podríem dir Mendes dos. En João Mendes se sent refusat per la seva víctima, que no li fa ni puto cas, i aleshores és implacable. De la mateixa manera que t'ha fet pujar, et fa caure. I et fa caure definitivament, i t'arribes a pensar que la culpa és teva perquè ets una merda. Aquesta és la fase Mendes dos. Gran periodista, el fill de puta. Si no fos perquè és bo, ja l'haurien fotut al carrer. Ha fet plorar moltes dones com tu. Dones maques amb ambició.

–Això és el que sóc, no? Una dona maca amb ambició...

–No t'ho prenguis malament.

–Doncs no sé com m'ho he de prendre –va dir la Maria. De cop havia recobrat la serenitat. Potser amb l'ajut de la Valéria arribaria a assumir sense culpa i sense vergonya el que li estava passant. Va obrir el Whatsapp i va buscar els missatges d'en João.– Té: llegeix tu mateixa.

–No, no, Maria. Jo no he de llegir els teus missatges.

–Necessito que te'ls llegeixis. Vull que em diguis què he de fer.

–Jo? Pobra de mi.

–Tu dius que saps com funciona aquest paio.

–N'estàs segura?

–Sisplau –va posar-li el mòbil sobre els genolls.

Abans de començar a llegir es van mirar als ulls. La Maria va fer que sí. La Valéria va fer lliscar el dit sobre la pantalla. Primer va obrir els ulls i va fer una ganyota d'estranyesa. Després va anar obrint la boca per passar de l'estranyesa al fàstic i finalment es va quedar una bona estona amb la boca oberta, fent cara de sorpresa alegre, perquè volia que la Maria entengués que allò era més de riure que de plorar.

–I tu creus que és veritat?

–El que diu? Sí, suposo que sí.

–O sigui que aquest porc, fa deu minuts, cap a les onze del matí hora de Lisboa...

–Sí.

–...s'ha fet una palla pensant en tu. I va i t'ho explica! –va dir la Valéria mentre allargava la mà per tornar-li el mòbil–. Llàstima que no s'hagi fet una selfie.

La Maria va apagar el mòbil i el va desar a la bossa.

–Però, Maria! Perdona que t'ho pregunti així, però com és que aquest paio ha arribat fins aquí? Suposo que us vau enrotllar, i que després no n'has volgut saber res... És això?

–Oh, no, ni de lluny. No ens hem enrotllat. La gent es pensa que ens hem enrotllat? Diuen que ens hem enrotllat?

Encara que parlessin en portuguès, havien abaixat la veu i doblegaven l'esquena per estar més a prop.

–Però Maria. No ha passat res i es fa una palla i te l'explica en directe?

La Maria es va tornar a deixar caure contra el respatller, va bufar i va tancar els ulls. Quan els va obrir la Valéria se la mirava amb una serenitat dolça i contagiosa que li recordava la de la seva àvia, la mare del seu pare. Durant l'adolescència, quan la perseguien les angoixes de les relacions malaltisses i els amors no correspostos, la Maria aconseguia recuperar la calma i endreçar una mica els sentiments confiant els seus secrets a aquella vella comunista que havia estat onze anys a les presons de la dictadura d'Oliveira Salazar. Li va semblar que la Valéria Fernandes, que havia fotografiat l'horror al Congo i a Ruanda, als hospitals de Fukushima i a les costes de Lampedusa, tenia la mateixa mirada plàcida i magnànima que la seva àvia.

Però si alguna cosa la convidava a parlar era el fet que totes dues dones respectaven els silencis: no insistien, no preguntaven. Estaven simplement disposades a escoltar.

Li va explicar els seus primers dies a la redacció del *Diário.* Li va explicar l'atracció que havia sentit per en João Mendes, pel seu sentit de l'humor, la seva manera de moure les mans, les camises que portava i la seva seguretat a l'hora de valorar la feina de la gent del seu equip. Li va explicar les primeres trobades en el territori ple d'arestes i tensions de la cafeteria, i com la mirava, com li havia posat bé la tireta dels sostenidors, com l'havia tancada entre els seus braços de gimnàs, amb els palmells recolzats a l'armari. Li va explicar les sortides a l'escala d'incendis per fer una cigarreta, els seus comentaris, la proximitat, el desig d'en João Mendes de convertir-se en cigarreta entre els seus dits, a la punta de la llengua, als seus llavis. Li va explicar la seva incapacitat de reaccionar: ella en tenia la culpa perquè d'alguna manera ho havia consentit. Més encara: li havia rigut les gràcies, havia reaccionat amb més d'un somriure quan, en realitat, desitjava clavar-li una puntada de peu als collons i dir-li que al principi li havia fet gràcia, però que ja n'hi havia prou, ara odiava la seva colònia, els seus rínxols humits, les seves polseres de seda de colors i les seves ulleres de sol al vespre.

Era burra, va dir, i ho va repetir tres vegades abans de trencar-se i de repetir entre plors que tot havia estat culpa seva, i que el que havia passat el dia de sopar de comiat de l'Armando Lobo Pinheiro també era culpa seva, per burra.

Aquella nit la Maria havia pujat al restaurant amb el tramvia, però després de les copes, i els fados, i les últimes converses dels fumadors a les voreres, s'havia fet molt tard, no hi havia transport públic i en João Mendes, que tenia el seu cotxe a l'aparcament, estava disposat a acompanyar a casa uns quants col·legues, que burra, encara no entenia per què havia pujat al cotxe. En João s'ho va fer anar bé perquè, en el seu recorregut pels carrers adormits, a les quatre de la matinada, l'apartament de la Maria Figueiredo fos l'última destinació. Quan ja només quedava ella, en João va insistir que segués al davant, no li semblava bé portar-la al seient del darrere, com un xofer. I la Maria, que burra, hi havia accedit.

Sonava una música càlida, una peça de jazz amb un saxo i una veu de vellut que no va saber identificar. La

Maria duia un vestit curt, de color blau cel, i s'esforçava a estirar-se les faldilles avall mentre mantenia els genolls junts i les cames de costat, apuntant cap a la dreta. En João aprofitava cada semàfor per mirar-se-la sense reserves i li feia un somriure abans de posar la primera.

Hi havia lloc per aparcar una mica abans d'arribar a casa seva. Ella va insistir que no calia que aparqués, baixaria allí mateix, i des d'allí ell podria veure com entrava a casa, perquè el seu carrer, a aquelles hores, no li feia cap gràcia. Però en João Mendes va aparcar, i li va dir que aparcava perquè ja havien arribat i no era qüestió de deixar el cotxe en doble fila.

En João va abaixar la música i li va dir que no podia dir que no. I no podia dir que no, perquè en tenia tantes ganes com ell. Va dir que sabia perfectament què li passava. Es va alliberar del cinturó de seguretat. Ella estava preocupada, va dir ell, perquè embolicar-se amb algú de la feina era sempre un problema. Però aquestes coses passaven. Li va posar una mà a la cuixa. I quan aquestes coses passaven no hi havia res a fer, va dir, i li va apujar la faldilla amb suavitat. La Maria li va dir què estava fent, quiet, sisplau, João. Es va treure el cinturó per baixar del cotxe, però la porta estava bloquejada.

–Obre! Obre, João, fes el favor de deixar-me obrir la puta porta!

En João li va demanar calma. No era qüestió de fugir dels problemes, li va dir. Si obria la porta i se n'anava, el problema quedaria ajornat, però no resolt. Ella li va dir que què collons quedaria ajornat? No hi havia cap problema. El problema era ell, que estava boig.

Però es va asserenar. Va respirar, va comprendre que en João Mendes havia begut massa i potser ho havia barrejat amb alguna pastilla.

–Calmem-nos –va dir ell.

–Jo estic tranquil·la, João. Només et demano que m'obris la porta i em deixis pujar a casa.

–Relaxa't –va dir ell. I va manipular el seient de l'acompanyant perquè el respatller cedís cap enrere. Després també va inclinar el seu seient. Però la noia no s'havia deixat caure enrere. Es mantenia amb l'esquena dreta, incòmoda, encesa i espantada. Va protestar: què estava fent? Però ell ja l'arrossegava enrere i li besava el coll, una espatlla nua, l'orella. I ella: deixa'm estar, deixa'm estar, sisplau! Es queixava, protestava, però no gosava cridar, i encara menys colpejar-lo, esgarrapar-lo, clavar-li als ulls les claus de casa que ja tenia a les mans.

Però en João semblava prendre's tot el que li deia la Maria com si formés part del joc eròtic, perquè es va descordar el cinturó i els botons dels pantalons, es va abalançar sobre la noia, va ficar-li una mà sota el vestit per mirar d'abaixar-li les calces, i tampoc es va rendir quan va veure que la Maria s'hi resistia, sinó que va començar a refregar-se damunt d'ella fins que es va escórrer. Després es va quedar immòbil.

–Jo també em vaig quedar ben quieta. Estava paralitzada. Era patètic –va dir la Maria.

Quan es va incorporar li va veure el membre, emergint d'uns calçotets mig abaixats, a la claror de l'únic fanal municipal que amb prou feines il·luminava l'interior del cotxe.

Encara amb el membre en exhibició, en João va alliberar les portes i va començar una lletania de perdons i no ho faré mai més. La Maria va obrir la porta i va sortir. Duia les claus a la mà esquerra, amb el puny tancat, i quan va anar a obrir la porta va dubtar d'on les tenia. Al mirall de l'ascensor es va veure les taques del vestit.

Es va dutxar, i després va llençar el vestit blau cel a les escombraries. No el volia ficar a la rentadora i que contaminés de vergonya i de fàstic tota la seva roba.

26

Cada cop que es despertava, en Marc comprovava que encara era fosc i es tornava a adormir de seguida. Però així que va percebre que una mica de claror ja travessava el sostre de la tenda, les estones en què estava despert es van anar fent més llargues i avorrides. El temps mai no li havia passat tan a poc a poc. Cada vegada hi havia més claror, i començaven a sentir-se converses i soroll de pots i culleres, però l'Ahmad seguia dormint, el dia no començava i ell s'anava ensopint dins del sac de dormir.

Quan va veure que una taca de sol ja il·luminava bona part del sostre, va obrir la tenda sense fer soroll i va sortir a fora. L'aire era fresc i ho notava al cap pelat. Se'l va fregar: era agradable. Es va calçar les vambes i va caminar fins als camps de futbol, ara deserts. Va mirar al seu voltant, es va girar cap a les muntanyes llunyanes i va fer un pipí.

Allí baix, brillava la tanca de la frontera. Entre les tendes, ja hi havia les primeres columnes de fum. Aleshores se li va acudir que potser era el moment de fugir. Les carpes blanques on hi havia els nois de les armilles grogues no eren gaire lluny. Al costat, a més, hi havia aquell moble de fusta on la gent carregava els mòbils. Potser en podria demanar un.

Però potser havia d'ajudar l'Ahmad. Li feia ràbia, i por, però també li feia pena. En Marc no sabia què havia de fer.

–Marc! –l'Ahmad havia tret el cap fora de la tenda.

El nen va trigar a reaccionar. Però finalment es va posar en marxa, com un ninot, com si no ho decidís ell, i es va plantar davant de la tenda.

–He anat a fer pipí –va dir.

L'Ahmad li va semblar encara més fosc que els altres dies. Tenia els ulls vermells i la mirada apagada.

Van anar junts a rentar-se en una de les piques que hi havia darrere dels sanitaris. L'aigua baixava d'un dipòsit negre que s'escalfava amb el sol, però ara sortia bastant freda. Després van fer cua perquè els donessin un tros de pa i un suc de fruita.

Quan van tornar a la tenda hi havia rialles i converses animades a la tenda del costat. Una dona d'uns cinquanta anys, amb la cara solcada d'arrugues i una cabellera grisa i esbullada, havia reunit una família enmig de la placeta i els feia fotos. L'acompanyava una noia jove que duia una petita gravadora de butxaca.

La Maria Figueiredo es mirava la Valéria amb admiració: com parlava amb la gent, com els feia riure, com els convencia que es deixessin fotografiar. La Valéria sabia alguna paraula en àrab, saludava en persa i en paixtu i parlava un anglès sense manies. Per animar la família somreia amb les seves dents enormes, de genives una mica escasses, i feia carotes i gesticulava perquè s'apropessin, perquè el noi tragués el cap, perquè la nena mirés a càmera. La Maria se sentia tímida i poca cosa.

La família que estava fotografiant anava vestida, com gairebé tothom a Idomeni, amb una estranya barreja de roba antiquada i peces fluorescents, de mercat xinès. Tots calçaven les vambes esportives de colors llampants que els repartien els voluntaris. La Valéria procurava retratar les famílies angoixades amb la mateixa dignitat amb què es retrataven els rics i les famílies reials a les revistes del cor.

Al costat mateix de la tenda d'aquella família de tretze hi havia una tenda petita, plantada de qualsevol manera. A dins hi havia un home de posat trist i un nen amb el cap rapat.

La Maria Figueiredo es va ajupir per saludar-los. A la Valéria li va interessar el front ple d'arrugues i la cara plena d'ombres d'aquell home. En aquella tenda hi havia tristesa. Va plantar un genoll a terra, va saludar, i va demanar permís per fer-los una foto. A ell i al nen, que se la mirava amb una cara estranya, ensopida i distant.

–Salam aleikum –va dir la Maria.

–Aleikum salam.

–Sóc periodista –va dir, en anglès–. De Portugal, del *Diário de Notícias.* Et podria fer unes preguntes?

L'home va fer que no.

–Gràcies, no. No tinc res a dir.

–Sí, que tens coses a dir. Segur que sí –va dir la Maria. Era conscient que insistir no era el camí, però no se li acudia cap fórmula per apropar-se a aquell home.

–No, no.

–El teu testimoni és important.

–No...

–Tot el que publiquem va al teu favor. La gent...

–No. Res a dir.

–...la gent vol saber què està passant. I com heu arribat fins aquí –va dir la Maria.

Procurava somriure, ser amable, mostrar-se tranquil·la. Aquell home tenia alguna cosa fosca que la inquietava. I el nen no semblava el seu fill. Potser no ho era.

A la Maria li va semblar que tenia un pou al davant, i que l'aigua era molt avall. Havia de tenir prou corda per fer-hi arribar la galleda, i tot es decidiria per un gest, una paraula, un respir. No seria el primer entrevistat que li deia que no. Aquell mateix matí havia anat a trobar un noi kurd que havia sobreviscut gairebé una setmana sota les runes d'un edifici. El noi se l'havia treta de sobre a crits, que el deixés en pau, merda de periodistes, que el deixés dormir, només publicaven mentides, els feien més mal que bé, no vull parlar amb mentiders.

–No, ho sento –va dir l'home. Però la Maria tenia el pressentiment que allí hi havia una història. El nen feia un posat trist, potser espantat. Amb el cap pelat, semblava malalt.

–Sou de Síria?

–Sí, de Síria.

–És el teu fill?

–Sí, sí, el meu fill.

La Maria es va mirar el nen. Li va fer l'efecte que no s'adonava que parlaven d'ell. Va somriure. El nen es va concentrar a dibuixar amb l'ungla sobre la pell del genoll.

–Fa gaires dies, que sou aquí?

–Des d'ahir. Acabem d'arribar.

–Com nosaltres –va somriure la Maria–. I ara?

–Cap al nord.

–Aquesta tarda potser hi haurà un tren o obriran la frontera.

–Espero que sí –va dir l'Ahmad. La va mirar als ulls però desconfiat, sense aixecar la cara:– Què vols saber?

–D'on véns, què va passar, com heu fet el viatge... La teva dona s'ha quedat a Síria? La seva mare?

–Oh, no, no. La meva dona va morir abans de la guerra. Se la va endur una malaltia.

–Ho sento.

–Al·lahu al-àkbar.

–Perdona, no t'he dit com em deia. Sóc la Maria. Ella és la Valéria. El teu nom?

–Ahmad. I ell és l'Ibrahim.

En Marc va mirar cap a l'Ahmad. Ara sí: parlaven d'ell. Es va inquietar. Potser era el moment de dir que era espanyol.

La Maria estava atenta als gestos, a les mirades de l'Ahmad, a les reaccions del nen. Hi havia alguna cosa estranya, una tensió, una incomoditat. O era la seva inseguretat d'aprenent d'entrevistadora?

–Heu fet el viatge sols, o amb més familiars? –va dir la Maria. Dubtava de les seves preguntes. Li semblava que no servien per agafar la punta del fil i començar a estirar perquè en sortís alguna cosa. No podia ser, ara no podia dubtar. La Valéria li va fer que sí amb el cap: que es decidís, que seguís, que mirés d'entendre aquell home, que procurés guanyar-se'l. Però era com si tingués al darrere l'ombra d'en João Mendes a l'escala d'incendis, en João al racó de la màquina de cafè, en João demanant perdó, perdó, no t'ho faré més, mentre es cordava com podia els pantalons i ella sortia del cotxe amb el vestit tacat.

Era absurd, era una putada, però per poder denunciar en João Mendes al cap de personal del *Diário*, la Maria Figueiredo havia de fer bé la seva feina. Si no, en Mendes la faria fora de l'equip i tindria molts arguments per fer creure a tothom que la noia el denunciava injustament com a revenja.

Va respirar.

–Endavant –la va animar la Valéria. La fotògrafa era una mica bruixa. Li endevinava el pensament. Li va semblar que s'impacientava, perquè mirava al seu voltant: la bona llum, l'hora dels primers raigs de sol entre les tendes, s'acabaria de seguida.

De sobte es va obrir una escletxa:

–Hem fet el viatge amb la meva cunyada i els seus dos fills. Un nen i una nena –va dir. Li havia costat de dir-ho, i ara semblava com si se'n penedís. Va fer una pausa i ho va repetir mentre feia que sí amb el cap, pensarós:– La meva cunyada. La dona del meu germà.

–I són aquí?

–N-no, no –va dubtar–. Han seguit el viatge amb un camió. El nen tenia vòmits, no es trobava gens bé. I el tren anava massa ple.

–Han passat la frontera?

–Això espero. No m'han telefonat encara. Però ens trobarem més amunt. El nen no hauria aguantat tot això...

I d'aquí no sabem quan en sortirem. Potser a la tarda, però potser no. Hi ha gent que fa quinze dies que s'espera.

–I la teva cunyada ha deixat allí el marit? És a la guerra?

L'home va mirar cap a fora de la tenda i va respirar.

–El meu germà és mort.

–La guerra?

–La guerra –l'Ahmad va fer que sí amb el cap, feixuc.

–On vivíeu?

–Quan el van matar? A Saraqeb. La família és de Saraqeb. Però abans de la guerra jo vivia a Damasc.

–Éreu de l'Exèrcit Lliure?

–Jo no. Ja sóc gran. A la guerra hi van els joves. El meu germà sí. Voluntari.

–El teu germà era més jove?

–Oh, sí, vuit anys menys que jo.

En Marc escoltava, mirava d'entendre alguna cosa, però se sentia lluny d'allí. Com si no hi fos. El dibuixet que s'havia començat a fer al genoll, amb l'ungla sobre la pell seca, ja pujava per les cuixes i baixava per les cames.

–Quina vida hi fèieu, a Saraqeb? –va preguntar la Maria. Havia deixat la gravadora a terra, discretament. La Valéria va canviar l'objectiu i va disparar.

–A casa tenien botiga, fruites i verdures. I fins l'any passat els meus oncles encara la tenien oberta, una botiga important en una bona cantonada. La gent ha de menjar, encara que hi hagi guerra. Els pagesos s'espavilaven per fer arribar els productes a la ciutat. Tothom s'espavilava. Tu saps què és una guerra?

–No, jo no. Per sort. Però veiem el que passa a Síria a la televisió.

–Però a la televisió no es veuen mai les criatures destrossades per les bombes.

–Potser ens estalvien el pitjor, però també veiem moltes desgràcies. Criatures atrapades entre la runa, la gent que es desespera... –va dir la Maria–. Escolti: ja sé que no és el mateix, però cregui'm que hem plorat unes quantes vegades veient aquestes imatges, les cares cobertes de pols dels nens atrapats sota la runa...

–No ho heu vist tot, no heu vist res... Els franctiradors... Al barri en teníem un. No es podia sortir al carrer, sabeu? Maten les dones, els nens. Cap pietat. Entre tots els veïns vam haver d'obrir forats als envans i a les parets de les cases per poder-nos moure i sortir al carrer per llocs segurs. Teníem totes les cases del barri connectades així.

–O sigui que passàveu per les cases d'altres famílies per sortir al carrer...

–Això mateix, d'una casa a l'altra fins al carrer. I després hi ha les revenges que hi va haver al principi de la guerra contra la gent que havia participat en les manifestacions contra el govern... Els agents del govern tenien fotos i vídeos dels manifestants i els buscaven un per un. És clar que molta gent havia fugit, però si t'identificaven, estaves llest. A un veí meu el van venir a buscar a casa, el van lligar pels peus darrere d'un cotxe i el van arrossegar per la ciutat fins que només era una massa d'ossos i de carn sangonosa. Després el van tornar a deixar a la porta de casa i li van dir a la dona: Té, aquí tens el teu marit, que ja ha tornat de fer un volt. Per això va començar la guerra. Per anar contra això, ho enteneu? Sí, potser a la tele veieu alguna cosa, però hauríeu de sentir l'olor de sang dels passadissos dels hospitals, veure els pares que corren entre les runes amb una criatura als braços cremada per una bomba de fòsfor, demanant ajut, suplicant, plorant.

Es va fer un silenci espès. Les arrugues del front d'aquell home semblaven cops de destral. La seva pell també tenia alguna cosa d'arbre, de fusta.

El silenci també va incomodar en Marc. Amb la mà suada, va esborrar els dibuixos que s'havia anat fent a la cama. Va aixecar el cap. Per què callaven?

–I tu treballaves a la botiga? –va preguntar la Maria. Li va semblar que l'home necessitava un respir enmig de tanta sang.

Una pilota va impactar contra la tenda i es va quedar aturada als peus de la Valéria.

–Devuélveles el balón y juega con los chavales –va dir l'Ahmad.

En Marc va agafar la pilota. La Valéria li va fer una foto mentre corria cap al grup de nois que l'esperaven.

–Parleu en espanyol?

–De vegades –es va inventar l'Ahmad–. El nen va néixer a Cuba. El meu germà i jo vam fer els estudis allí. Ell va estudiar tècniques agrícoles i jo mecànica d'aviació.

Allí fora cridaven gol. L'havia marcat en Marc. El felicitaven, li donaven copets a l'espatlla. Però l'Ahmad seguia fent el seu posat espès, difícil de llegir. El gol del seu fill li era indiferent.

–I feies de mecànic, a Síria?

–Sí, és clar. Vaig estudiar amb una beca del govern, i quan vaig tornar a Síria vaig treballar a l'aeroport de Damasc. Però quan va començar la revolta vaig haver de deixar la feina i me'n vaig anar a Saraqeb.

L'Ahmad es va fregar la cara amb les mans. En Marc va passar a frec de la tenda per recuperar una pilota.

La Maria estava neguitosa. Estava massa pendent de la història i massa poc d'entendre realment la persona que tenia al davant. Aconseguia que la gent li expliqués els seus patiments, però tenia la impressió que se'ls mirava des de fora. Li parlaven de bombardeigs, de morts, de tortures, de revenges, de falses acusacions, però no vivia les seves angoixes. Li parlaven de bombes que queien lentes, amb paracaigudes, carregades de fòsfor que penetrava en els cossos i els cremava des de dins, però li semblava que no acabava d'arribar al fons del pou, a l'ànima de la gent. Li parlaven de tancs aixafant els presoners de guerra. De decapitacions, lapidacions i amputacions. De nens amb els ulls cremats amb un encenedor de butxaca. Els relats eren colpidors, però no n'hi havia prou. Els lectors volien un relat, una història humana, més que no pas un llistat de desgràcies. Potser el que passava era que no n'hi havia prou a preguntar. Calia saber ficar-se en la pell de l'entrevistat, entendre'l, viure'l i perseguir les respostes des de dins. Com s'ho feien, aquests entrevistadors que es tornaven invisibles i aconseguien que l'entrevistat es relaxés i els parlés sense prevencions?

–I a Saraqeb –va continuar l'Ahmad– vaig fer de mecànic de camions. Ara fa dos anys, enmig dels bombardeigs, encara treballava. I ensenyava mecànica als joves que s'apuntaven a l'Exèrcit Lliure. Necessitàvem gent que sabés reparar camions, perquè no es pot fer la guerra sense mecànics, i això és el que vaig fer fins que ens vam quedar sense casa.

–Un bombardeig?

–Una bomba de barril. Sabeu com són les bombes de barril? Les carreguen d'explosius i de barres de ferro. Barres que s'escampen i ho destrossen tot. Maten i destrossen. Això és el que fa l'exèrcit d'Al-Àssad.

Allí hi havia un punt de connexió, un lloc on aferrar-se: la injustícia, la humiliació d'haver perdut. La Maria podia connectar amb aquella ràbia de perdedor. Es va atrevir a posar-li una mà al genoll. La va treure de seguida.

–Va caure una sola bomba que va destrossar quatre edificis –va continuar l'Ahmad–. Sabeu? L'explosió et deixa sord, i t'encega, i hi ha una pluja de vidres que se't claven com agulles. Quan vaig poder veure alguna cosa, on abans hi havia una finestra ja no hi havia ni la paret, i l'edifici del davant era un munt de runes. Vam haver de treure molts morts d'entre les runes. A una nena li faltaven les cames. Les dues cames.

Va callar i va tancar els ulls.

–Què senties? Què vas sentir en aquells moments?

Ara la galleda havia picat l'aigua, al fons del pou, i s'enfonsava. Ara sí.

–Què sentia? –Va fer una pausa:– Impotència. Sentia que ja no importava qui tenia raó i qui deixava de tenir-la, qui eren els bons i els dolents. Sentia que l'enemic de veritat és la guerra mateixa, som nosaltres.

–Què vols dir, nosaltres.

–Els humans. Aquella nena no sabia res de bons ni de dolents. De veritat voleu que us expliqui tot això? Què voleu que us expliqui? A un home el vam treure amb tots els budells... la panxa oberta. I encara era viu. Deia que no es volia morir. Que no es volia morir, deia. Ningú no es vol morir. Voleu que us expliqui això? No, no té cap sentit. Què en fareu?

–T'anirà bé explicar-ho, Ahmad –va dir la Maria–. Si no vols, no en farem res. Però ara vull que en parlem.

–Però ho estàs gravant. Sou periodistes –va dir l'Ahmad.

–L'apago, Ahmad. Estem parlant. Res més. De veritat –va dir la Maria. Va tancar la gravadora i la va desar a la bossa.– Però està bé que en parlis, Ahmad. N'has de parlar.

–Ja està. Ja us ho he dit tot. Casa nostra no va ser de les que van quedar més malmeses. Però els bombardeigs continuaven. El nostre barri s'havia convertit en un objectiu. El meu fill i jo vam haver de sortir d'allí. Al meu carrer, gairebé tothom se'n va anar el mateix dia. Amb el que podies portar sobre. I amb les claus –va dir, mentre es posava a remenar una motxilla greixosa i en treia dues claus–: Les claus de casa.

Les va mostrar, agafades per l'anella, i les va donar a la Maria.

–Les claus de casa –va repetir–. Per si mai torno.

Com en un petit cerimonial, la Maria les va passar amb cura, com si fossin de vidre, a la Valéria.

Eren unes claus convencionals. Una de tub, amb la paleta al final, i l'altra plana, sense dents, només amb ranures i clotets. Finalment van retornar al seu amo.

–Pensava tornar algun dia. Tots pensàvem tornar.

–Perquè dius pensaves? Ja no? –va dir la Maria.

–No ho sé –li va tremolar la veu–. Vam sortir d'allí... i ens vam refugiar a casa del meu germà. Amb la meva cunyada i els seus fills. En un poble més petit, més segur.

–I els teus pares?

–No. Els meus pares s'estan a Damasc. Sempre hi han viscut –va dir l'Ahmad. Ara parlava amb una veu més apagada i trista:– El meu germà era a la guerra. No el vèiem. Només de tant en tant. Lluitava a prop. Venia i se'n tornava al front.

Un núvol va amagar el sol, l'interior de la tenda es va enfosquir i l'Ahmad va sospirar. La pausa es va fer llarga. A fora el temps havia canviat. Tronava, encara lluny. La Valéria va mirar enlaire. Hi havia núvols de tempesta. S'havia aixecat una mica de vent. La gent s'apressava a recollir la roba estesa entre les tendes.

Van trigar una estona a adonar-se que l'Ahmad estava plorant. Tenia els ulls tancats i feia petits espasmes. S'agafava els braços.

Començaven a caure les primeres gotes, grosses i brillants: aixecaven una mica de polseguera, esclataven i rodolaven sobre la pols com si fossin de mercuri.

La Valéria va protegir la càmera dins la tenda. L'Ahmad els va fer lloc i la Maria i la Valéria hi van entrar.

–Què va passar, Ahmad? –va dir la Maria.

–Penses en el teu germà? No saps què se n'ha fet? –va dir la Valéria.

–Sí que ho sé. Quan va entrar l'exèrcit –es va eixugar els mocs amb el puny de la camisa–, el van agafar. El van portar a casa. Un escamot de set o vuit homes, amb un oficial. El van portar a casa seva. On m'estava jo amb el meu fill. L'Ibrahim. Només hi érem ell i jo. Per sort, en aquell moment la meva cunyada i els seus nens no eren a casa. A l'Ibrahim el van tancar en una habitació i li van dir que no en sortís. Van fer entrar el meu germà i em van preguntar si el coneixia. Coneixes aquest porc? El coneixes? I a ell li van preguntar si em coneixia a mi. Estava ferit. Li sagnava una cama, i tenia senyals de cops a la cara, però no semblava greu. Van fer-nos posar de genolls, l'un davant de l'altre. Li van preguntar per què jo no feia la guerra amb ell, i a què em dedicava. Li van preguntar si no devia ser que la seva dona i jo érem amants, i jo preferia quedar-me a casa mentre ell matava soldats. Ens van dir que teníem sort que no eren de l'exèrcit islàmic, perquè castigaven l'adulteri amb la pena de mort. A cops de pedra, ho sabíem? I ens van dir que ells eren més bona gent. Que només farien justícia. Aleshores l'oficial es va treure la pistola i em va preguntar si jo creia en la justícia. Li vaig dir que sí, i aleshores em va donar la pistola i em va dir que fes justícia.

L'Ahmad es va eixugar les llàgrimes, va respirar profundament i va aixecar el cap.

–Però què...

–Que disparés contra el meu germà. Vaig deixar la pistola a terra. L'oficial em va clavar una puntada de peu al pit. Va ordenar a un dels seus homes que entrés a l'habitació del costat i que matés el meu fill si jo no disparava. Va dir: «El teu fill o el teu germà. Tu decideixes». I em va tornar a donar la pistola. La guerra fa tornar boja la gent. Veuen tanta mort i tanta desgràcia que perden el món de vista i són capaços de matar una criatura perquè és el fill d'un enemic, i el fill d'un enemic és una bèstia, un monstre. No veuen una criatura. Veuen un monstre. I són capaços de donar una pistola a un enemic, com van fer amb mi, i arriscar-se que els disparis. Perquè és el que vaig estar a punt de fer: disparar contra ells. Tenia la pistola a les mans i vuit homes davant meu. Però que no m'apuntaven! Ni tan sols m'apuntaven!

–Però no vas disparar –va dir la Valéria.

–O el meu fill, o el meu germà –va dir.

–Però tu...

–El meu fill cridava, des de l'habitació del costat. Suplicava: «Per favor, no, per favor, per favor no em mateu», amb una veu cada vegada més trista, com fan els xais, com si ja ho acceptés.

–Tu no ets culpable de res, Ahmad –va dir la Maria.

L'home es va acabar d'ensorrar. Entre sanglots, va explicar que van deixar allí el cos del seu germà i se'n van anar. I que ell mateix es va haver d'ocupar de baixar-lo al carrer, i de demanar ajut. Els telèfons no funcionaven. No hi havia ambulàncies. Finalment, un grup de voluntaris va venir a buscar el cadàver, el van carregar en una camioneta on ja n'hi havia deu o dotze més, coberts amb una lona xopa de sang, i el van anar a enterrar en una fossa comuna. L'Ahmad es va quedar amb el nen.

Aleshores la Maria va comprendre del tot aquella cara, els solcs del front com ferides de la memòria, una cella molt més alta que l'altra formant un rostre dividit, trencat. Va dubtar molt si tenia dret, o no, a fer una pregunta. Però finalment es va decidir:

–Ho sap, la teva cunyada?

–No l'hi podré dir mai. No l'hi diré mai. No ho sabrà mai –va barbotejar l'home.

Va començar a ploure amb força.

La Valéria duia quatre préssecs a la motxilla. Els van compartir. En Marc es va refugiar a la tenda i també en va menjar.

Mentre recollien les peles i els pinyols, el nen va pressionar amb l'índex un genoll de la Maria, que seia amb les cames encreuades, i li va dir:

–I'm Spanish. Soy español. Soy de Barcelona.

–Com? Com has dit?

–Y vosotras habláis en un idioma que se parece al mío. Al catalán.

L'Ahmad es va ensorrar. Es va agafar al pal de la tenda i el va estrènyer com si el volgués rebregar: la mà se li va tornar blanca.

–Quiero ir con vosotras –va dir mentre buscava la protecció de les dones. Se les mirava amb ulls de pietat:– Por favor, quiero irme de aquí.

–Què ha passat, Ahmad? Qui és aquest nen? No és el teu fill, veritat?

La pluja picava amb fúria sobre la tenda.

No. No era el seu fill. No es deia Ibrahim. Es deia Marc i l'havien salvat del mar mentre feien camí amb una llanxa entre les costes turques i l'illa de Samos. Però el nen l'ajudaria a pujar al tren. El necessitava. Els pares amb criatures tenien prioritat.

–Me ayudarás, ¿verdad que sí?

En Marc va dubtar. Però finalment va fer que sí.

–Em sembla que hem de fer alguna cosa –li va dir la Maria a la Valéria en portuguès.

–Espera't, deixa que s'expliqui.

–No, no, Valéria, ho sento, però això ja no té cap gràcia. Aquest fill de puta ha tingut aquest nen, sense avisar els seus pares, per poder seguir cap a Alemanya o cap a on sigui.

–El portuguès s'entén si saps castellà, Maria. Acabem l'entrevista. Després decidirem.

–¿Estás bien, Marc? –li va preguntar la Maria al nen.

–Sí, pero quiero encontrar a mis padres –va dir el nen.

Ara la Maria es mirava l'Ahmad amb una certa desconfiança.

–No has dit que tenies un fill? –va dir la Maria, amb un punt d'enuig i de ràbia.

–L'Ibrahim, sí. Tenia vuit anys i mig. Va néixer a Cuba. Sí: también hablaba el español. Como tú –es va mirar en Marc i li va posar una mà a l'espatlla, afectuosament. Un gest estrany en aquell home de la cella enfilada i el front rebregat. Al nen no li va fer cap gràcia.

–Què va passar? On és? –va exigir la periodista.

L'Ahmad va parlar amb una estranya serenitat mentre les llàgrimes li relliscaven entre la barba de tres dies.

–Va morir gairebé un any després que el meu germà. Va morir de la manera més absurda. L'havia acompanyat a celebrar un aniversari a casa d'un amic seu, i en aquella casa hi havia tants nens i feien tant de soroll que després de bufar les espelmes els vam fer anar a jugar al carrer. Jugaven a la guerra. S'amagaven i es perseguien per una casa que s'havia enrunat durant un bombardeig. Algunes mares es van queixar: allò era un perill, perquè hi havia escales sense baranes, terres que havien cedit. I encara discutíem si era perillós o si ja eren prou grans quan va venir una nena a dir-nos que dos dels seus amics havien caigut des del terrat. Van morir tots dos. Jugant a guerres.

La Maria va omplir sis fulls de la seva llibreta de notes amb la història d'en Marc. Després, amb la Valéria, buscarien les fotos per il·lustrar-la. Completaria la història amb el relat del seu pare, aconseguiria fotos del Súnion, i potser se n'havien fet a Patmos, abans d'embarcar. Tenia una bona història, i n'era un testimoni directe: la Valéria i ella acompanyarien en Marc a la policia i farien possible que es retrobés amb els seus pares. Estava emocionada. No sabia ben bé per què, però en aquell precís moment va prendre consciència que aquella història li donava la fortalesa que necessitava per anar a veure el cap de personal del diari i denunciar en João Mendes.

Cap a les cinc de la tarda es va confirmar que a quarts de set hi hauria un tren autoritzat per anar fins a la frontera hongaresa. Havien acceptat el que proposava l'Ahmad: si només deixaven pujar al tren els menors i els seus acompanyants, en Marc passaria amb ell els controls. L'Ahmad pujaria al tren i el nen giraria cua.

No va caldre.

Quan baixaven cap a l'estació, ben bé una hora abans de l'hora prevista per a la sortida del tren, es van trobar dos coneguts de l'Ahmad que l'anaven a buscar a la seva tenda. Se'ls veia alterats, aclaparats per alguna desgràcia. L'Ahmad els va escoltar, va fer un crit, i amb prou feines va fer una traducció ràpida del que li havien dit: la seva cunyada. Els dos nens. Havia passat una desgràcia. El camió...

Quin camió? Què volia dir?

L'Ahmad es va posar a córrer amb els dos homes al darrere. Ja no plovia, però els camins del campament eren un fangar. La gent anava a poc a poc i buscava els marges amb herba per no relliscar. L'Ahmad trepitjava els bassals, queia, s'aixecava, corria amb les sabates, l'esquena i els camals dels pantalons empastifats de fang. En Marc també seguia l'Ahmad perquè havia entès que parlaven del camió, de la Hani, d'en Mazen i de la seva mare. Saltava, evitava els bassals, corria perquè tornaria a veure la Hani, corria perquè potser no els havien deixat passar la frontera i els tornaria a veure.

La Maria i la Valéria esbufegaven, no podien més, els seguien de lluny.

Davant de l'estació ja hi havia una camioneta de la policia, dues ambulàncies i molta gent mirant.

No devia fer gaire estona que havien obert la caixa del camió, perquè les ambulàncies tot just acabaven d'arribar i hi havia voluntaris atenent els supervivents. La Valéria va poder sentir els rumors i els comentaris: algú havia sentit els crits de la gent tancada dins la caixa del camió. Algú altre hi havia afegit que feia dos dies que aquell camió era allí. Algú ho havia dit a la policia: se sentien crits dins la caixa i no es podia obrir. Algú altre deia que la policia sospitava que es tractava d'un camió comprat de feia poc, de segona o tercera mà, amb matrícula falsa de Macedònia. Probablement, es tractava d'alguna de les màfies del transport que es dedicaven a passar emigrants. Duien més de trenta persones tancades en una caixa sense obertures. Algú havia denunciat el conductor, o li havia passat alguna cosa, no se sabia, i els passatgers s'havien quedat allí tancats. Era una mort espantosa. I quants morts? Nens també? Sí, també.

En Marc es va trobar amb una muralla de gent. Es va anar escapolint entre les cames de la multitud fins a arribar a la tanca que havia instal·lat la policia.

Per sort, quedava encara lluny del camió. Va veure com en treien cossos. Com els posaven en lliteres. Va veure nois de la Creu Roja. Va veure bombones d'oxigen. Va sentir plors, crits. Hi havia cossos de nens, de criatures.

Hi havia la Ikran, sense el seu vel de sempre, ajaguda a terra amb els ulls oberts i amb l'expressió aturada per sempre en una ganyota d'horror.

Hi havia una nena que podia ser la Hani, amb un braç sense vida que penjava de la llitera.

Després van treure un nen. La camisa blava d'en Mazen, els seus cabells, les seves vambes grogues, en Marc n'estava segur. Un cos tou, abandonat. El cap li penjava d'una manera estranya.

I la Hani? Ja se l'enduien. O no era ella? Estaven a punt de carregar la llitera en una ambulància. Va saltar la tanca de la policia. Van mirar d'aturar-lo però se'ls va escapar, i ja cridava Hani, Hani, no, per favor, no, no.

Una cara blanca, una ganyota als llavis, i els ulls mig badats, Hani, Hani.

Van tancar les portes de l'ambulància. En Marc, amb els dos peus dins d'un bassal, no es va moure fins molt després que l'ambulància se n'hagués anat amb el seu udol inútil i la Maria se li posés al davant i l'abracés i li digués ja està, ja està, Marc, tot anirà bé.

L'Ahmad també havia saltat la tanca. Dos policies l'havien aturat, però l'home els havia empès, havia arribat fins al camió, havia vist com en treien el nen. I la nena? També morta. Tots tres morts! L'Ahmad es va deixar caure a terra. L'ajudaven a aixecar-se i s'hi negava. Colpejava el fang amb un puny. Esgarrapava el fang d'un bassal. Es fregava el fang pels camals dels pantalons mentre els coneguts que havien anat a buscar-lo a la tenda miraven de consolar-lo.

De sobte es va aixecar i va començar a córrer cridant com un boig.

La Maria es va endur el nen d'allí: que estigués tranquil, que s'emportaven els seus amics a l'hospital, segur que no estaven morts.

–Sí que estaban muertos.

–No ho sabem, Marc. Potser no. Ara no hi pensis. Ara trucarem al teu pare i a la teva mare, Marc. Ara ja estàs salvat i tornaràs a veure els teus pares i et podràs oblidar de tot això.

La Valéria va mirar de seguir l'Ahmad. No va anar gaire lluny: al final de les vies, on hi havia el pas a nivell de la carretera que travessava el campament, es va enfilar pel talús damunt del qual hi havia els perruquers del camp i el generador elèctric que els donava energia. Ningú no el va poder aturar mentre agafava un bidó de benzina del generador i se l'abocava per sobre, i encara menys quan es va calar foc.

La Valéria va arribar a temps de veure'l quan ja corria embolcallat de flames i cridant de dolor. A temps de veure'l relliscar i caure, i de veure com s'aixecava, més encès encara, cridant de dolor entre tirabuixons de flames i de fumera negra.

La Valéria havia arribat a temps de fer-li dues fotografies que, l'endemà, il·lustrarien una crònica de la Maria Figueiredo que llegiria mig món.

27

A la Maria Figueiredo li tremolaven les mans mentre marcava les xifres del telèfon que en Marc li anava cantant. Va haver d'esperar fins a set trucs. Va sentir una veu greu que deia una paraula d'una sobrietat tràgica:

–Sí.

–Ernest Mallol? –va dir la Maria.

–Sóc jo, sí –va dir l'Ernest, en anglès.

La Maria va seguir en castellà. Se'n sortia prou bé.

–Tengo a alguien aquí que quiere hablar contigo.

En Marc va agafar el telèfon i va tancar els ulls.

–Papa? –va dir.

Dos segons.

–Marc?

Un segon etern.

–Papa!

L'Ernest era en un supermercat. No havia agafat cistella i, amb el telèfon en una mà, havia d'aguantar amb l'altra, contra el pit, una ampolla d'aigua i tres plàtans. Només sentia sorolls, interferències, alguna cosa que podia interpretar com els sanglots d'un nen. Va córrer cap a la sortida per buscar més cobertura. Li havia semblat que era en Marc, però era tan absurd, tan inesperat, tan increïble, que necessitava sentir alguna cosa més, merda de cobertura, no se sentia res, Marc? Marc?

–Papa! –va sentir.

A les caixes hi havia cua. Va abandonar l'aigua i els plàtans damunt de l'armari dels congelats i va sortir de l'establiment, Marc! Ets tu?

Sorolls. Gemecs? Una respiració estranya. Què passava? No podia dir res més? Estava en mans d'algú i era un primer contacte per demanar un rescat? Va sortir al carrer. Va aclucar els ulls per concentrar-se.

–Marc?

Una furgoneta de repartiment va tocar el clàxon. L'Ernest era enmig del carrer. Va saltar a l'altra vorera.

–Papa, vine'm a buscar!

L'Ernest va accelerar la marxa, com si pogués anar a trobar el seu fill al final de l'escullera.

–Vine'm a buscar!

Un home avançava entre els turistes, parlant per telèfon, amb llàgrimes als ulls i una ganyota d'angoixa.

–Marc, ets tu?

–Papa!

–On ets?

–A Idomeni.

–Com?

El nen va mirar cap a la Maria i la Valéria. La fotògrafa va fer que sí amb el cap.

–Idomeni –va repetir en Marc.

–Digue-li que al nord de Grècia. A la frontera amb Macedònia –va aclarir la Maria.

El nen ho va repetir. Mentre mirava d'explicar què li havia passat, i sanglotava, i com havia arribat fins allí, i plorava, i estic molt bé, i vine'm a buscar, i on és la mama, la Maria escoltava una cançó de Ben Harper. La veu de vellut i l'acompanyament de notes pàl·lides de la guitarra acústica, com d'una campaneta entre la boira, els arribava des de la caravana que feia de cuina d'una ONG que repartia cuina vegana.

A la cançó, Ben Harper deia que volia que un àngel vingués a buscar-lo. Volia que un àngel l'abracés i se l'emportés volant. Esperava que un àngel vingués a trucar a la porta de casa seva.

–També em vindrà a buscar la mama? De veritat? –deia en Marc.

La Maria va pensar si sabria escriure tot allò. Al tren, la Valéria li havia explicat que, de vegades, quan treballava, tenia la sensació que es desdoblava. Per fotografiar una nena atrapada entre les runes d'un edifici necessitava ocupar-se del diafragma i del focus, però no volia renunciar a sentir, a emocionar-se i a ocupar-se de la nena que tenia davant seu. Ara la Maria s'emocionava amb la cançó, feia connexions amb el relat del nen, i a la vegada endreçava mentalment la seva crònica de l'endemà. Potser no parlaria de Ben Harper, però sí que miraria de descriure el moment, l'atmosfera, la tensió, i aquest precís instant en què en Marc li allargava el telèfon perquè parlés amb el seu pare.

Va agafar l'aparell i es va presentar: Maria Figueiredo, d'un diari de Lisboa, *Diário de Notícias.* Ella i la seva companya estaven molt emocionades, molt contentes; el nen estava molt bé, de veritat; esperarien l'Ernest a l'hotel Vergina, a Evzoni. O s'estimava més que avisessin la policia i es reunissin en algun altre lloc? Al Vergina? Entenia perfectament la seva emoció, i el felicitava, era increïble, era fantàstic, però que no patís, el nen estava bé, ella i la fotògrafa que l'acompanyava eren molt felices, el nen estava perfectament bé, de veritat que sí. Quant podia trigar a venir?

Sota un cel esquinçat, amb tres rajos de sol que s'escolaven entre els núvols d'una pluja que ja passava de llarg, la Maria vivia el final del relat com si es tractés d'un miracle.

L'Ernest no s'ho podia creure, era una cosa increïble, era com si estigués somniant. Però la Maria li deia que no, que no era un somni, que parlés una altra vegada amb el nen, que el tenia aquí i li faria una abraçada en nom seu, Marc. I quant trigaria a venir?

–Dues hores –va dir l'Ernest.

–Dues hores?

–Sí. No l'hi digueu al nen, perquè potser no és possible. Però ho intentaré. Dues hores.

Es van acomiadar, i gràcies, i que tingués el mòbil a punt, sisplau, els estava tan i tan agraït, i com es deia? Doncs gràcies, Maria, gràcies de veritat, era el dia més feliç de la seva vida.

Dins del Fiat Panda que havien llogat la Maria i la Valéria, en Marc veia passar tendes i barracons; veia les cues que es feien, al vespre, davant de les caravanes dels cooperants que servien sopars: cuiners coreans, tots de blanc, amb gorreta de visera i cuineres irlandeses de cabells rinxolats; veia els nens que seguien el cotxe amb la mirada, i més enllà les fogueres de la gent que cuinava, i un horitzó de tendes, i algun nen que, en la quietud del vespre, ja no aconseguia enlairar el seu estel. Però ho veia tot des d'una estranya distància, com si fossin records. Com si no fos allí.

Tampoc era allí quan la Maria, mentre deixaven enrere els camps d'Idomeni i travessaven el pont sobre les illes de canyissars del riu Vardar per anar a buscar la carretera d'Evzoni, va remenar la seva bossa, en va treure una barreta de cereals i l'hi va donar. No era allí perquè el braç de la Hani tornava a penjar fora de la llitera, i tornava a veure les vambes de colors d'en Mazen, i volia ficar-se dins de l'ambulància i no el deixaven, i no era ben bé allí perquè veia la seva mare i cridava i no li sortia la veu, i s'imaginava la trobada, les abraçades, i tenia por que el renyessin perquè els havia fet patir molt. No era allí perquè tenia gana, molta gana, i quan va desembolicar la barreta i se la va començar a menjar, gairebé no era ell qui se la menjava.

Quan hi va pensar tenia l'embolcall de plàstic i alumini a les mans. Potser hi va pensar perquè ja es notava un estrany formigueig als llavis, com si s'hagués atipat de figues amb pell. Van passar a tocar d'una benzinera abandonada on també hi havia un campament d'emigrants. Li costava bellugar els llavis. Les cobertes dels sortidors protegien de la pluja les seves tendes precàries, gairebé totes sense doble sostre, perquè el segon sostre feia de tenda d'alguna altra família. Es notava una estranya escalfor a la cara, com si l'apropés als fogons. A dalt de l'edifici de la benzinera hi havia un rètol amb la silueta enorme d'un home vestit amb faixa, capell i fustanela blanca que sostenia les paraules WELCOME TO GREECE. Els ulls li havien començat a coure.

Ja no van arribar a l'hotel d'Evzoni. La claror se li havia fet dolorosa, i de tant en tant hi havia una mena d'esclat, un espurneig de puntets blancs que de seguida s'escampaven. La llengua se li estava inflant i li costava d'empassar saliva. Encara va ser capaç de picar l'esquena de la Maria, que anava al seient de l'acompanyant, i de dir-li que es trobava malament, molt malament perquè sóc al·lèrgic, tinc una al·lèrgia als cacauets i això que m'he menjat potser tenia cacauet i em puc morir, em costa respirar i jo no em vull morir.

I la Maria a la Valéria: que girés, que fes el favor, que tornés a la carretera general, aquest nen està molt malament. Què et passa, Marc? Parla!

En Marc feia cara d'espantat i no deia res. Obria la boca, s'agafava les mans, neguitós. La Maria es va treure el cinturó i va passar com va poder al seient del darrere. La Valéria: com està? La Maria: el veig molt malament, això és greu, aquest nen no respira bé, jo no hi entenc una merda, però gira, gira d'una vegada i portem-lo a l'hospital, pobre xaval, no pot ser que ens estigui passant això, no és possible!

Encara van seguir avançant uns quants metres fins que la Valéria es va aventurar a girar enmig de la carretera, però era massa estreta per fer-ho sense maniobra. Es va quedar aturada a frec d'un canyís, i un camió ja tocava la botzina i els passava fregant. El conductor va treure una mà amb l'anular ben alçat i va cridar alguna cosa mentre la Valéria maniobrava: Merda, merda, merda, encara ens matarem.

En Marc s'havia tret el cinturó de seguretat i jeia arraulit al seient del darrere. La Maria no deixava de mirar com estava: respirava amb la boca oberta, corre, Valéria, corre! Què fem? Anem a l'hospital de Polikastro o anem fins a Tessalònica? La Valéria: Mira-ho al mòbil, a veure quina pinta té el de Polikastro. I la Maria: *Cabeça-de-Merda* de companyia telefònica, no tinc cobertura! Anem a Polikastro, són cinc minuts i em sembla que és prou gran, corre, això té molt mala pinta.

–Respira? –va preguntar la Valéria. Mirava pel retrovisor a veure què passava al darrere.

–S'ofega, i no li noto el polze. Marc? Marc? –deia la Maria.

–I si tornem a Idomeni, Maria? Hi ha metges...

–Segur que és millor un hospital, però no ho sé, fes el que vulguis, no vull que es mori, sisplau, que no se'ns mori.

Havien arribat a la carretera general. I ara cap a on? Cap a on?, exigia la Valéria a crits. La Maria no l'havia vista mai així.

–Cap a l'esquerra –va cridar la Maria–, corre, corre.

Quan l'Enric li va trucar, la Sara s'estava dutxant. Després de perdre els nervis buscant el carregador del mòbil i barallant-se amb la noia d'una empresa de taxis perquè la vinguessin a buscar a l'hotel i la portessin a l'aeroport, on havia d'agafar l'avió d'Atenes del vespre, mirava de relaxar-se sota l'aigua tèbia.

No podia deixar de contestar. Només esperava trucades importants, de manera que va allargar el braç per agafar el mòbil que havia deixat al marbre, al costat de la pica. Es va apartar una mica de la pluja fina per mantenir l'aparell més o menys eixut. Quan va reconèixer la veu de l'Ernest, el cor li va fer un salt, i quan va rebre la notícia que el seu fill era viu les cames li van fallar. Es va agafar a la cortina de plàstic, que va cedir, i es va quedar asseguda a terra, sota la dutxa, nua, plorant i rient sobre la plataforma de fusta, no m'ho puc creure, mentre l'Ernest mirava d'explicar-li com s'havia salvat, i ella dient que no podia ser, que havia de parlar amb ell, pobre Marc, pobre nen, Ernest, digue'm que és veritat, digue'm que no ho estic somniant.

Hi havia una pista d'helicòpters a l'extrem del moll dels ferris.

L'aparell que portava les llanxes i els motors va arribar poc abans de les set del vespre. La Diana i sis companys més de Bomberos eren allí, esperant-lo des de feia mitja hora. L'Ernest també havia previst de ser-hi, però després de la trucada de la periodista va haver d'anar fins a l'hotel a recollir la Sara. Van baixar des de l'hotel gairebé sense dir-se res, com si tinguessin por de despertar-se d'un somni. Encara no s'ho creien. Havien renunciat tant a l'esperança que ara els costava sortir del dol i tornar a creure en la vida.

Quan van arribar al moll, la Diana i els seus companys ja estaven descarregant l'helicòpter. L'Ernest va negociar amb el pilot un viatge de retorn passant per Idomeni, al capdavall venia de pas, era només a cinquanta quilòmetres de Tessalònica. Després va voler abraçar tots els nois un per un, perquè potser no tornaria. Per què no? Doncs perquè, Diana. L'hi va dir a ella, mirant-la als ulls. Perquè ha passat una cosa molt important, un miracle: ara se n'anava a buscar el seu fill. Volia que li expliqués el que havia passat?

–Farem tard! No tinc permís per volar de nit! –cridava com un desesperat el pilot, que ja havia posat el motor en marxa una altra vegada.

L'hi va explicar en quatre paraules, cridant per fer-se sentir amb el soroll de les pales. L'hi va explicar emocionat. Li va explicar qui era la dona de les ulleres de sol que l'acompanyava, i finalment la va abraçar plorant, i també va voler abraçar un per un els nois i noies que havien vingut amb ella.

Sobre el mar, protegits del soroll del motor pels auriculars, la Sara i l'Ernest van mirar de recollir-se i de posar una mica d'ordre després del temporal. Gairebé no van parlar. Només alguna mirada, de tant en tant: del plor al somriure i als ulls alegres, i altra vegada al plor discret, íntim.

L'expressió de la Sara era commovedora. El rostre se li feia dur, aspre, i de seguida es relaxava. Ja no s'eixugava les llàgrimes. Potser perquè n'estava orgullosa. Perquè era feliç de plorar.

De sobte l'Ernest va passar d'una cara a una altra: va pensar en la màscara cosmètica de la Sophie i en la campanya de televisió que havia de fer.

Del dolor a la resurrecció. Aquest seria el tema.

S'hi veuria la cara de la Sophie, que ja havia estat la seva model en altres campanyes.

La cara, envoltada de fum, submergida en la pol·lució urbana. La cara suada, al gimnàs, amb una cinta de cotó al front. La cara preocupada, pensarosa, angoixada.

Una veu en off diria que la vida és dura.

Aleshores, en un pla encadenat, es veuria el rostre de la Sophie amb la màscara de fang del Mar Negre. Dos segons. Uns ulls d'una estranya intensitat verda.

Finalment, el rostre radiant de la Sophie.

Amb Lucce, tornes a la vida.

Lucce, la llum de la vida.

Sí, seria un bon anunci, però es va sentir incòmode d'haver pensat en la Sophie i en la màscara en un moment que tenia alguna cosa de sagrat.

Amb Lucce, tornes a la vida. En Marc era viu.

S'hi valia tot? S'hi valia, aprofitar l'experiència del dolor per la mort d'un fill per fer el puto anunci d'un cosmètic? Per què collons se li havia acudit aquell espot en aquells moments? Era un desgraciat, un miserable. I si deixava de fer campanyes estúpides?

Va allargar la mà per agafar la de la Sara. Ella l'hi va prémer, fort. Mai no havien estat una parella gaire afectuosa. S'havien estimat, havien rigut, s'havien entès molt bé, però no havien estat mai ni d'agafar-se les mans ni de fer-se gaires mostres d'afecte.

De manera que era una cosa extraordinària.

L'Ernest va pensar que potser ja era hora de canviar de vida. Però aquesta mena de promeses l'havien acompanyat sempre. Quan tenia dotze anys, si aprovo tot el curs em portaré bé a classe; quan en tenia disset, si aquesta tia em fa cas deixaré de queixar-me per tot; i a partir dels quaranta, si em toca l'Euromillones, donaré la meitat del que em toqui a la gent que ho necessita. Ben pensat, n'havia complert una: si em surt bé el TAC deixaré de fumar. I què faria si deixava la publicitat? Dedicaria la seva vida als salvaments al mar? Merda, Ernest, estàs absolutament superat per la vida, per la Sara al teu costat, plorant, i tu incapaç de dir-li res. Superat per la màscara cosmètica de la Sophie. Superat pel retorn a la vida després de la desesperació, com si no pogués ser, com si al món li costés molt tornar a tenir cap mena de sentit per a algú que ja havia decidit que no en tenia cap.

Però sí: canviaria. Se n'aniria a viure a Palma. Un pis a prop del de la Sara, perquè en Marc pogués anar d'una casa a l'altra. Compartirien la custòdia. Tornarien a sortir al mar, però amb velers molt més modestos. I l'abraçaria molt, li faria petons, anirien al cine, menjarien gelats junts, parlarien, li llegiria llibres al llit; m'ocuparé d'en Marc, i aquesta sí que és una promesa de veritat, aquesta sí que la compliré.

Faré de pare.

En Marc va pensar que el seu malestar s'assemblava al que tenia quan passava unes angines: el tacte, segons com, se li feia dolorós. De cop tenia fred, i li venien esgarrifances. Percebia el món com des de darrere un vidre. Li pujava la febre i delirava: li demanava a la seva mare que li portés el llit fins al llac, o que no deixés entrar ningú amb la bossa d'anar a comprar el pa, perquè vindrien les formigues a atacar-los.

Fins aquí, ja s'ho coneixia, i no li semblava tan greu.

Però de seguida va veure que passava de llarg d'aquest malestar i s'enfonsava en una mena de fangar que l'atrapava i l'oprimia, com si la massa que el tenia presoner s'anés endurint al seu voltant.

Va ser conscient que arribaven a l'hospital i va pensar que ja s'havia quedat paralitzat, perquè no es veia capaç de caminar ni d'aixecar els braços però veia que avançava pels corredors i travessava portes, sempre perseguit per una mena de crits i grinyols de mobles arrossegats com els que feien de vegades els veïns de dalt de la casa de Palma. Però allò no era Palma. Allò era Grècia i s'havia menjat alguna cosa que duia cacauets i s'estava morint.

Després va veure els metges i va ser conscient que li posaven injeccions, però era al vestidor del poliesportiu on jugava a vòlei, a Palma, i l'aigua de les dutxes era freda i feia molta mandra dutxar-se, i si no sorties amb els cabells molls l'entrenador et feia entrar una altra vegada, que et dutxessis, i si t'enganxava remullant-te el cap a la pica et castigava amb vint voltes a la pista, més de pressa, més, i el cor li anava molt de pressa perquè l'entrenador li deia més i més, semblava el cor de la granota que havien obert al laboratori, dos companys seus rient i ell sorprès que aquella tortura fes riure ningú, i preocupat per la granota sense cor, per si es podia viure sense cor. Vagament, reconeixia que era a l'hospital i tornava a recordar els cacauets, i pensava que li traurien el cor, perquè li anava massa de pressa i s'hauria de reparar, de manera que s'hauria d'estar una bona estona sense cor, no sabia quant de temps et pots estar sense cor, però els metges eren bons i ho deixarien tot com estava abans, no farien com els nens amb la granota, que havia acabat al cubell de les escombraries. I si acabava com la granota, era per culpa seva, perquè s'havia menjat la barreta, i tot el que li sortia malament era culpa seva, i per això havia caigut a l'aigua, i per això s'estava morint. I mentre s'esperava que li arreglessin el cor veia que la pista de vòlei s'havia convertit en un fangar, i no s'hi podia jugar, i l'entrenador estava molt preocupat perquè el terra de fusta es faria malbé i era culpa d'en Marc perquè havia caigut al mar, per això es deia Marc, de manera que se'n tornava cap a casa i es trobava dos homes que li oferien un döner de carn de xai, i la Hani l'agafava pel braç i se l'enduia, i aleshores un metge el despertava de mala manera i li deia hola Marc, hola Marc, hola Marc.

Entre les boires del somni li va semblar veure la seva mare, el rostre de la seva mare molt a prop, i com s'allunyava, i després el pare, i això volia dir que era el final de tot, que allí s'acabava la vida, ja s'havia mort, perquè quan els àngels baixaven a la terra havia arribat l'hora del Judici Final, ho havia dit Sant Joan, a Patmos, i ara ja arribaven els àngels, es movien al seu voltant entre la llum feridora, i segur que hi havia el segon àngel, el de la copa de sang, el del mar vermell de sang, però ara ja no sabia si era el segon o el setè, o es confonia perquè hi havia set àngels, i ja no importava, ara es reuniria amb tothom, amb els vius i amb els morts, ara ja havia entrat en aquell núvol on tothom es trobava amb tothom, i en què els seus pares s'abraçaven plorant, i si s'abraçaven plorant era perquè tots eren morts, perquè no podia ser que el seu pare i la seva mare s'abracessin plorant i que tots dos estiguessin allí al costat d'aquell metge lleig que el sacsejava de mala manera i li deia Marc, hola Marc, hola Marc.

–Hola –va dir.

AGRAÏMENTS

Un relat com aquest, amb un rerefons inspirat en fets contemporanis, té un deute important amb els periodistes que, més enllà de les obligacions de la seva feina, se senten compromesos amb la gent que pateix. Vull esmentar, com a exemple de tots els qui se la juguen per fer-nos arribar les seves cròniques i les seves fotografies, el llibre de la periodista siriana Samar Yazbek, *La frontera*, un testimoni esfereïdor, de primera mà, de la violència brutal de la guerra al seu país.

El meu agraïment, també, als periodistes Remei Calabuig, que em va donar alguns consells importants per preparar el meu viatge a Idomeni, i Josep Ramon Giménez, *Jota*, a qui dec –perquè és real, com tantes altres coses d'aquesta novel·la– el personatge del capellà ortodox que acull refugiats a casa seva, a l'illa de Samos.

Però perquè coneguéssim l'abast de la crisi migratòria i humanitària que vivim, la més important des dels anys quaranta, també ha estat molt important la feina dels voluntaris. Milers de persones que, a títol personal o des de les organitzacions més diverses, han entès que la solidaritat amb els qui fugen de la guerra és també una manera de treballar per un món més lliure i més just i de reclamar una democràcia més profunda als governs que patim, entestats a no assumir com a propis els problemes que la mateixa Europa, al llarg de la història, ha anat generant en molts altres països, cada vegada més propers.

Els personatges d'una novel·la no poden ser ni bons ni dolents, sinó persones amb les seves contradiccions, les seves alegries i les seves penes. En tot cas, he volgut fer com aquests milers i milers de voluntaris i posar-me, simplement, del costat de les víctimes. Dels qui ho han perdut tot. Els qui vulguin buscar els culpables, i les raons de tot plegat, els convido a llegir un llibret tan breu com aclaridor com és ara *La nueva lucha de clases. Los refugiados y el terror*, del filòsof Slavoj Zizek.

També he d'agrair al meu fill Hug que, la Setmana Santa del 2016, l'endemà mateix que li expliqués que me n'anava a la frontera entre Grècia i Macedònia per conèixer directament els escenaris que apareixen als capítols finals, fes la seva bossa de viatger i es decidís a acompanyar-m'hi. Sol, encara hauria estat més dur.

Finalment, el meu agraïment a Carmen Fernández Villalba, que a més de viatjar amb mi per les illes de Patmos i d'Ikaria, dos dels escenaris del relat, m'ha ajudat en aquest procés ple de dubtes i de temors que és sempre la redacció d'una novel·la. Ha sabut veure què havia de retallar i què havia de treballar més a fons perquè la història tingués força i, sobretot, ha insistit que no perdés mai el sentit últim del que estava explicant: l'amor sense esquerdes d'un pare pel seu fill, el dolor incommensurable de la pèrdua, i l'escassa importància de tota la resta.

La col·lecció literària A Tot Vent, fundada a Badalona
l'any 1928, té com a logotip, des del primer dia,
aquest gravat al boix del pintor Josep Obiols que recorda
la goleta María Asunta, construïda a la platja
de Badalona el 1858.